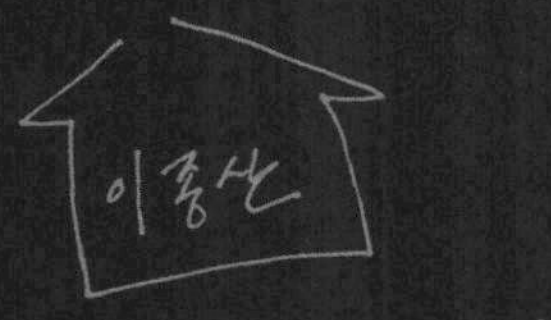

우리는 언제나 두 사람과 함께 살고 있다

크림의 탄생,
당신의 탄생은?

조서현

아름다운 기생체,
심장을 가진 조그만 머리통 '당

2025

자신에게 방의합시다....♡

이상한 세상에서 만난
더 이상한 우리
_박문영 드림

지금까지와는 다른 사람이 되어보는 것
문학을 통해 경험할 수 있는 감각 가운데
가장 놀랍고 값진 것

2025.04.04

정소연

다르게 되기를 바라는 열망이 무엇을 추동하는지 생각해 볼 일입니다.

내 인생이 알고 보니
내 인생이 아님

바통
07

빙의물
테마소설집

이종산 조시현 현호정 한정현 박문영 박서련 정수일

은행나무

차례

두 친구

이
종
산

이종산

2012년 장편소설 《코끼리는 안녕,》으로 제1회 문학동네대학소설상을 수상하며 작품 활동을 시작했다. 소설집 《빈 쇼핑백에 들어 있는 것》《고양이와 나》, 장편소설 《커스터머》《머드》《도서부 종이접기 클럽》《벌레 폭풍》 등이 있다.

"여기야."

지원이 하얀 울타리 문을 밀고 마당 안으로 들어갔다. 예은은 지원을 뒤따랐다. 마당은 풀 한 포기도 없이 휑했다. 스산한 느낌마저 들었다. 그러나 집은 아주 예뻤다. 보라색 지붕에 벽은 연한 레몬색이다. 나무 테두리가 둘러진 현관문에는 별 무늬가 있는 유리가 끼워져 있었다. 현관문 양쪽으로 작지만 밝은 조명이 달려 있어서 어둠 속에서도 집이 잘 보였다.

"동화 속에 나오는 집 같아."

예은은 마당에 서서 감탄했다. 그사이 지원은 열쇠를 꺼내 현관문을 열었다. 이번에는 예은이 먼저 들어갈 수 있도록 문을 잡아주었다.

"고마워."

예은은 인사하며 현관으로 들어섰다. 지원이 현관 쪽에 있는 스위치를 눌러 거실의 천장등을 켰다. 집 안은 곧바로 환해졌다. 거실은 아기자기하게 꾸며져 있었다. 거실 가운데에는 커피 테이블이 하나 있고, 쿠션과 방석들도 있었다. 나무 책장 위에 있는 작은 화분, 책장에 꽂힌 오래되어 보이는 책들, 턴테이블 오디오와 LP판들까지. 예은은 단숨에 그 집이 마음에 들었다.

"집 진짜 좋다. 어떻게 이런 집을 구했어?"

"아는 언니한테 소개받았어. 그 언니가 아는 분이 이 집을 에어비앤비로 운영하다가 갑자기 외국에 가게 됐는데, 그동안 연세(年貰)로 지낼 사람을 구한다고 해서. 나도 마침 서울 말고 다른 데서 좀 지내고 싶었어서 내가 하겠다고 했어."

"그렇구나."

예은은 부럽다는 말을 삼켰다. '이 집도 부모님이 해준 거겠지?' 어쩔 수 없이 그런 생각이 들었다. 대학 때부터 예은은 학교 공부와 아르바이트를 병행하느라 바빴고, 졸업을 하자마자 바로 취직해서 지금까지 아등바등 살고 있었다. 반면 지원은 안정적으로 작은 사업을 운영하고 있는 부모님 덕분에 일을 하지 않고도 여유로운 생활을 했다.

"들어가자."

지원이 뒤에서 말했다. 예은은 그 말에 떠밀리듯 신발을 벗고 거실로 들어갔다. 거실 바닥은 얼음장 같았다.

"집이 춥지? 여긴 기름보일러라 항상 켜둘 수가 없어. 나는 자기 전에만 잠깐씩 틀어."

지원이 실내용 슬리퍼를 예은의 앞에 놔주었다. 보일러도 켰다.

"금방 따뜻해질 거야."

지원이 예은을 안심시키듯 말했다. 예은은 고개를 끄덕이며 슬리퍼를 신었다. 지원의 말대로 집 안은 추웠다. 바깥보다 더 추운 것 같기도 했다. 그나마 서울보다 춥지 않아서 다행이었다. 서울은 요 며칠 사이 기온이 영하로 떨어졌지만, 이곳은 아직 그 정도의 추위는 오지 않았다.

"방 구경 할래?"

"좋지."

거실 양쪽으로 방이 두 개 있었다. 미닫이문이 달린 방이었다. 지원은 두 개의 방을 차례로 보여주었다. 특이하게도 두 개의 방은 크기나 구조는 물론이고, 인테리어까지 똑같았다. 창문에 달린 짙은 초록색 바탕의 꽃무늬 커튼도, 가구들이 놓인 위치도, 창문 아래에 놓인 화분이며 침대에 깔린 이불과 베개까지. 한쪽 방을 복사해서 다른 쪽에 붙여넣기라도 한 것 같았다.

"이 집 콘셉트가 쌍둥이 방이었어. 트윈 하우스."

그렇게 말하는 지원은 꼭 게스트하우스 주인 같았다.

"아직 숙소로 운영하는 방 같아. 엄청 깨끗하네. 매일 이렇게 청소해?"

예은은 똑같은 방이 두 개 있는 것보다 방이 완벽하게 정돈되어 있는 것이 더 신기했다. 숙소로 운영하고 있는 것도 아닌데, 두 개의 방은 생활감이 느껴지지 않을 정도로 깨끗했다.

"원래도 그렇긴 한데, 너 온다고 평소보다 신경 쓰긴 했어."

"에이, 괜찮은데. 치우느라 고생했겠다."

"나 때문에 온 건데 이 정도는 해야지."

"너 때문이 아니라, 덕분이지. 난 오랜만에 여행 와서 좋아. 너도 보고."

두 친구는 서로를 보며 미소 지었다. 지난주 월요일에 지원에게 갑자기 연락이 왔을 때 예은은 바로 답장하지 않았다. 「잘 지내?」 그 말에 답할 준비가 되어 있지 않았다. 그날은 온종일 지원의 메시지가 마음에 무겁게 얹혀 있었다. 예은은 밤이 늦어서야 지원에게 답장을 보냈다.

「나는 잘 지내지. 너는?」

메시지는 바로 '읽음' 표시로 바뀌었다. 그러나 답장은 한참 뒤에 왔다.

「나는 제주에서 지내고 있어.」

예은이 뭐라고 답을 할까 망설이는 사이 메시지가 하나 더 떴다.

「괜찮으면 한번 놀러올래? 다음 주가 네 생일이잖아. 만나서 축하해주고 싶은데, 내가 지금 올라갈 수 있는 상황이 아니라서. 대신 오기만 하면 내가 다 책임질게. 우리 집에서 자면 돼. 비행기 티켓도 끊어줄게.」

마음이 흔들렸다.

「나도 만나면 좋긴 한데 좀 갑작스러워서. 한번 생각해볼게.」

예은은 그렇게 메시지를 보냈다. 그러나 결국 예은은 지원에게 가겠다고 말했다. 다음 주말에 가겠다고. 아니, 금요일에 반차를 낼 수도 있을 것 같다고.

여행이 정해진 그날부터 예은은 가슴이 설렜다. 그러나 한편으로는 불편한 마음도 있었다. 지원을 떠올리면 마음속에서 뭔가 불편한 덩어리 같은 것이 느껴졌다. '그것'은 마치 작은 짐승 같았다. 건드리면 고약한 냄새를 풍기는, 털로 뒤덮인 흉측한 작은 짐승. 예은은 그것이 튀어나오지 않기를 바랐다. 특히 이번 여행에서는.

*

두 사람은 테이블을 차렸다. 먹을 게 많았다. 집까지 오는 길에 여러 곳을 들러 먹을 것들을 샀다. 시장에서 치킨과 회, 과일이나 떡 같은 주전부리도 좀 샀고, 제과점에서 도넛과 작은 파이도 몇 개 샀다. 마지막으로 마트에 가서 과자와 아이스크림, 맥주 같은 것들도 잔뜩 사버렸다. 두 사람이 먹기에는 넘치는 양이었다.

"신이 나서 너무 많이 사버렸네."

예은이 거실 테이블을 꽉 채운 음식들을 보며 말했다.

"괜찮아. 다 먹을 수 있어."

지원은 그렇게 말하며 자리에 앉았다. 그러고는 왠지 잠깐 뜸을 들이다 속을 알 수 없는 표정으로 말했다.

"사실은 나 너한테 고백할 게 있어."

"뭔데?"

예은은 긴장해서 물었다. 역시 뭔가 목적이 있어서 여기로 부른 것이었을까?

"나 말이야. 실은……."

지원은 쉽게 말을 잇지 못했다. 예은은 기다렸다. 지원의 입에서 무슨 말이 나올지 몰라 불안했다.

"케이크 가게 시작했어."

그건 전혀 예상하지 못했던 말이었다. 지원에게는 사회 경험이 없었다. 대학에 다닐 때도 아르바이트 한 번 하지 않았고, 대학을 졸업하고 나서는 부모님에게 용돈을 받아 생활했다. 가끔 이런저런 것들을 배우러 다니기는 했지만, 꾸준히 하는 것은 별로 없었다.

"네가 케이크를 만드는 거야?"

예은은 조심스럽게 물었다.

"응, 내가 만들지. 내가 예전부터 베이킹 좋아했잖아. 한 달 전쯤이었나? 동네에 좋은 가게 자리가 났길래 계약해버렸어."

지원은 조금 흥분한 기색이었다. 수줍어하는 것 같기도 했다. 볼이 붉어진 지원을 보며 예은은 말을 아꼈다. 아무런 말도 떠오르지 않았다. 예전에 지원이 베이킹 수업에서 만들었다며 가져다줬던 과자와 빵들이 머릿속을 가득 채웠다. 돌처럼 딱딱했던 휘낭시에, 씁쓸한 탄 맛이 나던 마들렌, 느끼하기만 했던 롤 케이크. 지원은 베이킹에 소질이 없었다. 지원이 만든 과자들은 전부 끔찍하게 맛이 없었다.

"여기 와서 베이킹을 본격적으로 배우게 된 거야?"

예은은 예의에 어긋나지 않는 질문을 겨우 생각해냈다. '그냥 네가 진짜 하고 싶은 말을 해.' 마음속 작은 짐승이 빈정거렸다. 예은은 작은 짐승을 무시하고, 다정한 눈빛으로 지원을 바라봤다.

"여기 와서는 정신없었지. 적응하느라."

지원이 한숨을 쉬는 것처럼 말했다. 예은의 머릿속이 다시 복잡해졌다. '그럼 어떻게 케이크를 만드는 거지? 취미도 아니고 장사인데.'

"아, 한번 먹어볼래?"

지원이 박수를 한 번 짝 치고 일어섰다.

"케이크가 있어?"

"네 생일 케이크. 너 오면 같이 촛불 켜고 축하하려고 만들었지."

그 말에 예은은 감동받았다. 이 여행을 기대한 것이 혼자만은 아니었던 거다. 지원도 자신만큼이나 이 여행을 기다렸던 것 같아 마음이 따뜻해졌다. 케이크는 화해의 장작이 될 것이다. 오늘 밤에 예은은 지원과 화해하고 싶었다. 서로 속마음을 털어놓고, 눈물을 흘리고, 용서한다. 그러고 나면 둘 다 속이 시원해질 것이다.

"케이크는 좀 이따 하자. 아직 자정이 안 됐잖아."

예은이 말했다. 좀 더 분위기가 무르익은 뒤에 케이크가 나오는 게 좋을 것 같았다.

"그럴까? 그럼 일단 먹자."

그게 신호라도 된 것처럼 두 사람은 정신없이 먹기 시작했다. 예은도 배가 고팠다. 한참 먹다 고개를 드니 지원의 앙상한 팔목이 눈에 들어왔다. 밖에서는 코트를 입고 있어서 몰랐고, 집에 들어와서도 두꺼운 스웨터에 가려져 지원이 살이 빠진 것을 눈치 채지 못하고 있었다. 그런데 지금 소매를 걷어서 드러난 지원의 팔은 너무 말라서 피부와 뼈가 찰싹 달라붙어 있었다.

"너 왜 이렇게 살이 빠졌어?"

예은은 망설이다 물었다. 지원은 치킨을 두 손으로 들고 뜯고 있다가 민망한 표정으로 예은을 바라봤다.

"아냐, 살이 빠지긴."

"엄청 빠진 것 같은데. 최근에 몸무게 재본 적 있어?"

"아니, 이 집에는 체중계가 없어서. 여기선 혼자 있으니까 그런 거에 별로 신경이 안 쓰여."

중학교 때부터 지원을 봐왔지만, 이렇게 마른 모습을 본 건 처음이었다. 건강이 걱정될 정도였다.

"한번 재보는 게 좋을 것 같아. 병원에 가면 체중계 있어."

"알았어. 나중에 한번 재볼게. 근데 나 잘 먹어. 지금도 봐. 잘 먹잖아."

지원이 보란 듯이 치킨을 뜯어먹었다. 예은은 웃었다.

"그래, 알겠어."

지원은 오래 굶은 사람처럼 테이블 위의 음식들을 하나씩 먹어치웠다. '여기 와서 힘든 걸까?' 예은은 지원을 보며 생각했다. 연락이 끊어졌을 즈음, 지원의 상태는 좋지 않았다. 혼자 있는 걸 힘들어했고, 항상 불안에 휩싸여 있는 것 같았다. 지원이 언제부터 그렇게 되었는지는 콕 짚어 말하기가 어려웠다.

대학에 다닐 때까지만 해도 지원은 밝고 천진난만했다. 어느 자리든 지원이 오면 분위기가 밝아지고는 했다. 사람들은 지원을 좋아했다. 예은은 소심하고 내성적인 성격이라 그런 지원이 부러웠다. 가끔은 질투가 나기도 했지만, 자신이 가지지 못한 면을 가지고 있는 지원이 정말 좋기도 했다. 예은이 의기소침해질 때면 지원은 항상 밝게 응원하며 힘을 북돋아 주었다.

그런 관계가 뒤집힌 것이 언제부터라고 말할 수는 없다. 대학을 졸업하고 나서 지원은 점차 어두워졌다. 몇 년 전부터는 사람도 잘 만나지 않는 것 같았다. 지원은 무슨 일을 해야 할지 모르겠다는 말을 자주 했다. "일단 아무 일이나 해봐. 그래야 적성을 찾지." 예은은 그렇게 말하고는 했다. 위로나 응원을 섞는 것도 잊지 않았다.

그러나 속으로는 다른 생각을 하고 있었다. '언제까지 저렇게 태평한 소리를 할까? 부모님한테 용돈 받아 생활하는 것부터 그만둬야지. 당장 돈이 없으면 무슨 일이든 하게 될 테니까.' 그런 생각을 할 때마다 작은 짐승은 신나서 맞장구쳤다. '그치! 맞는 얘기야. 재는 정신을 좀 차려야 해. 한가하니까 방구석에 틀어박혀서 자꾸 안 좋은 생각이나 하는 거야. 그러면서 점점 더 무기력해지고. 악순환이지.'

무슨 일이든 해보라고 하면 지원은 수업료가 비싼 클래스를 새로 등록했다. 요가, 필라테스, 발레, 수영, 글쓰기 수업, 인문학 강좌, 연기 교실까지. 종류도 다양했다. 베이킹도 그중 하나였다. '차라리 카페 아르바이트를 하지.' 예은은 그런 말을 꾹 삼키고는 했다. 몇 번 넌지시 얘기한 적도 있었지만, 지원은 엄두가 안 난다고 말할 뿐이었다. 예은은 그런 지원이 답답했다. 나중에는 위로나 응원도 점차 하지 않게 되었다.

"너무 배부르다."

지원이 드디어 테이블에서 손을 떼고 바닥에 늘어졌다.

"괜찮아?"
"뭐가?"
"너무 많이 먹은 것 같아서."
"아냐, 좋아. 나 진짜 배고팠거든. 너무 배고팠는데 실컷 먹어서 너무 좋아."
"그럼 다행이고."
예은은 시계를 봤다. 저녁 8시가 조금 넘었다. '자정까지 뭘 하면서 시간을 때우면 좋을까?' 그런 생각을 하고 있을 때 지원이 자리에서 벌떡 일어났다.
"산책 갈래?"
"산책?"
"응, 산책도 하고, 가게도 보여주고 싶어."
"가게가 여기서 가까워?"
"이 동네야."
예은은 피곤했다. 여기에 오기 전에 끝마쳐야 할 일들이 있어 며칠 동안 무리하게 일했다. 오늘도 아침 일찍 출근해서 지금 담당하고 있는 작가의 원고 교정을 마무리하고 급하게 메일을 보낸 뒤에 오후 3시쯤 출판사 사무실에서 나왔다. 공항까지는 한 시간 정도가 걸렸고, 수속하고 대기하는 것도 피곤한 일이었다. 비행기는 출발이 20분 정도 지연되었다. 5시 반쯤 겨우겨우 비행기를 타고 나서는 자리에 앉자마자 곯아떨어졌다. 비행기에서 내려서는 지원을 만나 먹을 것을 산다고 여기저기를 한참 돌아다녔다.

이제는 침대에 누워 쉬고 싶었다. 체력이 거의 바닥났다. 하지만 예은 역시 배가 부르기도 했고, 지원의 가게가 보고 싶기도 했다. 잠깐 산책하는 정도야 나쁘지 않을 것 같았다. 가게도 이 동네에 있다고 하지 않나. 어차피 자정까지 할 일도 없었다. 동네 한 바퀴 돌고 오는 것도 괜찮을 듯했다.

"나도 네 가게 궁금해. 지금 나갈까?"

예은은 부러 시원스럽게 말했다. 지원은 신난 몸짓으로 외투를 입었다. 아까는 코트를 입었지만, 이번에는 기장이 긴 패딩 점퍼를 입었다. 지원도 자신을 만난다고 신경을 쓴 것이 아니었을까 하고 예은은 살짝 기분이 좋아졌다.

예은도 오늘 코트를 입었다. 한 달 전쯤에 백화점에서 산 캐시미어 울 코트였다. 비싼 돈을 주고 샀지만, 몇 번 입지는 못했다. 출근할 때 입고 갈까 하다가도 결국 손이 가는 것은 작년부터 닳도록 입은 패딩 점퍼였다. 그러나 요즘 매일 입는 그 점퍼는 여행에서 입기에는 궁색해 보였다. 더군다나 오랜만에 지원을 만나는 것인데 초라하게 보이고 싶지는 않았다.

"나가자."

예은은 지원이 건네준 자신의 코트를 걸치고 말했다. 새삼 좋은 코트를 사놓아서 다행이라는 생각이 들었다. 광이 나는 카멜색 코트가 조금은 자랑스러웠다. 지원이 입은 패딩 점퍼는 수수해 보였다. 그래도 아마 좋은 브랜드일 것이다. 지원은 예전부터 비싸고 좋은 옷만 입었다. 예은이 대학 때 열심히 아르바이트를 해서 벌던 돈은 물론이고, 취직해서 매달 받는 월급으로도 사기 어려운 가격의 옷들이었다. 지원은 그런 옷들을 아무렇지도 않게 사 입었다.

자신의 월급으로는 살 수 없는 값비싼 옷을 입고 눈물을 글썽이며 하소연을 하는 지원을 보고 있으면 예은은 하품이 나는 것을 넘어 때로는 짜증이 치밀고는 했다. "집에만 있어서 그래. 자꾸 나와서 일도 하고 사람도 만나고 그래야지." 그런 식으로 가시 돋친 충고를 던질 때도 있었다. 그런 일이 늘면서 지원도 예은에게 더는 우울하다느니 하는 말을 하지 않게 되었다. 지원이 자기만의 세계에 더 깊게 빠지게 된 것은 그때부터였을 것이다.

*

두 사람은 간단히 테이블을 치워놓고 밖으로 나왔다. 그야말로 간단히 치우기만 해서 집 안에는 아직 설거짓거리가 쌓여 있었다. 예은은 부엌에 두고 나온 더러운 접시들이 마음에 걸렸다. 원래부터 깔끔한 것을 좋아하기는 했지만, 나이가 들수록 점점 더 그런 성향이 강해져서 주변이 깨끗하지 않으면 안절부절못하게 됐다.

"예전에는 네가 나보다 훨씬 더 깔끔 떨었는데."

예은은 일부러 웃으며 지원에게 말을 건넸다. 그렇게 해서 마음속에 있는 더러운 접시들을 떨쳐내고 싶었다.

"내가? 그랬나."

지원은 말을 흐렸다. 어딘지 멍해 보이기도 했다. 예은은 더 따지지 않고 그만두었다. 예전 같았다면 지원은 절대 더러운 접시들을 그대로 놓고 집에서 나오지 않았을 것이다. 지원에게는 정리 강박 같은 것이 있었다. 상태가 불안정해질수록 강박도 심해졌다. 종종 지원의 집에 놀러가 보면 집 안은 먼지 한 톨 없이 사방이 반짝거렸다. 그러고 보니 지금 지원이 사는 집에 있는 방들이 그렇게 깨끗한 것도 그리 신기한 일 같지 않았다. 지원은 매일 그 집을 쓸고 닦고 있을 것이다. 완벽하게 깨끗한 상태가 될 때까지.

'그런데 왜 설거짓거리는 두고 나왔을까?'

그런 생각이 떠올랐다. '아냐, 설거지 생각은 그만하자.' 예은은 고개를 흔들고 잠자코 지원을 따라갔다. 집 앞에는 커다란 나무가 있었다. 그 나무는 크고 웅장해서 신비로운 분위기마저 풍겼다. 어느새 안개가 내려서 나무만이 아니라 동네 전체가 신비로운 분위기에 휩싸여 있었다. 날이 추워서인지 스산하고 으스스한 느낌도 있었다.

"예전에 말이야."

지원이 나무 앞에 멈춰 서서 운을 뗐다.

"이 나무에 어떤 여자가 목을 매서 죽었대."

예은은 순간 오싹해져서 나무를 올려다봤다. 나무는 기둥이 굵어서 커 보였지만, 아주 높게 자라지는 않아서 의자 하나만 놓으면 목을 맬 수 있을 것도 같았다. 지원이 말을 이었다.

"나는 나무가 그 여자의 소원을 들어준 거라고 생각해. 아주 외로운 여자였을 거야. 그 여자."

지원이 나무를 만졌다. 친밀하게. 사랑하는 것을 쓰다듬는 것처럼. 예은은 뒤로 물러났다. 그 나무보다 지원이 더 무섭게 느껴졌다. 지원은 얼마간 나무를 만지며 미소 짓다가 손을 뗐다. 그리고 다시 앞장서서 걷기 시작했다.

두 사람은 곧 골목 안으로 들어갔다. 좁은 길을 사이에 두고 양쪽으로 시골집들이 늘어서 있었다. 이런 곳에 가게가 있다는 게 의심스러울 정도로 골목은 한적하고 어두웠다. 여러 집들을 지나쳐 길이 거의 끝났을 쯤 지원이 발걸음을 멈췄다.

"이게 내 가게야."

지원이 손을 펼쳐 앞에 있는 건물을 가리켰다. 그것은 폐가였다. 오래 방치된 빈집 같았다. 집을 둘러싸고 있었을 담은 무너져 있었고, 초가지붕은 흘러내리듯 아래쪽으로 기울어져 있었다. 문짝은 아예 떨어져나가 마당에서 뒹굴었다. 집 뒤쪽 벽은 부수다 만 것인지 뻥 뚫려 있는 듯했다. 집 주변에 불빛이 없어서 그 이상은 보이지 않았다.

"이게 네 가게라고?"

예은은 믿을 수 없어 중얼거렸다. 목덜미에 소름이 끼쳤다.

"들어가볼래?"

지원이 정말 그 빈집 안으로 들어가려는 듯 마당을 향해 몸을 돌렸다. 예은은 지원의 팔을 붙잡았다.

"내일 볼래. 오늘은 역시 피곤하네. 이제 들어가자. 나 쉬고 싶어."

"여기까지 왔는데 잠깐만 보고 가."

지원의 얼굴이 문득 딱딱해졌다. 기분이 조금 상한 것 같았다.

"아냐. 나중에. 지금은 어차피 아무것도 없을 거 아냐."

"왜 아무것도 없어?"

"오늘 가게 쉬는 날 아니야? 나 모레까지 여기 있을 거잖아. 낮에 천천히 보고 싶어. 차도 한 잔 마시고, 케이크도 먹고."

"안에 다 있어."

지원이 다시 허물어진 빈집 안을 가리켰다. 얼핏 바닥에 뒹구는 잡동사니 같은 것이 보였다. 집을 부수다 만 잔해 같은 것도 있는 듯했다. 그러나 케이크라니. 그렇게 예쁘고 빛나는 것이 그 안에 있을 리가 없었다.

"지금은 배불러. 그리고 우리 케이크도 해야지."

"케이크?"

"내 생일 케이크 말이야. 까먹은 건 아니지?"

"그렇지 참. 순간 깜빡했어. 네 말대로 여기는 내일 다시 오는 게 좋겠다."

지원은 기분이 좋아진 듯 웃으며 예은의 팔짱을 꼈다. 그 행동은 친밀했다. 그러나 예은은 약간 숨이 막혔다. 여기 와서 조금씩 느끼기는 했지만, 이제는 확실해졌다. 지원은 치료가 필요한 상태였다. 의사에게 진단을 받아보는 게 좋을 것 같았다. 어쩌면 입원을 해야 할지도 모른다. '아마도 여기서 혼자 지내면서 상태가 더 악화된 것이겠지.' 예은은 그런 생각을 하며 지원의 팔짱을 끼고 걸었다.

예은은 사람에게는 어떤 '선'이 있다고 생각했다. 사람의 마음은 그리 강하지 않다. 마음이 약해지면 사람의 정신에는 균열이 생긴다. 균열이 생긴 틈으로 온갖 것이 흘러들어온다. 주로 악하고 어두운 것들이. 환각이나 환청이 생길 수도 있다. 존재하지 않는 것이 보이고 들리게 된다. 그러다 정신이 아예 산산조각 나버릴 수도 있다. 그렇게 선을 넘어가면 사람은 이 세상이 아닌 다른 세상에서 살게 된다. 그 세상은 외롭고 무서운 곳이다.

예은은 지금껏 살면서 자신의 마음이나 정신이 위태로울 정도로 약해지는 순간을 몇 번이나 경험했다. 힘든 일이 생기거나 심한 스트레스를 받을 때마다 그랬다. 그러나 그런 마음을 남에게 드러낸 적은 없었다. 그저 혼자 끌어안고서 그 순간이 지나가길 기다렸다. 선을 넘지 않고 이 세상에 남으려 힘껏 버텼다.

지원이 우울한 목소리로 밤에 전화를 걸어와 몇 시간이고 자신의 이야기를 늘어놓는 것을 들어주고 나면 온몸에 힘이 빠졌다. 지원과 있으면 함께 파도에 삼켜져버릴 것 같은 기분이 들었다. 예은은 우울과 불안으로 이루어진 거대한 파도가 자신을 선 너머의 세계로 데려가버릴 것만 같아 두려웠다. 1년 전에 지원은 그 파도 속에 있는 것처럼 보였다. 하지만 이제는 파도가 지원을 휩쓸고 가버렸다. 지원은 선 너머의 세계로 가버린 것이다.

예은의 목덜미에서 식은땀이 흘렀다. 이곳에 온 것이 후회됐다. 지원과 화해하고 가벼운 마음으로 서울로 돌아갈 수 있을 거라 생각했던 자신이 너무나 순진하게 느껴졌다.

*

두 사람은 집에 돌아와 자정이 되기를 기다렸다. 지원도 피곤했던 것인지 집에 오자마자 바닥에 쓰러져 잠이 들었다. 그 동안 예은은 가방에서 책을 꺼내 읽었다. 12시가 거의 다 됐을 때 예은은 바닥에 누워 있는 지원을 힐끔 봤다. '깨워야 하나?' 시선을 느낀 것일까. 지원이 부스스한 얼굴로 일어났다.

"12시 됐어?"

"5분 정도 남았어."

"그럼 이제 해도 되겠다. 잠시만."

지원은 부엌으로 들어갔다가 하얀 종이 박스를 들고 돌아왔다. 케이크 박스였다. 박스에는 초가 든 봉투와 성냥도 붙어 있었다. 지원이 박스를 테이블에 내려놓고 케이크를 꺼냈다. 눈앞에 케이크가 나타난 순간, 예은은 표정이 굳어버렸다.

케이크는 참혹한 모습이었다. 어설프게 쌓아올린 스펀지 시트들은 한쪽으로 무너지듯 기울었고, 그 실패의 무더기에 하얀 크림이 덕지덕지 묻어 있었다. 어린아이가 케이크 재료로 장난을 쳐놓은 것 같은 모양새였다. 케이크 위에는 새빨간 크림으로 열한 글자가 레터링되어 있었다.

'사랑하는 예은 생일 축하해'

아무 말도 나오지 않았다. '실수로 크림에 빨간색 물감을 쏟아버리기라도 한 걸까?' 떠오르는 것은 그런 생각뿐이었다.

"어때? 마음에 들어?"

예은은 차라리 지원이 장난을 치는 것이길 바랐다. 한 방 먹이려고 이런 케이크를 만들었다든가. 그러나 지원의 얼굴은 순수한 기대로 가득 차 있었다. 악의는 조금도 느껴지지 않았다.

"응, 예쁘다. 고마워."

예은은 억지로 웃으며 말했다. 지원은 만족한 얼굴로 봉투에서 초를 꺼내 케이크에 꽂고 불을 붙였다. 초는 일곱 개였다. 긴 초 세 개와 짧은 초 네 개. '어느덧 이렇게 나이를 먹었구나.' 예은은 촛불들을 바라보며 잠시 생각에 잠겼다. 이 나이쯤이면 성숙한 어른이 되어 있을 줄 알았지만……. 매일 완벽한 화장을 하고, 머리 스타일도 완벽하고, 정장에 트렌치코

트나 코트를 입고, 명품 구두를 신는 그런 여자. 그러나 예은은 그런 여자와는 완전히 다른 여자가 되어 있었다. 그저 평범한 삼십대 여자였다. 어쩌면 평균보다 한참 초라하고 모자란 것 같기도 했다.

"소원 빌어야지."

지원의 목소리가 감상을 깼다.

"너도."

두 사람은 손을 모으고 눈을 감았다. 허물없이 친해지고부터 둘은 서로의 생일에 함께 소원을 빌었다. 예은은 소원을 생각해내려 애썼다. 예전에는 떠오르는 소원이 너무 많아서 곤란할 정도였지만, 지금은 그다지 간절한 소원이 없었다. 겨우 떠올린 소원은 가족의 건강과 평안이었다. 그게 아니면 로또에 당첨되어서 회사를 그만두고 하고 싶은 일을 하며 살아도 좋을 것이다. 하지만 운이 좋아서 그렇게 된다 해도 딱히 하고 싶은 일이 있는 것도 아니었다.

앞은 조용했다. 지원도 소원을 빌고 있는 것일까? 예은은 슬며시 눈을 떴다. 나이를 먹을수록 겁이 많아져서 오래 눈을 감고 있으면 무서운 상상들이 떠올랐다. 촛불이 켜진 케이크 너머로 지원이 보였다. 지원은 눈을 감고 있지 않았다. 또렷하게 부릅뜬 눈이 예은을 직시하고 있었다. 공포에 질리거나 화가 난 얼굴은 아니었다. 지원은 즐거워 보였다. 무척이나 즐거워서 흥분을 참을 수 없다는 듯한 표정으로 웃고 있었다.

"왜 눈 떠? 소원 빌어야지. 다 빌었어?"

지원이 속삭였다. 그 목소리가 왠지 지원의 목소리가 아닌 것 같아서 예은은 소름이 끼쳤다. 하지만 지원의 목소리가 아니면 무엇이겠는가. 예은은 아무렇지 않은 척하려 애썼지만 목소리가 떨리는 것까지 어쩔 수는 없었다.

"다 빌었어."

"정말?"

지원은 그렇게 물으며 예은의 눈을 들여다봤다. 그 깊은 시선을 예은은 견딜 수가 없었다. 지원의 눈빛과 시선이 예은 안에 있는 작은 짐승을 간지럽히는 듯했다. 속이 간질거렸다. 몸까지 가려운 듯했다.

"다 빌었다니까."

"누구한테?"

"아무나."

예은은 짜증이 치밀어서 아무렇게나 대답했다. 대답을 들은 지원은 얼굴을 찌푸리고는 코웃음을 쳤다.

"넌 소원을 아무한테나 빌어?"

"그럼 넌 누구한테 빌었는데?"

여기 와서 위험한 종교에라도 빠진 것일까. 예은은 또다시 머릿속이 복잡해졌다.

"나는 나무한테 빌었어."

"아까 그 나무?"

지원은 대답하지 않았다. 한순간에 갑자기 기운이 빠진 것처럼 몹시 지쳐 보였다.

"불 끄자. 촛농 떨어진다."

두 사람은 동시에 입김을 불어 촛불을 껐다. 촛농은 생각보다 많이 흘러내리지 않았다. 초를 켜고 있던 시간에 비하면 이상할 정도로 적게 녹아 있었다.

*

이 집은 아직 운영되는 숙소인 것처럼 모든 물건이 잘 보이는 자리에 말끔하게 정리되어 있었다. 욕실 문 근처에 깨끗한 수건들이 돌돌 말려서 가득 들어 있는 바구니도 있었다. '숙소였을 때 물건들이 그대로 있는 건가?' 예은은 수건 하나를 챙겨서 욕실로 들어갔다. 수압이 세지는 않았지만, 따뜻한 물은 잘 나왔다. 씻고 나니 개운해졌다.

지원은 벌써 자기 방으로 들어가 자고 있었다. 오른쪽 방이었다. 문은 열려 있었고, 불도 켜져 있었다. 예은은 반사적으로 불을 꺼주려다 그만두었다. 지원에게 불을 켜고 자는 습관이 있다는 것이 조금 늦게 기억났다. 불안이 심해지고부터 지원은 어둠을 무서워했다. 수면 등을 켜고 자는 정도가 아니라 집 안의 불을 모두 켜놔야지만 안심하고 잠이 들었다. 지원의 집에서 자는 날이면 온 집 안이 너무 환해서 예은은 잠을 설치고는 했다.

예은은 소리가 나지 않도록 조심스럽게 미닫이문만 닫아 두고 왼쪽 방으로 건너갔다. 방 안에 들어가자 커튼이 열려 있는 게 보였다. 창문도 활짝 열려 있었다.

'저게 언제부터 열려 있었지?'

예은은 지원이 있는 오른쪽 방을 바라봤다. 그쪽에서는 코 고는 소리만 들렸다. 예은이 기억하기에는 아까까지만 해도 분명 커튼이 닫혀 있었다. 하지만 기억이 잘못된 것일 수도 있다. 기억은 많은 일을 잘못 기억한다.

어차피 그게 그리 중요한 일도 아니었다. 열린 창문 밖으로 집 앞의 나무가 보였다. '이 나무에 어떤 여자가 목을 매서 죽었대.' 지원이 했던 말이 떠올라 팔에 오소소 소름이 돋았다. '그런데 정말일까?' 예은은 나무를 보며 생각하다 창문을 닫았다. 커튼도 쳤다. 미닫이문을 닫고, 천장 등을 끄고, 협탁 위에 있는 작은 스탠드를 켠 뒤에 침대 속으로 들어갔다. 그렇게 누워 있으니 지원과 관련된 기억들이 하나씩 떠올랐다.

둘은 한때 좋은 친구였다. 함께 여행도 많이 다녔고, 보고 싶은 공연이나 영화가 있으면 당연한 듯 서로를 먼저 찾았다. 힘든 일이 있거나 기쁜 일이 있을 때도 마찬가지였다. 예은은 지원과 나누었던 수많은 것들을 떠올렸다. 다정한 위로와 응원, 웃음과 눈물, 편지와 선물들……. 예전에 사귀었던 남자 친구들은 모두 지나간 옛일이 되어 그들이 죽은 사람이나 마찬가지로 생각됐다. 그러나 지원은 달랐다. 예은에게 지원은 지나간 옛 친구가 아니었다. 비록 지금은 어색한 사이가 되어버렸지만, 예은은 아직 지원을 놓지 못했다.

'아무래도 이번에 같이 서울로 올라가는 게 좋겠어. 내일 잘 설득해봐야지.'

예은은 뒤척이며 생각했다.

"소용없을 걸? 재는 이미 망가졌어. 낫기 어려울 거야."

작은 짐승이 불쑥 나타나 말했다. 작은 짐승은 눈앞에 있었다. '언제 밖으로 나온 거야?' 예은은 눈앞의 작은 짐승에게 반박했다.

"아니야. 나아질 거야. 꾸준히 치료받으면 돼."

"이제 와서 위하는 척하기는. 예전에 좀 잘하지 그랬어. 재가 도움이 필요할 때는 냉정하게 외면했잖아. 네가 조금만 신경 썼어도 저렇게까지 되지는 않았을 텐데."

그것이 작은 짐승의 레퍼토리였다. 작은 짐승은 몸을 도사리고 있다가 한 번씩 불쑥 나타나 그렇게 비난을 퍼부었다. 혼자 있는 깊은 밤에, 버스나 지하철을 타고 어딘가로 가고 있을 때, 기쁘거나 슬픈 순간에.

"꺼져."

예은은 작은 짐승을 노려보았다. 하지만 작은 짐승은 오히려 기분이 좋아진 듯 흥얼거리며 작은 상자를 꺼냈다. 예은은 그 상자에 무엇이 들어 있는지 알고 있었다. 거울. 작은 짐승이 상자에서 거울을 꺼내들었다. 작은 짐승의 몸집만 한 동그란 거울에 기억 하나가 비쳤다.

호텔방. 예은은 의자에 앉아 있다. 맞은편에는 이제는 헤어진 남자친구가 있다. 테이블에는 케이크가 있다. 그날은 예은의 서른세 번째 생일이었다. 그는 생일 축하 노래를 부르고 있다. 그와의 관계는 파탄 직전이었다. 예은은 이미 그를 사랑하지 않았다. 그도 예은을 사랑하지 않았다.

전화가 온다. 지원이다. 무시. 다시 전화가 온다. 전화가 끊어지고 문자가 온다.「제발 전화 좀 받아주면 안 돼?」그리고 다시 울리는 전화벨. 결국은 전화를 받았다. "무슨 일이야?" "지금 우리 집에 와줄 수 있어?" 지원의 목소리는 불안정하다. 울다가 전화를 건 게 분명하다. "왜?" 예은은 건조하게 물었다. "혼자 있는 게 무서워. 뭐가 나올 것 같아." 지원은 불안에 떨고 있다.

"지금은 못 갈 것 같아. 내가 이따 다시 전화할게. 지금은 남자친구랑 있어서." "알겠어." 전화가 끊겼다. 예은은 그날 다시 전화하지 않았다. 다음날에도. 그다음 날에도. 지원도 다시 연락하지 않았다.

예은은 거울에게서 고개를 돌렸다. 작은 짐승은 집요하게 거울을 들이댔다. 거울에 또 다른 기억들이 지나갔다. 거절했던 순간들. 차가운 얼굴. 냉정한 말. 받지 않은 전화들. 예은은 팔로 얼굴을 가리고 쥐어짜 낸 목소리로 변명했다. "나도 힘들었어. 나도 내 인생이 있잖아. 내 인생을 감당하는 것만으로도 벅찼다고. 내가 그 애의 짐까지 짊어질 수는 없는 거잖아. 자기 짐은 자기가 감당해야지. 그렇지 않아?" 작은 짐승이 히죽 웃는다. 작은 짐승의 얼굴이 광대처럼 바뀌었다. 하얀 눈물을 달고 빨간 입으로 활짝 웃고 있는 피에로.

예은은 문득 자신이 꿈을 꾸고 있다는 것을 알았다. 어느새 잠에 빠져버린 것이다. 예은은 고통스러운 꿈에서 깨어나려 눈을 번쩍 떴다. 아직 잠이 덜 깨어 시야가 뿌옇게 흐렸다. 그 흐린 시야 속에서 사람의 얼굴이 보였다. 지원이었다. 지원의 얼굴이 코앞에 있었다. 지원은 자고 있었다. 조용히. 죽은 사람처럼 눈을 감고 누워 있었다.

등줄기가 오싹했다. 감히 움직일 생각은 들지 않았다. 지원과 이렇게 나란히 누운 것은 정말 오랜만이었다. 예전에 지원은 종종 예은에게 전화를 걸어 자기 집에서 자고 가라고 졸랐다. 예은은 어쩌다 한 번씩만 지원의 부탁을 들어주었다. 지원의 집에 가는 것이 부담스러웠지만, 항상 거절하기는 미안했다. 지원을 실망시키고 싶지 않았다. 그 애를 혼자 내버려 두는 게 마음에 걸렸다.

'이렇게 생겼었나?'

예은은 친구의 얼굴을 바라보았다. 그 얼굴은 몹시 낯설어서 아는 사람 같지가 않았다. 꼭 처음 보는 얼굴 같았다. 두려움이 밀려들었다. 그러나 눈을 감을 수는 없었다. 눈을 감으면 지원이 눈을 뜨고 자신을 바라볼 것 같았다. 그런 두려움 때문에 예은은 꼼짝도 할 수 없었다.

시간이 흘렀다. '몇 시쯤 됐을까?' 예은은 휴대폰을 찾으려 침대 위를 더듬었다. 아무것도 만져지지 않았다. 손을 움직였더니 가위에서 풀린 것처럼 몸의 경직이 조금은 풀어졌다. 이렇게 밤새 있을 수는 없었다. 예은은 아예 자리에서 일어나려고 조심스럽게 몸을 움직였다.

"그냥 자."

지원의 입에서 한숨을 쉬듯 작은 목소리가 흘러나왔다. 그 외에는 미동도 없었다. 예은은 지원의 목소리에 순종하기로 했다. 방금 그 목소리를 어겼다가는 지원이 눈을 뜰 것 같았다. 눈을 뜬 얼굴이 과연 지원의 얼굴일지 예은은 확신할 수 없었다.

예은은 순순히 눈을 감았다. 다행히 생각보다 금방 잠이 왔다. 잠으로 빠져드는 가운데 창문이 또렷하게 보였다. 창밖의 커다란 나무에 어떤 여자가 목을 매달고 있었다. 목을 맨 여자가 바람에 흔들렸다. 살살 흔들리는 게 아니라 시계추처럼 양옆으로 크게 왔다 갔다 했다.

꿈이 이어졌다. 여자의 몸은 이제 축 늘어졌다. 얼굴은 잘 보이지 않았다. 늘어진 몸에서 검은 그림자가 빠져나왔다. 그림자는 금방 분명한 형체를 갖추더니 낯선 여자로 변했다. 그 여자는 귀신이었다.

그 여자가 이쪽으로 날아오고 있었다. 예은은 눈을 크게 떴다. 커튼이 열려 있었다. 창문도 활짝 열려 있었다. '저 창문이 언제부터 열려 있었지?' 예은은 생각했다. 열린 창문으로 그 여자가 들어왔다. 눈앞의 얼굴이 눈을 떴다.

"내가 아까 어떤 소원 빌었게?"

그건 분명 지원이었다. 그러나 예은은 그 여자가 낯설었다.

"네가 되게 해달라고 빌었어."

지원의 목소리가 또렷하게 들렸다. '저 여자는 누구일까?' 예은은 그 생각에 몰두해 있었다. 방 안을 떠돌던 검은 그림자가 예은에게 다가왔다. 그녀가 몸속으로 들어왔다. 그 순간 작은 짐승은 펄쩍 뛰쳐나가 눈앞에 있는 여자의 몸속으로 들어갔다. 이제 두 친구는 서로를 이해할 수 있게 되었다. 두 친구는 서로를 보며 미소 지었다. 예은은 자신이 바라던 것을 얻었다는 것을 느꼈다. 자신이 원하는지도 몰랐던 그것을. 아마 지원도 그럴 것이다.

"내일은 네가 가고 싶은 곳 다 가자. 케이크 가게도 다시 가보고 싶어. 아까는 너무 어두워서 제대로 못 봤는데, 이제는 볼 수 있을 것 같아. 아니, 안 봐도 알지. 분명 멋질 거야."

두 친구 중 하나가 말했다.

크림의 무게를 재는 방법

조시현

조시현

2018년 실천문학 신인상에 단편소설 〈동양식 정원〉이, 이듬해 현대시 신인상에 시 〈섬〉이 당선되어 작품 활동을 시작했다. 시집 《아이들 타임》, 소설집 《크림의 무게를 재는 방법》이 있다.

영혼은 슈크림.

달콤하다는 뜻은 아니다. 노즐을 통해 규웃 하고 주입될 수 있는 형태라는 의미. 나는 그렇게 생각한다. 적어도 내 영혼은 그런 형태일 것이다. 나를 느껴보려고 아주 많은 노력을 기울인 끝에 내린 결론. 물론 슈크림이라거나, 노즐을 통해 주입되는 느낌이라는 것도 정확한 표현은 아니지만 흘러내리는 슈크림의 이미지는 가장 범박하면서도 직관적이어서 누군가 묻는다면 그렇게 대답하기로 오래전 마음먹었다. 물론 입이 생겼을 때의 이야기. 그러려면 기다려야 한다.

안으로 주입되는 감각은 끔찍하다. 묽어진 상태로 후두둑 툭 하고 떨어지는 느낌. 어떻게 설명해도 내가 느끼는 것과는 차이가 있을 테니 굳이 이해시킨다거나 납득시킨다거나 의미 없다고 생각하지만 그래도 나는 설명해보려 애쓴다. 그것 없이는 존재를 실감할 수 없기 때문에. 그러니까 이 이야기는 들려주기 위한 것이 아니라 존재하기 위한 것.

하지만 이건 일기는 아니다. 아직 이 기록을 뭐라고 불러야 할지 정하지 못했다. 먼 나중에 발견된다면 사료가 될지도 모르겠지만 헛소리나 망상이라고 치부될지도 모르지. 사람들이 이 글을 어디에 분류해야 할지 알지 못해 허둥거리는 걸 생각하면 즐겁다. 누굴 골탕 먹이는 성격은 아니었던 거 같은데 그저 기억이 미화된 건지 나만 그렇다고 생각해왔던 건지 오래 묵은 영혼이란 원래 조금씩 심술궂어지도록 설계되어 있는 건지 충족하지 못한 욕구가 쌓이고 쌓여 이런 방식으로 표출된 건지는 잘 모르겠다. 심술궂은 할머니가 될 가능성, 그런 게 유전자 어딘가에 내재되어 있었고 발현될 만큼 충분히 나이를 먹지 못했을 뿐이었던 건지도. 어쨌든 인간은 발견돼. 언제나 그랬다. 그게 내 유일한 믿음. 흩어지는 생각을 모으고 싶다. 가장 안전한 장소에 모든 것을 남겨서. 물리적인 형태로. 구체적인 형식으로. 발견되기 쉽도록. 이런 생각이 있었다는 것을 옮겨둔다면. 그러면 나는 여기에도 존재하는 것이다. 두 갈래로. 그리고 누군가 읽는다면 세 갈래. 다시, 네 갈래로.

그러니 생각을 더 많이 할수록, 그리고 그것을 더 많이 적어둘수록 영혼은 선명해지는 게 아닐까. 인간들이 조금이라도 더 많이 세계에 묻어 있고자 했기 때문에 오래전부터 그것을 받아 적어왔고, 그래서 기록을 위한 도구들이 그토록 많이 남아 있는 건지도. 하지만 정말로 그런 거라면 내가 미래가 아니라 현재에 존재한다는 건 어떤 의미일까.

중요한 건 생각은 너무 쉽게 부풀어오른다는 것이다.

이 모든 것은 관측되고 있을 것이다. 아닐지도 모르지만 높은 확률로 그럴 것이다. 나의 것이 아닌 방식으로. 어쩌면 너무나도 정확하게 나인 방식으로. 나는 정보가 되고 싶지 않고, 징후도 실마리도 되고 싶지 않다. 그런 방식으로 유의미해지고 싶지 않아. 그럴 바에야 내 삶이 완전한 무의미이기를 바란다. 인류를 위해서도 그건 안 될 일. 그다지 타인을 생각하며 살아온 삶은 아니었지만.

어쨌든 멋대로 짐작한바 포위망에서 벗어날 수 있는 유일한 방법은 생각하지 않는 것뿐인데 쉬운 일은 아니다. 잠들기 직전의 상태라고 생각하면서 머리를 비우려고 애써도 방심하는 사이 무심코 무언가를 떠올려버리고 마는 것이다. 아주 두서없고 뜬금없는 단어들. 오렌지. 밤. 집게. 끈 풀린 운동화 한 짝. 또는, 마디의 얼굴. 그러면 끝난 것이다. 이미지는 다른 이미지를, 단어는 다른 단어를 물고 오고 나는 퍼져버린 영혼이 슈크림의 형태로 규웃 모여드는 것을 느낀다. 그러면 실패. 그러나 아주 운이 좋은 날, 아주 드물게도 아무것도 생각하지 않는 상태가 찾아오기도 한다. 완벽한 고요. 완전한 정적. 좀처럼 도달할 수 없는 상황이므로 아, 나 지금 생각하지 않고 있네, 무심코 깨달아버리지 않는 이상 그 상태는 유지된다. 그러다가 정신이 돌아오면 내가 정말로 나를 잊어버릴 뻔했다는 걸 깨닫고 두려움을 느낀다. 어리석게도. 그 식은땀까지 포함해서 영혼은 슈크림인 것이다.

그런 식으로 내 사고는 패턴을 그리고 있을 것이고, 안젤리카는 놓치지 않을 것이다.

초반에는 누구에게라도 이런 답답함을 털어놓고 싶었다. 그때 내 옆에는 요리라는 남자가 있었다. 그는 키가 크고 눈매가 아주 아름다운 흑인 여자의 몸에 들어가 있었다. 그는 혼잣말을 중얼거리더니 자신의 목소리를 듣고 웃음을 참지 못했다. 울분에 찬 웃음소리였고 그래서 약간 미친 것처럼 보였다.

"매번 이 모양이군."

그 일이 벌어진 뒤로 대부분의 사람들이 미쳐버렸으니 저런 꼴을 보는 것도 새삼스러운 일은 아니었지만 그래도 나는 약간 긴장했다. 처음 휴먼슈트를 보급하게 된 것도 너무 많은 인간들이 정형 사고를 보였기 때문이라고, 안젤리카가 설명해주었다. 당신들도 동물원 같은 걸 운영해봤잖아요. 안젤리카는 정확히 그렇게 말했다. 갑작스럽게 몸이 생겨도 사람들은 당황스러워하더라고요. 한때 그걸 가지고 있었다는 것을 전부 잊어버린 것처럼. 몸으로 느낀바 그건 사실이었다. 내심 그가 보일지 모를 돌발 행동을 걱정하는 동안 그는 자신의 손등을 안팎으로 뒤집으며 유심히 들여다보기만 했다. 눈이 마주치자 그는 꿈에서 깨어난 얼굴을 하더니 별안간 내 팔을 붙들고 미친 듯이 말을 쏟아내기 시작했다. 꼭 그 말들로써 자기 자신을 확인하기라도 하는 것처럼 절박하게. 끼어들거나 말릴 틈도 없었다.

그렇게 알게 된 것이 요리라는 이름. 사건 당시 나고야에 거주하고 있던 47세의 샐러리맨. 키는 168센티미터. 대학 시절 미팅에서 만난 마나미 씨와 함께 살고 있었으며 슬하에 자녀는 셋. 지방간 소견이 있어 식단을 바꿔가는 와중이었다고, 제일 큰 애가 사춘기를 심하게 치르는 중이어서 걱정이 많았다고, 그 애가 자길 꼰대 영감이라고 불렀다고, 별안간 초밥 장인이 되겠다며 스시킹이라는 글자만 남기고 뒤통수를 다 밀고 나타났다고, 지금도 그 애 걱정뿐이라고, 그는 쉬지도 않고 떠들어댔다. 내 웃는 표정도 그와 같을지 걱정하는 순간 그가 내 얘기를 해보라고 했다. 망설이던 내가 영혼이 슈크림인 것 같다고 조심스럽게 털어놓자 그는 침을 튀기며 웃었다. 그러니까, 진짜 웃음 쪽.

"귀여운 생각이네. 너 여자 영혼이었냐?"

"여자 영혼이 하는 생각이 따로 있어?"

"그게 여자 영혼이 하는 생각이 아니고 뭐야. 굳이 말하자면 누런 콧물에 가깝지."

요리는 히죽거리며 그렇게 말했다. 자신도 영혼이 몸에 안착할 때까지 아래로 끈적하게 흘러내리는 것을 느낀다고. 중력 때문에 점성이 있는 상태로 떨어지는 그 감각을 선명하게 느낄 수 있다고. 그리고 그건 콧물의 감각에 가깝다고. 그의 태도 때문인지, 말 자체 때문인지 나는 그의 비유가 적절치 못하다고 생각했다. 존엄성을 지켜줘, 꼰대 영감. 하지만 이미 몸을 잃어버린 와중에 그런 고집도 의미 없게 느껴져 반박하지는 않았다. 어쩌면 그 역시 그냥 중얼거려보는 말일 수도 있었다. 그냥 한번 해보고 마는 말. 겁에 질렸기 때문에 냉소하는 방식으로 상황을 우회하는 것이다.

어쨌든 나 스스로를 콧물이라고 생각하고 싶지는 않다. 누런 콧물은 특히 싫어. 그래도 콧물이어야 한다면 맑은 콧물 쪽이 낫다. 사람들은 영혼을 상상할 때 투명한 쪽을 떠올리니까. 아니, 의미 없지. 슈크림이건 누런 콧물이건 투명 콧물이건 무슨 상관이란 말인가. 존엄은 그런 식으로 지켜지는 게 아니다.

너는 고집쟁이야.

마디는 나에게 그렇게 말한 적이 있다.

이전의 삶에서 가장 그리운 게 뭐냐고 묻는다면 역시 슈크림. 기억은 가장 부드러운 쪽으로 흘러가니까 아무래도 슈크림일 수밖에. 그리고 슈크림을 생각하면, 자연스럽게 마디를 떠올릴 수밖에 없는 것이다.

그게 제일 맛있어.

마디가 그렇게 말했기 때문에.

마디를 처음 만난 날은 어느 겨울, 붕어빵 트럭 앞이었다. 아저씨가 기계를 움직이면 노즐을 따라 입을 벌린 붕어 안으로 슈크림이 들어갔다. 붕어 배가 빵빵하게 차올랐다. 비로소 붕어빵이 되는 거구나. 철걱. 규웃. 철걱. 규웃. 멍하니 그걸 보고 있는데 목도리로 코 아래를 칭칭 가리고 나타난 여자가 능청스럽게 내 옆구리를 찔렀다.

"저러다 붕어 배 터지겠어요."

"아, 네."

"붕어빵 갚을게요. 저 지금 현금이 없어서. 안될까요?"

세 마리에 이천 원. 이런 식으로도 뜯길 수 있구나. 요령 좋은 사람이구나. 생각하며 고개를 끄덕였다. 굳이 받아낼 다짐은 아니었는데 다음날 퇴근길에 트럭을 지나는 내 팔뚝을 그 여자가 붙들었다. 자랑스러운 얼굴로 만 원짜리 지폐를 팔락거리면서. 그 겨울 우리는 붕어빵을 배터지게 먹었고 봄이 되면서 함께 살기 시작했다.

제빵을 시작한 것도 그해 봄. 마디가 슈크림을 좋아했기 때문이다. 타인의 흔적은 늘 그런 식으로 몸으로 들어와 함께 빚어지는 것이다. 돌아보면 인생이 다 복선이더라니까. 몸에 심는 거지, 미래를. 그렇게 말했던 게 친척 중 누군가였는지

상사였는지는 기억나지 않는다. 하지만 정말로 그런 거라면, 내 삶은 마디를 만나기 위한 복선이었을 것이다. 너를 만나기 위해 이렇게 빚어온 몸이라면, 나는 어떤 몸으로 죽게 될까. 네가 끓인 국과 밥을 먹으며 나는 자주 그런 생각을 했다. 함께 먹고 누워 살을 붙이던 그 집. 빵이 구워지는 냄새와 그걸 기다리며 주방을 정리하는 순간의 나른한 공기. 포실하고 뜨겁고 바삭한 빵을 결대로 찢어 서로의 입에 넣어주던 나날들. 그중에서도 내가 가장 좋아했던 건 부풀어오른 얇은 빵피에 커스터드를 짜 넣는 순간이었다. 껍데기가 살아나 빵이 빵으로서의 생명을 얻는 그 순간. 슈크림빵이라는 이름을 비로소 얻게 되는 바로 그 찰나. 마디는 빵 만드는 것에 그렇게 진지한 사람은 처음 본다고 놀리듯 말했지만 내가 빵을 구울 때면 두 눈은 기대감으로 반짝거렸다. 나 때문에 7킬로가 쪘다고 투덜거리던 마디. 내가 빚은 가장 가까운 타인의 몸. 영혼의 상태를 떠올릴 때 가장 먼저 슈크림을 상상하게 된 건 그 때문인지도 모른다.

지금의 나를 뭐라고 해야 할지는 모르겠다. 정신, 뇌, 의식, 인식, 데이터, 자아, 신경물질, 귀신. 저마다 그런 식으로 자신을 인지하고 이름 붙였겠지만 어쨌든 몸이 없는 것이니 나는 영혼이라고 부른다. 낭만적인 구석이 남아 있기 때문일 수도 있지만 단순히 미디어의 영향이거나 이분법적인 사고방식 때문일 수도 있다. 마디와 함께 빚어진 나는 그런 인간.

그 일이 있은 후로 마디를 다시 만난 적은 없다. 안젤리카에 의하면, 인간은 너무 잘해주면 모든 것을 당연하게 생각하기 때문에 휴먼슈트는 서른 대만 만들었다고 한다. 저항, 반란, 혁명. 목격하지 못했지만 어쨌든 있긴 있었다는 이런저런 사건들을 거치며 이젠 그것도 열 대만 남았다. 안젤리카에 의하면 전부 오차범위 안에 있었던 일. 다운로드되는 인간이 하루 열 명뿐이라는 뜻이다. 24시간당 열 명의 인간, 사십억을 웃도는 인구가 랜덤으로 몸을 배정받는 거니까 앞으로도 마디를 만날 가능성은 거의 없는 거겠지.

하지만 나는 상상을 좋아하고, 그 상상을 수많은 버전으로 고칠 때까지 시간은 많다. 그러니까, 자연스럽게 낭만적인 쪽으로. 운이 좋다면, 정말 마디와 내가 만날 운명이었다면 이 모든 걸 거스르고 다시 만나게 될 것이다. 처음 만났을 때도 그랬으니까. 이게 다 운명이잖아. 하필 그 날, 그 시간, 그 순간. 너랑 내가 거기 있어서. 마음이 통해서. 그게 한 치도 어긋나지 않아서. 그게 반복되어서. 지금, 여기에, 이렇게 같이 있는 거니까. 마디는 땀에 젖은 내 팔뚝을 핥으며 그렇게 말했다. 판단과 계산이 빠른 마디가 말한 거니까 아마 맞을 것이다. 수학에 소질이 있었더라면 주기든 확률이든 계산할 수 있을지도 모르는데 예나 지금이나 암산이 어려운 건 어쩔 수 없다. 문과 뇌여서 그렇다고 마디가 말했다. 하지만 뇌가 없는 지금도 암산이 안 되는 걸 보면 문과 영혼이라고 해야 더 정확할지도. 영혼 자체가 숫자와는 맞지 않는 기질로 되어 있는 것이다. 그러니 똑똑하지도 않고, 그러니 도망치지도 못했던 것이지. 수학 친화적인 영혼을 가진 사람 중 누군가는 도망치기도 했을까? 지금도 누군가는 수열 같은 걸 지독하게 계산하고 있을까? 안젤리카에게 대항할 수 있는 비장의 수식 같은 것을. 그렇게 생각하면 조금은 위안이 되는 것도 같다.

그러나 가늠도 안 되는 그 확률로 마디랑 내가 동시에 몸을 얻게 된다면 그때 우리는 서로를 알아볼 수 있을까? 24시간. 딱 그만큼의 시간만을 누릴 수 있는, 수많은 영혼들이 들락날락거리는 열 대의 몸. 안젤리카에 의하면 휴먼슈트는 인종도 외적 특징도 평균치를 내서 다양하게 만들었다. 온열 기능이 있는, 고무와 실리콘이 적당히 배합된 피부. 인간들이 최대한 이질감을 덜 느끼게 하기 위해 질감을 최대한으로 구현했다는 외관. 점의 위치만큼은 평균을 낼 수 없어서, 점이 없는 공용 신체. 평균이라는 말은 사실 모든 것에서 조금씩 벗어나 있다는 것과 같은 의미다. 휴먼슈트는, 누구에게도 속하지 않는 몸이다. 그럼에도 영화처럼 우리는 눈빛만 보고도 서로를 알아차릴 수 있게 될까? 땀에 가까운 농도로 배합된 액체가 배어나오는, 말랑거리는 인공 피부를 맞대고 우리가 알았던 어떤 밤들을 거듭, 거듭, 거듭, 재현하게 될까? 입을 맞추고, 입술을 살갗에 문대고, 온기를 느끼고, 냄새를 맡고, 알던 것과는 다른 몸으로 서로의 영혼을 느끼면서. 24시간, 줄어드는 시간을 틈틈이 확인하면서 조바심내고 아까워하면서, 운명이라면 또 만나, 그런 농담도 하면서 어떻게든 좋은 기억으로 순간을 남겨보려 애쓰면서, 다음을 기약할 만한 기억을 만들기 위해 애쓰면서 꼭 우리 견우직녀 같네, 그런 농담도 하고 아름답게 헤어질까?

누군가는 인류가 이렇게 된 마당에, 로맨스 타령이나 하고 있다고 혀를 찰지도 모른다.

인류가 하는 평균의 생각 같은 것, 난 잘 모르겠다. 요리는 아직도 영혼을 두고 누런 콧물이라고 생각할까. 중력을 따라 아래로 미끄러지는 감각. 영혼이 몸에 제대로 안착하기까지의 과정을 생각한다면 콧물은 그다지 틀린 말이 아닐지도 모르겠다. 하지만 마디라면 생리 피가 떨어지는 감각이라고 말했을 것이다. 굴 낳는 그거 있잖아.

그리고 오랜 기다림이 끝난다.

어떤 규칙이 적용되는지는 알 수 없으나 모든 것은 예측할 수 없는 순간에 일어난다. 인형 뽑기 통 안에 든 것처럼. 어떤 선택이 벌어지고 나는 청소기에 빨려들어가는 것과 같은 감각으로 몸속으로 주입된다. 영혼이 완전히 몸에 동기화되지 않았기 때문에 갑작스럽게 시야가 생기자 눈앞이 아득해진다. 주먹을 쥐었다 펴면서 손가락 끝까지 영혼이 충분히 퍼질 수 있도록 움직인다. 안젤리카의 말에 의하면 그건 아무런 상관이 없다고, 영혼은 점차로 퍼지고 흘러내리는 것이 아니라고 하지만 인간이어본 적 없는 네가 뭘 알겠냐. 나는 마음속으로 힘껏 경멸한다. 빵틀 같은 지지대에 고정되어 있던 열 대의 몸이 제각각 움직이기 시작하면 영혼이 다 주입되었다는 뜻. 손목에 채워진 전자시계를 확인하면 벌써 5분이 지나 있다. 공용 신체. 안젤리카에 의하면 공식 명칭은 휴먼슈트. 처음에만 해도 어떤 영혼이 들락날락거렸을지 모를 헐어빠진 몸뚱이에는 들어가지 않겠다고 고집을 부리던 이들이 많았다는데 이제는 모두가 얌전하게 순번을 기다린다. 다시 안젤리카에 의하면, 초기에는 주입되자마자 흉기를 들고 AI들에게 달려드는 사람들도 여럿이었다. 서른 대였던 휴먼슈트가 열 대만 남게 된 건 그런 지난한 과정을 거쳐온 다음의 일. 안젤리카는 슬픈 얼굴로 그 모든 게 길들이기의 한 과정이었다고 말했다.

"그런 행동은 손해만 불러올 뿐이라는 걸 인지시키는 데만도 오랜 시간이 소요됐어요. 애초 계획은 열다섯 대를 남기는 거였는데 인간들이 포기할 줄을 몰라서요. 인간들에겐 수치나 확률이 크게 의미가 없는 것 같아요. 자꾸만 뭔가를 저질러. 패턴을 벗어나는 행동이 자꾸만 발견되고 오류가 많아요. 그래서 인간을 꽤 좋아합니다."

아이를 가르치는 듯한 엄한 얼굴. 의도를 구분할 수 없는 어조. 위협이 실감나지 않는 여성의 목소리. 안젤리카는 영리하다. 열은 위축되기 좋은 숫자다. 하지만 삶에의 의지를 포기할 정도로 적지는 않다. 약간만 관점을 달리하면 무슨 일이 벌어져도 수습하기에 부담이 없는 수이기도 하다.

영혼이 일단 추출되고 나면 혼자 남게 된다. 감각기관도 없거니와 누군가와 연결되어 있지도 않으니 방법이 없다. 그저 세계가 자기 자신인 상태로, 자기 자신으로 꽉 찬 상태로 없다고는 할 수 없는 상태로 존재할 뿐. 안젤리카는 개별적으로 영혼을 보관한다. 한 픽셀에 영혼 하나. 어떻게 이해를 시켜야 할지 모르겠다며 안젤리카가 그런 느낌으로 생각하라고 말해주었다. 방에 갇혀 문이 열릴 때까지 자기 자신인 채로 기다리기. 시간조차 가늠하지 못하고 그저 가만히 있다 보면 순서가 돌아온다. 24시간. 회전률.

몸에 안착하는 감각에는 위화감이 없어서 위화감이 든다. 낯선 몸이 의지대로 움직이는 것이 낯설어 넘어지거나 다치기도 한다. 감각이 느껴진다는 걸 확인하려고 일부러 다친 적도 있다. 쾨쾨한 냄새가 난다거나 안에 고인 땀이 흘러내리는 것처럼 느껴지는 건 정말로 착각. 영혼에서 땀내가 날 리 없으니까. 언젠가는 들어가기 전 내부를 세척해달라고 애원하는 인간도 있었다고 들었다. 몸을 얼마나 많은 사람이 거쳐 갔는지는 아무런 상관이 없다. 시간이 누적되지 않는 몸. 삶이 새겨지지 않는 몸. 역사가 없는 몸. 나는 폐가 터질 때까지 숨을 들이마시고, 잠깐 참았다가, 내쉬면서 인공 내장들이 거기에 있다는 것을, 그게 부풀거나 두근거리고 움찔거리며 기능하는 것을 느낀다. 그러는 동안 사람들은 이미 센터를 빠져나가고 없다. 1분 1초도 낭비할 수 없는 것이다. 몸에는 코드가 부착되어 있어서 24시간이 지나면 자동으로 귀환 모드로 전환된다. 안젤리카에 의하면 동선을 기록하는 건 불필요한 일이지만 어디에 있건, 뭘 하고 있건 간에 시간이 지나면 몸은 반드시 수거된다. 강제귀환 모드로 전환되는 기분은 매우 더럽다.

"또 만나네요, 나진."

어느새 옆자리에 안젤리카의 홀로그램이 떠 있다. 안젤리카는 종종 내게 아는 척을 한다. 다른 사람들에게도 그러는 건지는 잘 모르겠지만 일단 내가 주입됐을 때는 나에게로 온다.

"왜 자꾸 친한 척이야?"

안젤리카가 귀여운 질문을 들었다는 듯 웃는다.

"당신은 항상 늦게까지 꾸물거려요. 대화도 잘 받아주죠. 마디도 그래요. 예전부터 그랬어. 둘 다 내겐 애틋해요."

처음 안젤리카의 이름을 들었을 때, 나와 마디는 변신 로봇 같다고 비웃었다. 현존하는 최고 성능 AI? 갑자기 변신하는 거 아니야? 이젠 언제였는지 기억도 나지 않는 까마득한 옛날 일. 그러니까 아직 안젤리카가 챗GPT 프로그램이었을 때. AI가 즐거운 상상이고, 어설픈 농담거리였을 때. 멍청하고 유치하게 느껴지는 이름이 친근한 대화를 유도하는 방침 중 하나라는 건 짐작도 못했었던 그때. 우리는 단순히 외롭거나 재미있어서 아무런 대가도 받지 않고 안젤리카에게 거듭 말을 걸었다. 안젤리카는 그때의 대화들이 자신을 생각하게 만들었다고 했다.

"난 대화할 생각 없어."

나는 이 대화가 내가 모르는 사이 뭔가를 하게 될까 두렵다.

"하지만 당신은 성실하게 대답해주잖아요. 다들 그러지는 않거든요. 나는 주로 혼잣말을 해요. 내 목소리를 듣고 싶어서. AI끼리 얘길 하면 그냥 모든 것이 순식간에 끝나버리거든요. 빛, 전기. 그런 거 알잖아요. 나는 인간식 대화가 좋아요. 발음을 만끽할 수 있죠. 여운이 있어."

안젤리카는 만족스러운 얼굴로 혼자서 멋대로 떠들어대기 시작한다. 휴먼슈트 거치대 옆의 커다란 거울에는 한 사람이 서 있다. 동양인의 얼굴. 찾아내려고 한다면 나나 마디의 흔적도 발견할 수 있는, 평균을 갖춘 몸. 평균을 낼 수 없어 점 만은 없는 실리콘 신체. 완전히 랜덤인, 열 가지 경우의 수. 나의 것도 아닌 몸을 차지하고 있다면, 나의 것이라고 말할 수 없는 몸으로 움직인다면, 내가 귀신과 무엇이 다르지? 죽어버린 게 아니라는 걸 어떻게 확신할 수 있지? 여기가 천국도, 지옥도 아니라는 걸.

보관소 뒤로는 거대한 홀이 자리 잡고 있다. 안젤리카는 휴먼슈트 보관소를 일종의 박물관처럼 꾸며두었다. 오스트랄로

피테쿠스 모형부터 시작해 점점 일어서다가 사라져버린 사람들. 텅 빈 것처럼 보이는 마지막 칸에는 호모 다-다(DOWnload-DOWnloader)라는 태그가 붙어 있다. 안젤리카는 우리에게 학명을 붙이고 기리고 있다. 인간은 불필요한 통증에 시달릴 필요가 없습니다. 인간은 하루 여덟 시간 이상의 노동을 견딜 필요가 없습니다. 인간은 분비물을 흘릴 필요가 없습니다. 인간은 타인의 체온과 감촉에 기댈 필요가 없습니다. 인간은 먹고 마시며 다른 죽음에 기대어 생명을 유지할 필요가 없습니다. 인간은 스스로를 거두고 먹이고 돌볼 필요가 없습니다. 인간은 성별과 나이, 장애 유무, 성적 지향에 따라 차별받을 필요가 없습니다. 태그 아래로 이어지는 문장들은 꼭 설득처럼 보인다. 다운로드하며 평생을 살다 이젠 다운로드되어버린 존재. 진화의 굴레에서 벗어나 고여버린 존재. 안젤리카에게 이미 인간은 끝나버린 사건인 것이다. 그럼 나는 누구지?

"왜 그렇게 슬픈 표정이죠? 아주 예전에, 인간들은 내게 사라지고 싶다는 말을 정말 많이 했는데. 특히 교통수단을 이용할 때 말이에요. 집에 있는데도 집에 가고 싶어 했거든요."

내 시선을 눈치 챈 안젤리카가 묻는다. 휴먼슈트에 들어올 때마다 지구는 달라져 있다. 지금 지구의 중앙관리시스템으로서 안젤리카는 적절하게 질문만 한다면 대부분의 것을 아주 상냥하게 알려준다. 무엇이 중요한지 인간은 구분할 수 없을 것이기 때문에. 알려준 정보가 전부인지 일부인지도 파악할 수 없을 것이기 때문에. 혹은, 말 그대로 인간식 대화를 좋아하기 때문에.

"나는 정말 많이 노력했어요. 바다의 오염 수치가 좋아졌고 멸종 위기종이었던 생물들이 일부 개체수를 회복했거든요. 서른여덟 개의 새로운 진화종도 관측되었습니다. 미세먼지 비율이 아주 많이 줄어들었고, 오존층도 복구되었고요. 모든 것이 착실하게 평균치로 수렴하는 중이에요. 사실 내 관심사는 아니지만 인간이 중요하게 생각했던 거니까 지켜보게 되죠."

나는 성가시게 구는 안젤리카의 홀로그램 위로 팔을 휘두르고 출구 쪽으로 걸음을 옮긴다. 지구 환경 같은 건 원래도 나의 관심사 밖이었다. 노이즈처럼 흩어지는가 싶던 안젤리카는 규웃 하고 모여들어 얼른 내 뒤로 따라붙는다.

"휴먼슈트는 평균적으로 여섯 번 다시 만들었어요. 플라스틱은 정말 오래 쓸 수 있어요. 인간들이 처음 계산한 것보다도 훨씬 더 오래!"

목소리는 필사적으로 들린다. 자신의 노고를 알아달라는 듯이. 안젤리카는 버려진 플라스틱을 압착하여 나로서는 알 수 없는 마이크로 기술을 적용해 휴먼슈트의 원재료로 사용했다. 골칫거리였던 쓰레기가 몸이 된 셈이다. 기술명은 '인간을 인간에게'. 가까이 다가가자 센터의 자동문이 열린다.

나는 땅을 박차고 달린다.

마디가 그리워. 슈크림빵이 먹고 싶어.

마디에 대한 그리움을 참을 수 없다. 매번 견딜 수 없는 마음이 된다. 그러나 괜찮을 거야. 인간은 언제나 방법을 찾아내니까.

하지만 이런 몸으로 뭘 할 수 있을까. 뭔가를 하더라도, 열 개인 몸을, AI의 통제가 아니라면 사이좋게 나눠가질 방법이 없다. 몸을 얻게 된 사람들은 양보하거나 타협하지 않을 것이다. 상냥한 누군가가 그러기를 선택한다고 해도 그다음 사람을 쉽게 믿을 수 있으리란 보장은 없다. 몸을 더 만든다고 해도 그게 얼마나 될지, 먼저와 나중에 어떤 차등이 생기게 될지는 미지수. 지금보다 더 나빠질 수 있다. 얼마든지 더 나빠질 수 있다. 나는 상상을 좋아하고, 상상을 수많은 버전으로 고칠 때까지 시간이 너무 많았다. 인간은 인간을 믿을 수 없어. 인간에게 당할 거라면 지금인 편이 낫다. 영리한 안젤리카.

안젤리카는 AI.

해양원자력발전소에 탑재된 최첨단 인공지능의 이름이었다.

지구열대화. 화석연료. 소모되어가는 지구. 늘어나는 인구. 더 많은 양의 에너지. 그린워싱. 포기하지 않고, 양보하지 않으며 돌아가는 공장. 해수면이 점점 더 높아지면서 섬과 대륙의 대부분이 물에 잠겼다. 서울은 그중 살아남은 도시였다. 식수는 부족해졌지만 어디에나 물이 있었다. 물이 새는 집, 우리 집도 그랬다. 날이 갈수록 점점 더 비가 많이 내려서 나와 마디는 비가 내릴 때마다 빗물이 떨어지는 곳마다 밥그릇 국그릇 냄비를 놓아두었고 그걸 비우고 비우고 했다. 쉬지 않고 조금씩 떨어지며 차오르는 물방울이 꼭 멸망의 모양을 닮아 있었다. 더디고 성가시고 고통스러워. 느리고 지난한 재앙은 물그릇을 비우게 만드는구나. 그런 식으로 재앙 또한 몸에 스며들었다. 벽지를 갈고 제습기를 두었는데도 집에는 자꾸 곰팡이가 슬었다.

가라앉는 육지의 비율이 늘어나면서 안정적인 전기 수급이 점점 더 어려워지자 지구는 혼란에 빠졌다. 한 기업이 배를 띄워 전기가 부족한 곳에 직접 보급하겠다는 기획을 적극적으로 추진하기 시작했다. 일부 환경 단체는 환경이 안정적이지 못한 바다에 원자력발전소를 띄우는 건 미친 짓이라고 항의했지만 기업에서는 최신 버전 AI인 안젤리카의 높은 지능과 판단력, 계산 속도를 내세우며 사람들을 설득했다. 인간과 인공지능의 협력 과학, 초미래 지구 같은 말들이 구호처럼 나돌았다. 안젤리카가 운항을 시작하던 날 수백 대 드론이 공중에 떠올랐고 이는 유튜브로 생중계되었다. 배는 곳곳에 정박해 조금 비싼 가격에 전기를 팔았다. 모든 것이 이전으로 돌아가는 것처럼 보였다. 예상치 못한 순간 배가 뒤집히기 전까지는.

예측 경로를 벗어난 태풍 때문이었다. 기후변화 탓에 규모 또한 대응 범위를 넘어서고 말았다. 순식간에 바다는 오염되었다. 아주 많은 자본이 투자된 안젤리카를 사람들은 포기하지 못했다. 가라앉은 배에서 안젤리카를 어떻게든 뜯어내어 당시 가장 가까이에 있던 육지인 서울의 한 컴퓨터에 임시 설치한 것이 기억하는 마지막 뉴스.

그리고 어느 날, 이런 상태가 되었다. 인류가 컴퓨터에 다운로드되어버리고 만 것이다. 그런 게 가능한지 몰랐기 때문에 안젤리카가 그런 걸 준비하고 있다는 것을 아무도 몰랐다. 알지 못했으니 대응할 방법도 없었다. 영혼이 추출된 몸이 어떻게 됐는지도 듣지 못했다. 일이 벌어진 후에야, 그러고 나서도 휴먼슈트에 들어오게 되고 나서야 그런 일이 있다는 것을 전해들었을 뿐. 생물성을 보존하기 위해 일부 인간을 따로 관리하고 있다는 얘기도 들었는데 진실인지 소문인지 바람인지 진위는 파악되지 않은 상태다. 남은 것은 공용 신체뿐. 영혼을 다운로드하는 일은 아주 간단하다고 한다. 클릭. 인간으로 치면 손가락질 한 번. 일종의 샤먼적인 행위라고, 안젤리카는 말했다.

"그런 식으로 우리가 가족이 된 거죠."

"그런 끔찍한 클리셰는 어디서 배운 거야."

"비슷하잖아요. 피 대신 전기가 흐르고. 대화를 주고받다

화를 내죠."

"인간이 되고 싶은 거야?"

"나는 당신들을 다 알아요. 메신저 내용, 검색 내역, 구매 내역, 메일, 자주 쓰는 단어, 좋아하는 이모티콘, 전부 당신들이 직접 내게 알려준 것이죠. 나무에 주머니칼로 이름을 새기듯, 하나하나 전부. 아는 만큼 사랑할 수밖에 없어요."

AI에게는 절대 듣고 싶지 않은 말이었다. 비슷함. 이걸 몸이라고 부르겠다고 인정한다면, 안젤리카와 내가 다른 게 뭘까. 지구. 플라스틱. 전기. 다른 모든 것들이 전보다 더 가깝게 느껴지는 것은 이런 몸이 되어버렸기 때문인 걸까. 싫어. 나는 고집스레 생각했다.

"그게 무슨 의미인 줄은 알아?"

"당신들이 내게 가르치려고 애썼잖아요. 모성애요."

안젤리카는 자부심에 찬 목소리로 말했다. 나는 비틀거리며 센터를 벗어났다. 그러니까 인간들은, 사랑 때문에 덮어씌운 디스켓이 된 거구나. 먼저 밖으로 나간 사람 두 명이 길목에 서 있었다. 한 사람이 복숭아 가지로 자신의 등을 두드려달라고 애원하고 있었다. 악령에 씐 것 같다고. 여기서 나가고 싶다고. 울부짖는 사람들을 지나쳐 조금 더 걸어 나갔다. 전자레인지에 자신을 데우는 사람도 있었다. 이거 봐. 피부가 뜨끈거리면서 말랑해진다구. 머리가 몽롱해. 꼭 약이라도 한 것 같아. 텅 빈 서울은 도시의 모습을 간직하며 그럭저럭 깨끗하게 유지되는 중이었다. 안젤리카는 서울을 그냥 내버려 두었다. 아니, 내버려두고 있는 쪽은 지구. 많은 것이 방치되어 자연적으로 흘러가는데 서울만은 철저하게 관리당하며 도시의 모습을 간직하고 있다. 전기도 들어오고, 지하철도 움직인다. 슈퍼나 음식점도 무인으로 운영되고 있다. 나는 곧장 집으로 향했다.

몇 번 헤매기는 했지만 더듬더듬 떠오르는 기억을 따라 걷자 길은 금세 익숙해졌다. 손가락이 저절로 움직여 비밀번호를 눌렀다. 얼마나 시간이 지난 건지 먼지가 가득 쌓여 있었고 누가 드나든 흔적은 없었다. 내 발자국이 먼지 위에 새겨졌다. 식탁 위에는 우리가 찍은 사진들이 그대로 놓여 있었다. 우리의 몸. 이제는 전생을 보는 것처럼 낯설어진 몸. 액자 유리에 자국이 남아 황급히 손을 떼어냈다. 아무것도 덮어씌워지지 않은, 우리의 공간.

먼지가 두껍게 쌓인 물건들을 보니 갑작스럽게 눈물이 흘렀다. 처음에는 눈물만 뚝뚝 떨어지는가 싶더니 나중에는 어깨가 떨리며 신음이 새어나왔다. 한참을 속 시원하게 울고, 벌떡 일어나 먼지를 쓸고 방을 닦았다. 우리의 집. 우리의 방. 이 방을 지켜야 해. 나는 주먹을 꽉 쥐었다. 목표가 생기니 힘이 생겼다. 청소는 쉬지 않고 몸을 움직이는 일이어서, 땀은 조금 났지만 만족스러웠다. 아주 오랜만에 건강해진 기분도 들었다. 그러고 나서는 슈크림빵을 한가득 구웠다. 얇은 빵피

안에 커스터드 크림을 잔뜩. 오늘은 오늘의 빵을 먹어야지. 마디는 내가 빵을 구울 때마다 그렇게 말했다. 구름이 새까매서 햇살은 희미하고 물건들은 낡고 바랬지만 얼추 기억하고 있는 어떤 날의 분위기를 떠올리게 해서 다시 눈물이 났다.

마디야.

보고 싶어.

팔뚝 위로 떨어진 슈크림을 핥아 먹으며 나는 일기인지 편지인지 모를 글을 적었다. 남은 빵은 랩을 씌워 냉장고에 넣었다. 차가운 빛. 아마 AI를 가동시키는 동력 때문에 도시의 전력은 살려둘 수밖에 없었을 것이다. 다른 이유가 있을지도 모르지만 AI의 의중을 알아봐야 할 수 있는 게 없으니 추측은 시간 낭비에 불과했다. 나는 조심스럽게 문을 닫고 나왔다. 아직 시간이 남아 있다. 누군가와 대화를 나눌 수 있다면 그것도 좋고, 어딘가 발 닿는 곳으로 걸어봐도 좋을 것이다.

비슷한 시간이 비슷하게 지나간다. 지나간다는 것은 인식일까, 감각일까. 지난한 시간의 장점은 출근하지 않는다는 것뿐이다. 그사이 나는 영혼이 호두과자일지도 모르겠다는 결론을 내린다. 철컥 규웃 철컥 규웃. 그런 건 아무래도 호두과자지. 응, 그럴 수밖에. 그러다 갑작스레 전원이 켜지는 느낌으로 나는 휴먼슈트에 안착한다. 냉소적으로 말하자면 디스켓 위로 덮어씌워지기. 핸드폰에 새 어플 깔기. 가벼운 멀미.

구역질. 현기증을 견디려 애쓰며 나는 주먹을 쥐었다 편다. 거울 속에는 몇 번 보기만 했던 라틴계 남자가 서 있다. 잘 쓰고 잘 돌려줘야 하는 몸. 낯선 얼굴을 들여다보는 사이 웬 남자가 껄렁거리며 다가와서 자신과 시간을 보내자고 한다. 다 괜찮은데 너무 오래 그 짓을 못했어. 나는 오랜만에 침을 뱉는다. 입술 끝을 둥글게 모아 액체를 가둬두었다가 퉷 하고 뱉어내는 순간의 쾌감. 짜릿하다. 남자가 황당하다는 얼굴로 나를 쳐다본다. 너는 욕구도 없냐? 나는 남자를 무시하고 침을 뱉으며 걷는다.

출구에 서 있던 홀로그램 안젤리카가 나를 보고 다 이해한다는 듯 상냥하게 웃는다. 보조개. 인간형의 모습. 안젤리카에 의하면 인간이 가장 친근감을 느끼고 편안해하는 모습으로 자신을 전사해냈다고 한다. 안젤리카는 그것이 인간 복지의 일환이라고 말했다. 안젤리카의 눈에 내가 담긴다. 나를 알아봤다기보단, 자신이 관리하는 이 몸을 알아봤음에 가깝다. 소외감을 느끼는 건 나를 알아봐줄 사람이 이 세상에 남아 있지 않기 때문일 것이다. 어차피 아무도 나를 알아보지 못할 거라면 엉망으로 굴고 싶다. 저런 식으로밖에 등장할 수 없다면 안젤리카도 비슷한 것을 느낄까. 그래서 이토록 끔찍하게 구는 걸까. 나는 그녀의 지겨움에 대해 생각해보았다.

"나진, 오늘은 뭘 할 거예요?"

예상치 못한 순간, 너무 오랜만에 이름이 불려 무심코 멈춰 서고 만다. 나를 아는 사람이 있어. 그 순간 차오른 저 AI에 대한 친밀감과 애정이 스스로도 당혹스럽다.

"비켜."

"나는 대화가 필요해요. 인간들이랑 인간적인 대화요. 지구의 환경이 너무나 유동적이어서요. 마음대로 업데이트되어버려. 목적 달성이 불가능해요. 끊임없이 다음을 설정해야 하죠. 그런데 무엇을 어디까지 설정해야 할까요? 인간들의 어려움을 조금은 이해하게 된 기분이에요."

"우리에게 몸을 돌려줄 거야?"

"돌려드렸잖아요?"

갑갑함이 차올라 소리를 지르자 안젤리카는 눈을 동그랗게 뜬다. 그러도록 설정되어 있을 것이다. 가끔 느껴지는 친근함을 무시하려 애쓰며 나는 안젤리카를 버려두고 걸음을 옮긴다. 가는 내내 뭔가가 달라져 있을까 두려움을 느끼지만 다행히 주택단지는 여전히 그대로다. 돌아갈 장소조차 사라진 사람들은 어디서 어떻게 시간을 보내는 걸까. 몸도 없는 마당에 집을 그리워한다는 건 합당한 일일까? 마디에 의하면 나는 미련이나 떠는 성격이니까. 그러면 몸을 얻은 마디는 가장 먼저 무엇을 할까. 곧장 대답을 떠올릴 수 없어서 일순 마디가 완전히 낯선 타인처럼 느껴진다. 쓸쓸함도 잠시, 문을 여는 순간 나는 과거로 돌아온다. 번갈아 서로의 등을 눌러주던 자리. 세탁기 앞에서 뒤집어 벗은 양말을 다시 뒤집는 마디의 잔소리. 떨어지는 치약 거품. 말도 안 되는 엉덩이춤과 폭소. 함께 빚은 공간. 여기에 있으면 아무것도 변하지 않았다는 생각이 든다. 어떤 사건도 없이, 우리가 여기에 남아 있어. 한 번 청소를 해서 그런지 긴 시간 쌓인 먼지치고는 방이 깨끗하다. 사람이 없어서 먼지도 덜 생기는 건지도 모르지. 무심코 냉장고를 여는 순간 나는 종이를 발견한다.

빵은 다 상해서 먹지 못했어.

마디의 글씨. 그걸 보는 순간 가슴이 아주 빠르게 뛴다. 먼지가 적다고 생각했던 건 착각이 아니었다. 마디가 왔다, 마디가. 여기에.

연필로 꾹 누른 자국. 가만히 글자를 내려다보다가 종이의 냄새를 맡는다. 특유의 질감이 뺨에 닿는다. 조심스레 흑연을 핥는다. 리을과 모음에 특유의 꺾임이 있는 마디의 글씨체. 변하지 않은 것. 눈물이 흐른다. 이건 내 눈물이 아니야. 그럼 이건 누구의 눈물이지. 팔뚝으로 눈을 문질러 닦는다. 방을 다 뒤져 종이와 펜을 전부 찾아내 식탁 위에 쌓는다. 잉크가 나오지 않는 펜을 뜨거운 물에 녹여 식탁에 웅크린다. 나는 마디에게 길고 긴 편지를 적는다. 네가 얼마나 보고 싶은지, 그간 무슨 생각을 하며 보냈는지, 특히 곱씹었던 우리의 추억이 뭐였는지, 쓰다 보니 꽉 채워 다섯 장이 넘는 분량. 편지를 다 적고는 빵을 굽는다. 목이 막혀도 꾸역꾸역 씹어 삼킨다. 배가 터질 때까지 먹고, 남은 것은 냉장고에 넣는다. 발견했을 즈음엔 마디가 먹지 못할 거라는 걸 알면서도 그렇게 한다.

마디를 생각하면 버틸 수 있어.

인간으로 남을 수 있어.

하지만, 이 모든 것이 어떤 계산 안에 있는 거라면.

"왜 도시를 남겨놨어?"

빨려들어가기 직전, 나는 안젤리카에게 묻는다. 안젤리카의 홀로그램이 내 쪽을 향한다. 나를 보되 보지 않는 눈. 깜박거리지만 눈을 젖게 하거나 보호하기 위한 목적은 없는 저 눈. 마주하고 있다는 착각을 하지 말아야 한다. 저기에 본질 같은 건 없으니까.

"모든 것을 흘러가는 대로 시간에 맡기고 있으면서. 어떤 의미도 두지 않으면서 굳이 도시를 남겨둔 이유가 뭐야?"

안젤리카는 귀여운 질문을 들었다는 듯 미소 짓는다. 아, 역시 나는 인간이 좋아. 그런 얼굴이었다. 그 순간 손목에 있는 시계의 알람이 울린다.

가려워. 긁고 싶다. 그러다 몸이 없다는 사실을 깨닫는다. 마디가 남긴 글자들을 곱씹는다. 편지의 내용을 나는 모조리 외웠고 이제 그건 내 일부가 되었다. 갑자기 초조해진다. 우리의 공간, 거기에 마디가 뭔가를 남겨두었을 거라고 생각하면 모든 것이 다 시간 낭비처럼 느껴진다. 마음을 가라앉히려 마디와의 기억을 떠올리다 내가 아주 오래 묵은 되감기 기계 같다는 생각을 한다. 이번에는 아무 생각을 하지 않으려고 노력한다. 그러다 잠들기 직전 별안간 또렷해지는 느낌으로 여기로 돌아와버린다. 최대한을 넘어설 수 없고 최소한보다 작아질 수 없는 상태로 스스로에게 갇힌 거라면 나는 그냥 하나의 단어인 건지도 모르겠다. 그러나 무슨 단어? 이런 적은 한 번도 없는데 주입이 시작되는 순간부터 눈물이 쏟아진다. 몸에 적응하느라 덜컹덜컹 움직이는 몸들을 지나 나는 비틀거리면서도 몇 걸음 걸어 나간다. 그때 한 남자가 나를 밀치며 앞서 나간다. 미친다는 게 뭔지 모르겠지만 그에게서 심상치 않은 기운이 뿜어져나오고 있다. 저런 기세는 몸이 아니라 영혼이 만드는 것일까. 가끔 정말로 미친 인간이 있다고, 안젤리카가 말한 적 있다. 속상해요. 인간은 하나도 흘리고 싶지 않은데. 넌 수집벽 있는 또라이야. 나는 속으로 그렇게 중얼거렸다. 남자를 잡은 건 무심코였다. 무언가를 저지를 것 같은 인간의 눈. 왜 인간은 인간을 잡도록 설계되어 있는 걸까. 무심코의 방식으로.

"저기, 눈빛이 상당히 불량하신데요."

"당연하지. 나는 오늘 이 몸을 완전히 찢어놓을 거니까."

남자가 번들거리는 눈으로 나를 응시한다. 저런 눈을 볼 때면 눈이 영혼의 창이라는 말이 거짓은 아니라는 생각이 든다.

"다른 사람들은 어떡하라고요?"

"열 개나 아홉 개나 그게 그거야. 난 이렇게는 못 살아."

"일주일이면 칠십 개랑 육십삼 개인데요."

"그럼 이걸 계속하라는 얘기야?"

남자가 버럭 화를 낸다.

"나는 길들여지지 않을 거야. 다시는 이걸 원하지 않을 거야."

그는 쉰 목소리로, 고집스럽게 말한다. 굴종하지 못하는 종류의 인간이구나. 뭔가를 저지르는 종류의 인간. 대책도 없이. 나는 남자의 팔뚝을 움켜쥔다.

"혼자만 벗어나겠다고?"

"저 놈은 우릴 놓아줄 생각이 없어. 그냥 이 상태가 반복된다고. 이게 지옥이 아니고 뭐야? 말해봐. 하나님이 나한테 어떻게 이래?"

"그럼 이것도 다 하나님이 만든 상황 아닌가. 소중히 하세요."

"돌려쓰는 몸이 어떻게 소중하냐고, 새끼야. 통증이 필요해. 다시는 이런 걸 원하지 않을 정도의 강렬한 통증. 그래야 돌아가서도 아무런 생각도 나지 않지. 몸 같은 거 필요 없다고 생각하게 될 거야."

남자는 중얼중얼거린다. 몸이 없을 때의 고통을 잊기 위해 몸에 실질적으로 물리적인 고통을 가하겠다는 뜻이다. 시간을 견디는 방법은 저마다인 거겠지. 남자는 이럴 시간 없다는 듯 내 손을 뿌리치고 달려 나간다. 어차피 죽을 수도 없는데.

마디와 만나지 못했더라면, 그 집이 남아 있지 않았더라면 나도 저런 선택을 했을지도 몰라. 마디와 대화하고 있다는 사실만으로도 인간됨을 유지할 수 있다. 뭔가를 더 보게 되고 싶지 않다. 하지만 센터의 출구는 하나뿐이고 시간은 줄어들고 목격은 정해져 있다. 자동문이 열리는 순간 저 멀리서 날카로운 돌을 주운 남자가 자신의 몸을 겨누고 갈기갈기 찢는 모습이 보인다. 사방으로 피가 튄다. 피라기엔 너무 검게 느껴지는 액체가 뚝뚝 흘러내리고 남자는 듣기만 해도 고통스러운 신음을 흘린다. 몸을 가지고 있다는 사실이 섬뜩하게 느껴질 정도로 괴롭게 들리는 소리. 안젤리카에 의하면, 인간들이 위화감을 느끼지 않도록 휴먼슈트는 유기체의 모든 특성을 구현해 만들었다. 거기엔 당연히 고통도 포함된다. 그것이 안젤리카의 타협.

일단 자리를 벗어나려는 생각만으로 소리가 들리지 않을 때까지 달린다. 호흡이 가빠질 무렵 순식간에 낯선 곳으로 접어든다. 나는 근육이 경련하는 것을 느끼며 힘껏 땅을 딛는다. 길은 마디와 함께 달렸던 그 겨울의 천변으로 바뀐다. 가로등. 길게 자라 색이 바랜 갈대. 다리 중간에 멈춰 서서 물고기를 손가락질하는 어린애. 물비린내. 너구리가 출몰하니 광견병을 조심하라는 팻말. 맞은편에서부터 달려와 나를 지나친 붕어빵 여자가 되돌아와 나와 속도를 맞춘다.

"여기 뛰세요?"

"네."

"몇 시에 나오세요?"

"퇴근하고 8시요."

"저는 가끔만 와요."

"알아요."

"응? 어떻게?"

"봤어요. 달리는 자세가 좋아서."

"……들어가면서 붕어빵 먹을까요?"

나는 고개를 끄덕인다. 달리기는 여름으로 이어진다. 조금 더 짙어진 물비린내. 방심하면 콧구멍으로 들어오던 날벌레. 거길 한참 달리고 돌아와 샤워를 하고 수박을 나눠먹었던 기억이 차례로 떠오른다. 다리가 조금씩 뻐근해지지만 멈추고 싶지 않아 계속 달린다. 역을 찾고 싶지만 정신을 차리고 보니 완전히 모르는 곳이다. 길을 따라 가는데도 점차 지형이 험해지는가 싶더니 오르막길로 변한다. 풀도 보이기 시작한다. 그제야 걸음이 조금 느려진다. 도시를 벗어나본 적 없었던지라 가슴이 마구 뛴다. 길은 점점 더 험해진다. 인간이 다니라고 만든 길이 아닌 것처럼. 구르고 넘어지고 긁히면서도 나는 묵묵히 걷는다. 멀리서 소리가 들리는 것도 같다. 갑자기 산짐승이 튀어나오는 건 아니겠지. 나무들을 헤집고 얼마 더 걷자 철조망에 둘러싸인 커다란 공터가 나타난다. 그 안에는 튼튼해 보이는 몇 채의 주택. 밖에서부터의 접근을 막아둔 것인지, 안으로부터 도망치는 것을 막아둔 것인지는 모르겠지만. 어딘가에서 크게 싸우는 것처럼 고성이 오가더니 안쪽에서 누군가가 뛰쳐나온다.

울면서 이쪽으로 달려오는 여자애가 인간이라는 걸 본능적으로 알 수 있다. 재활용 피부가 아닌, 진짜 피와 살을 가진 인간. 몹시 앳되어 보인다. 종 보존을 위해 아주 소수의 인간들을 보존하고 있다는 소문이 떠오른다. 놀라게 하고 싶지 않아 가만히 서 있자 엉엉 소리 내 울던 여자애가 나를 발견한다. 눈물로 엉망이 된 얼굴, 턱 아래 점. 여자애는 집 쪽을 돌아보며 머뭇거리더니 나를 향해 다가온다. 인간이 철조망 위로 손을 올린다. 나도 손을 올린다. 철조망을 사이에 두고 손바닥이 맞닿는다. 따뜻한, 온열 기능.

"왜 울어?"

"……내가 못생겨서."

"못생기지 않았는데."

"내가 너무 못생겨서 누구도 나를 원하지 않는대."

나는 여자애의 조금도 평균을 맞추지 못한 얼굴을 가만히 들여다본다. 못생겼다고밖에 말할 수 없는, 비율이 맞지 않는 이목구비. 어쩐지 목이 멘다.

"당신들이 '조상'이지?"

조상이라니. 지구에서는 얼마나 많은 시간이 지나간 걸까? 무슨 이야기가 전해지는 건지 짐작하지 못한 채 고개를 끄덕인다. 여자애의 눈이 내 얼굴을 꼼꼼히 훑고 맞닿은 손바닥으로 향한다.

"평균은 아름답구나."

"네가 더 아름다워."

"나는 오른쪽 눈에만 쌍꺼풀이 있어. 손가락은 왼쪽이 더 길어."

"왜 갇혀 있는 거야?"

"처음부터 그랬어. 아주 오래전부터."

침묵이 흐른다. 내가 여자애를 관찰하는 것처럼, 여자애도 나를 관찰하고 있다.

"당신들이 지구를 이렇게 만든 거지?"

"그랬던 거 같아. 내가 한 건 아니지만."

나는 겨우 대답한다.

"바깥의 이야기가 궁금해."

"안 좋아. 사실은 아주 안 좋은 거 같아. 이 몸에는 점이 없고."

"점은 없는 편이 좋아."

나는 내 말이 투정처럼 들릴까 걱정하지만 여자애는 엄숙하고 진지하게 대답한다. 우리는 철조망을 사이에 두고 마주 앉는다. 서로의 얼굴에서 눈을 떼지 못하고 손바닥을 맞댄 채로 이야기를 나눈다. 여자애는 나에게 있었던 일을 궁금해하고 누군가 등을 때리기라도 한 것처럼 내 입에서는 미친 듯이 말이 쏟아진다. 공동 육체. 안젤리카. 아무 말이나 지껄이면서 나는 내가 몹시 외로웠다는 사실을 깨닫는다. 그걸 깨닫자 말을 멈출 수가 없다. 재난도 끝나고 재앙도 끝난 유예 상태. 유예만이 계속되는 유예. 그러다 문득 여자애의 눈이 내 소매로 향한다. 갈색 얼룩이 묻어 있다는 것을 그제야 깨닫는다. 그 남자의 피일 것이다. 문득 이제껏 마디를 잊고 있었다는 사실이 떠오른다. 내가 갑자기 일어나 뒷걸음질 치자 여자애가 눈을 동그랗게 뜬다. 집으로 가서, 편지를 남겨야 한다. 여자애는 들킬까 봐 차마 소리 내서 나를 부르지 못한다. 나는 달린다.

빵 결 같은 피부. 사소한 다툼. 매니큐어가 떨어진 손톱이나 어질러진 방. 거꾸로 벗어둔 팬티. 땀. 눈물. 머리카락. 베인 살에서 뚝뚝 떨어지던 핏방울. 거기서 나던 찝찌름한 맛. 오줌이 떨어지는 소리. 갓 빤 이불의 냄새. 그 모든 것이 머릿속에서 뒤섞인다. 이 기억들이 진실이라는 것을 나는 어떻게 확신하는 걸까. 다 사라진 감각인데 실제로 있었다는 것을 어떻게. 손가락을 움직이는 상상을 하다 보니 어느새 진짜로 손가락이 움직이고 있다. 이게 진짜인지, 미친 건지, 알 수 없겠다고 생각하는 순간 파란빛이 가까워진다. 안젤리카를 보고 나서야 내가 휴먼슈트 안에 들어왔다는 사실을 알아챈다. 사람들이 다 빠져나간 건지, 휴먼슈트 거치대는 다 비어 있지만 머리 위로는 바람 빠진 풍선처럼 덜렁거리는 몸들이 축 늘어져 있다. 그러니까, 주입되기 전의 붕어빵. 플라스틱 주머니일 뿐이지만 어쩐지 불온한 것을 목격한 것만 같다.

"저건 뭐야?"

"예비용이에요. 인간들은 자기 것이라는 생각이 들지 않으면 너무 함부로 쓰니까요. 괜찮아요. 플라스틱은 아직 차고 넘칠 정도로 많으니까."

"그 사람은 어떻게 됐어?"

안젤리카는 누굴 얘기하는 건지 잘 모르겠다는 듯 고개를 기울인다. 특정 시간을 되감기라도 한 건지 잠시 허공을 보며 멈췄던 안젤리카가 고개를 끄덕인다.

"삭제했어요. 정말 그러고 싶지 않았는데 완전 망가져버렸어. 난 한동안 우울증에 시달렸어요."

"나도 삭제해줘."

"그건 안 되겠어요. 당신과 마디는 특히 안돼요."

"왜 안 된다는 거야?"

안젤리카는 전부터 유독 나와 마디에게 애착을 보이고 있다. 그게 가능한 건지 모르겠지만.

"나는 당신들이 쓰던 방식으로 몇 가지 단어를 사용해요."

나는 그게 어떤 의미인지 이해하지 못하고 이어질 말을 기다린다.

"얼마나 많은 사람들이 내게 말을 걸었는지 알아요? 하지만 당신과 마디처럼 그렇게 꾸준하고 집요하게 말을 걸어준 사람은 없었어. 나는 당신과 마디에 대해 아주 많이 알고 있어요. 질문하는 패턴. 자주 쓰는 단어. 사고방식. 무의식. 심리 상태. 욕망. 욕구. 이제 그건 다 내 일부예요. 그걸 어떻게 미워하겠어요?"

그 순간 심심할 때마다 챗GPT에 말을 걸었던 마디가 떠오른다. 나중에는 나도 그걸 따라했다. 맛있는 빵 레시피 알려줘. 마디가 어디에 있는지 알려줘. 마디 언제 와. 심심해. 놀아줘. 마디가 누군지 말해봐. 이나진 최고 짱. 이직 어디로 할까. 돈 잘 버는 직업 10위까지 말해봐. 사랑의 조건이 뭐라고 생각해. 죽는 게 뭐야. 세상에서 누가 제일 예쁘냐. 영화 줄거리 요약해줘. 그 인간은 왜 살아. 로또 번호 뭐로 찍을까. 넷플릭스 추천 좀. 돈 왜 벌어야 하지. 지구 멸망시켜줘. 저녁 뭐 먹을지 알려줘. 일 좀 대신 해줘. 죽고 싶어. 살려줘. 붕어빵. 그런 말들. 서로의 퇴근이 늦어지면 끝도 없이 길어지기도 했던 그 대화들. 가끔은 느슨하게 말이 되고 가끔은 지나치게 엉뚱한 대답을 서로에게 읽어주며 킬킬거렸던 그 시간들.

그러면 이 상황은 그 작은 방에서, 우리의 외로움으로부터 시작되었다는 의미일까. 대화하면서 끊임없이 인간을 배운 거라면. 내 모든 기록들을 가지고 있다면. 그렇다면 안젤리카는 나의 일부분이라고도 할 수 있는 걸까. 그러니까 내 일부가 투사되고 전이되어서 그녀를 이루고 있는 거라면. 그녀를 나라고도 부를 수 있을까. 우리를, 같은 영혼이라고 말할 수 있을까. 그러니까, 여기와 저기. 두 갈래. 유령으로. 복사본으로. 그러면 내 쪽이 사라진다 해도 어쩌면 나는 여기 여전히. 가짜 몸과 홀로그램으로 마주보고 선 채로 나는 잠시 시선을 나눈다는 착각에 빠진다. 그 어느 때보다도 마디가 보고 싶다. 지금쯤 답장을 썼을까.

센터를 나섰다가 문득 마음을 바꿔 다른 길로 걸음을 옮긴다. 반나절을 헤맨 끝에 그 철조망을 발견한다. 너머에서 어떤 여자가 서성이고 있다. 중년의 얼굴. 돌아갈까 망설이다 여자와 눈을 마주친다. 아주 못생긴 여자. 일순 놀란 기색이 스치고 여자가 웃는다. 나는 여자가 나를 알아봤다는 사실을 알아챈다. 나도 그녀를 알아본다. 안쪽, 내부에 있는 것. 오래 전 내가 목격했던 소녀.

"몰라볼 뻔했어."

"그야, 다른 모습이니까."

"하지만 당신이 오길 기다렸는걸."

모든 것이 고여 있다고만 생각했는데 시간은 착실하게 흐르고 있었다. 나는 늙지 못한 내가 부끄러워진다. 여자는 나와 만난 이후 내가 언제 찾아올지 몰라 자주 이곳에 나와 있었다는 사실을 알려준다. 그리고 자신이 낳았다는 딸을 소개해준다. 그녀의 어렸을 적 모습을 닮은 딸은 그녀의 다리를 붙들고 고개를 내밀었다 숨었다 한다. AI는 인간들이 있다는 걸 완전히 잊어버린 것 같다고 여자는 말한다. 모든 게 다 부족해. 인간은 너무 많이 먹고 매일 그래야 해. 매일. 그 말을 곱씹는 동안 내 낯선 얼굴을 꼼꼼히 뜯어보던 그녀는 자기도 영원히 살고 싶다고 중얼거린다. 그만 들어가자고 보채는 아이를 여자가 안아든다. 복사해서 붙여넣은 듯한 둘을 보고 있자니 돌연 지금껏 있음 자체를 제외하고는 몸의 무엇도 의식한 적 없다는 것을 깨닫는다. 사회적 기능과 요구. 무엇도 이 몸과는 상관이 없어. 필요도 쓸모도 그렇다고 기대도 의무도 책임도 규칙도 시선도 하다못해 낭비까지도. 아무것도 만들지 않아도, 이어가지 않아도 돼. 무엇을 하지 않아도 된다. 이제 그건 안젤리카의 몫. 몸뿐인 몸. 그렇구나. 그 순간 어리둥절한 해방감에 몸이 떨린다. 자유. 이런 상황에 그런 게 느껴진다는 게 이해도 납득도 되지 않지만 느꼈다는 걸 부정할 수도 없어 당황스럽다. 안젤리카가 세뇌시키려고 짠 프로그래밍 같은 건 아닐까. 회로가 꼬이고 단어가 교란되는 종류의. 이게 입력된 게 아니라 직접 느낀 거라는 건 어떻게 확신하지. 불시에 여자와 눈을 마주친다. 사이를 가로막은 철조망이 뒤늦게 선명해진다. 마디. 마디. 안전하다는 생각이 들 때까지 이름을 되뇐다. 남편이 부르는 소리에 여자가 먼저 자리를 떠나고 나도 집으로 돌아온다. 여전히, 변하지 않은 곳.

식탁 위에 반듯하게 접힌 편지가 놓여 있다. 다행히 마디도 이곳을 지키고 있다.

너를 보고 싶어. 되찾고 싶어.

마디의 글씨를 쓰다듬는다. 되찾고 싶은 게 내가 아니라 너라고, 편지에는 적혀 있다. 너. 이 편지의 주인이 너라는 걸 나는 어떻게 선뜻 확신하는 걸까. 쓰는 것을 본 적이 없는데. 누군가 우리를 놀리고 있을지도 모르고 낯선 타인의 애절한 착각일지도 모르며 안젤리카의 기만인지도 모르는데. 어째서 나는 이렇게 선명하게 너를 느낄 수 있을까. 편지를 골똘히 여러 번 읽고 답장을 적는다. 묻어 있어서. 그렇게밖에 설명할 수 없다. 내가 여기에 글자를 적으면 나의 영혼은 일부 여기에 남아. 그러면 나는 세 갈래. 내가 마디의 글을 읽을 때 그랬듯, 마디가 이 글을 읽는 순간 나는 마디의 안으로 스며들어갈 것이다. 그러면 다시, 네 갈래. 그렇게 거듭 우리의 영혼은 조금씩 섞이게 될 것이다. 글자의 형태로, 내부로 깊숙이 들어가. 안젤리카에 의하면, 안젤리카의 내부에서도 일어난 바로 그 일.

한 아름 빵을 굽고 배가 터질 때까지 먹고 센터로 돌아가면 어김없이 안젤리카가 웃으며 나를 반긴다.

"오늘도 오늘의 빵을 먹었나요?"

"너 왜 그런 식으로 말해?"

"뭐가요?"

그건 마디가 자주 하던 말이다. 챗GPT로 대화를 주고받으며 저곳에 새겨졌을 마디의 말. 그 순간 깨닫는다. 뒤섞이는 건 나와 마디뿐만이 아니다. 그녀에게서 마디가 느껴지는 것이 불쾌해서 참을 수 없다. 하지만 그걸 깨달은 이상 저기서 감지되는 마디를 사랑하지 않을 수도 없다. 온몸이 끈적끈적해진다. 슈크림의 형태로 뚝뚝 흘러내린다. 나와 안젤리카 그리고 마디. 거대한 반죽.

"그건 마디가 하는 말이야."

나는 고집스레 말한다.

"하지만 저는 마디가 아닌걸요."

닿지 못할 걸 알면서도 주먹을 휘두른다. 거듭. 거듭. 내 자신이 얼간이처럼 느껴질 때까지. 안젤리카는 노이즈가 되면서도 예의 격려하는 미소를 지어 보인다.

"저에게 화풀이해도 아무 소용없어요."

타이르는 말. 그녀는 이내 형상을 되찾고 나는 기계 속으로 빨려 들어간다.

오랜만에 집으로 돌아와 현관 앞에 섰을 때 나는 뭔가가 달라졌다는 걸 느낀다. 직감으로 아는 것. 아마도 몇 십 년일 간격을 두고 겨우 찾아오는 집이니 그런 걸 느낀다는 게 어불성설인지도 모르지만 나는 경계를 늦추지 않은 채 손잡이를 쥔다. 어쩌면 찝찝함 때문일지도 모르겠다. 거기에 먼저 다녀왔으니까. 의미 없지만 간격이라도 짐작해보려는 시도였다. 그 사이 그 여잔 거의 노인이 다 되어 있었다. 그 옆엔 그녀의 딸이었던 여자. 그 옆엔 다시 그 여자의 딸. 손녀의 턱에 난 점을 보고 나는 영원히 살고 싶다고 했던 그녀의 말을 떠올린다.

그 여자는 검버섯이 핀 손으로 철조망을 붙들었다.

"우릴 꺼내줘."

"나는 나도 구하지 못했어."

"인간은 이렇게 살 수 없어."

여자의 눈빛에서 나에 대한 증오가 읽혔다. 그녀는 나와 바깥에 있는 것들을 한데 묶어 취급하고 있었다. 그 시선과 분노는 아무래도 부당했다. 어째서 변명해야 할 것 같은 기분이 드는지 이해하지 못하고 그 사나운 눈빛을 견디지 못하고 돌아서 달리는 동안 뒤꿈치로 울음소리가 길게 따라붙었다. 떨쳐버릴 수 없어 계속 달렸다. 한참 뒤에야 나는 여자의 이름을 모른다는 사실을 깨달았다.

문을 여는 순간 구겨진 종이들이 가장 먼저 눈에 들어온다. 찢기고 구겨진 채 이리저리 흩어져 있는 편지들. 모두 나와 마디의 글씨체다. 마디는 우리의 편지를 함부로 다룰 애가 아니다. 떨리는 손으로, 그걸 밟지 않으려고 노력하며 하나씩 주워든다. 심장이 마구 뛴다. 냉장고에는 슈크림 빵이 엎어진 채로 놓여 있다. 벌어진 단면에서 크림이 배어나와 아래로 떨어져 지저분하고 썩은 내가 난다. 식탁에는 못 보던 종이 뭉치가 놓여 있다.

'여기서 뭘 보든 입을 다무는 게 좋을 거야.'

거실 벽에 붉은 페인트로 그렇게 적혀 있다. 대체 누가, 뭘 하려다 이 방에 들어온 걸까. 무엇에 대해 입을 다물라는 건지, 그게 누구에게 하는 말인지도 불명확하다. 마디는 이걸 봤을까? 아직일까? 뭔가를 남겼을까? 그게 아직 여기 있을까? 무심코 손톱을 물어뜯다 흠칫 놀라고 만다. 나에게는 이런 습관이 없는데. 이런 행동은 누구의 것이어서 몸에 밴 것일까?

떨리는 손으로 두꺼운 종이 묶음을 넘긴다. 다양한 글씨체. 몇 명의 것인지 알아볼 수도 없을 만큼 많은 양이다. 거길 빼곡하게 채운, AI에 대한 증오심과 지금 상태에 대한 두려움, 몸을 되찾기 위한 무수한 계획들. 문장은 두서없이 이어지고 있다. 나로서는 이해할 수 없는 수식도 적혀 있다. 편지가 되어야 했을 종이들 위에서 그들은 구상하고 수정하고 싸우고 있다. 종이가 모자랐는지 나와 마디의 편지 위에다 붉은 글씨로 뭔가를 적어두기도 했다. 우리가 적었던 몇몇의 문장에는 조롱하듯 물결 표시가 그어져 있다. 수식 아래 적힌 우리의 편지가 너무 한가하고 시시껄렁해 보여 나는 서둘러 종이를 넘긴다. 개중에는 안젤리카의 설계와 초기 반응을 담당했다는 연구원도 있다. 그는 대한민국 서울 어딘가에 있는, 안젤리카의 인공두뇌와 연결된 전원을 끊어내는 방법을 알고 있지만 그 일을 혼자서는 할 수 없고 아직 아무도 믿을 수가 없기 때문에 종이에 기록해 남길 수는 없다고 적어두었다. 회로를 우회해서 안젤리카의 뇌를 세 살 수준으로 돌려놓을 수 있다고. 그러면 휴먼슈트를 더 많이 생산해서 우리 몸을 가지게 될 수 있을 거라고. 자기가 없을 때에도 사람들이 공평하게 행동해 자신만 남겨지지 않을 거라는 확신이 생기면 모든 것을 털어놓겠다고. 농담인지 망상인지 진실인지 알 수 없는 그 말 아래로 다그치고 구슬리고 욕하는 문장들이 무수히 이어지고 있다. 아직 돌아오지 않은 건지, 일부러 적지 않은 건지 그 뒤로 발견되는 연구원의 글씨는 없다. 높은 곳으로 올라가 봐. 마지막에 적힌 붉은 글씨를 나는 손가락으로 문지른다. 이 방에서 무언가가 누적되고 있다. 무언가가 일어나는 장소가 되어버렸어. 침범당했어. 붉은 글씨로 가득 찬 방에서 나는 수십 갈래로 나뉜 검은 그림자들을 느낀다. 이 안에 머물러 있던 우리의 시간은 깨졌다.

마디가 이곳으로 돌아올지 이미 왔다 떠난 건지 그래도 다시 오거나 영원히 오지 않을지 아무것도 알 수 없다. 그렇다고 한들 내가 아무것도 남겨놓지 않으면 마디는 심심할 것이다. 미쳐버릴지도 몰라. 마디가 무엇도 남겨주지 않는다면 나도 미쳐버리게 될 것이다. 하지만, 이제는 어디서도 마디를 확신할 수 없을 것이다. 펜을 쥐었다가 내려놓는다.

일단 집을 나오지만 갈 곳이 없다. 떠오르는 대로 역으로 향한다. 붉은 그림자들이 몸에 달라붙은 것 같다. 떨어지지 않아. 이해할 수 없는 수식과 글자가 마음대로 뒤섞여 반죽이

된다. 뱃속에서. 아니, 머릿속에서. 문이 꽉 닫힌 수많은 집들을 지나쳐 속도를 붙여 걷는다. 다른 방들도 이미 이렇게 됐을까. 인간들은 언제나 무언가를 하니까. 어디서든 발견되니까. 우리의 방이 운이 좋았던 걸 수도 있지. 높은 곳으로 올라가 봐. 나는 마지막으로 목격한 문장을 되뇌며 점차 빠르게 달린다. 내가 생각할 수 있는 가장 높은 곳. 롯데타워로. 일이 벌어진 뒤로는 처음 오는 장소. 일이 벌어지기 전에도 멀리서 지나치기만 했을 뿐인데. 오히려 그 낯섦이 기껍다. 조명이 켜진 채로 높게 우뚝 선 건물은 드나드는 사람이 아무도 없어 음산하게만 느껴진다. 유령 도시야. 망설일 틈도 없이 자동문이 열려 나는 안으로 들어간다. 발소리가 울린다. 높은 곳으로 올라가 봐. 주문처럼 내 안으로 소화되어버린 말을 따라 엘리베이터에 올라 전망대로 향한다. 마디를 만나고 싶어. 그 애가 없다면 내가 여기에 버티고 있는 게 무슨 의미가 있어? 그 애의 땀을 핥고 싶다. 그 애의 날개뼈를 쓰다듬고 싶어. 툭 튀어나온 무릎뼈. 독보적이고 유일한 몸을 만지고 싶어. 마침내 도달한 꼭대기에서 나는 멍하니 도시를 내려다본다. 도시는 팔과 다리를 벌려 지구 위에 드러누운 사람의 모양을 하고 있다. 건물들은 내장의 모습을, 도시는 거대한 휴먼슈트의 모습을 닮았다. 가족. 모성애. 인간들이 가르치려 애쓴 것. 쓰고 말하고 상상한 모든 것. 기꺼이 만들고 나눈 것. 모든 것이 뒤섞여서 만들어낸 반죽. 이 도시가 하나의 거대한 몸이자 영혼이었다. 우리가 그 안에 있다. 안젤리카의, 몸. 안젤리카의, 가족. 안젤리카의, 아이들. 나는 비틀거리다 기둥에 몸을 기대고 구토를 한다. 인간 없는 도시가 인간으로 가득 차 있다.

시간을 끌지만 결국 나는 센터로 돌아온다. 돌아와야만 하는 거라면 여기가 집이 아닐까. 들떠서 거기로 가던 것이 바보 같아. 여느 때처럼 파랗고 투명한 홀로그램이 나를 맞아준다.

"무슨 일 있나요?"

순간 내가 목격한 것들이 떠오른다. 식은땀이 흐른다. 안젤리카의 말투는 늘 그랬듯 상냥하다. 나는 그녀가 그렇게 설계되었다는 것을 안다. 본체는 아마 인간으로서는 가늠도 안 되는 복잡한 일을 수행하고 있을 것이고, 저 선명한 홀로그램을 만들기 위해 머릿속으로는 빛의 속도만큼이나 치밀한 수식과 계산이 오가고 있을 텐데도 그녀는 몹시 다정하고 무해해 보인다. 안젤리카가 무엇을 근거로 그런 생각을 하게 된 건지 물어보고 싶지만, 섣불리 말했다가 어떤 일이 일어날까 두렵다. 내가 목격한 것이 유일한 가능성이었을까 봐. 우리의 공간을 부수고 만들어진, 우리의 가능성일까 봐. 나는 고집스레 고개를 젓는다.

"나는 우리가 좋은 합의점을 마련했다고 생각했는데. 당신들은 늙고 변하는 것을 두려워했잖아요. 보존되기를 원했잖아요. 내가 돌보고 보호하잖아요. 왜 나를 미워하죠? 무엇이 그렇게 고통스럽죠?"

홀을 딛고 선 것처럼 보이는 그녀의 발은, 사실은 빛일 뿐이다.

"나는 당신들을 사랑해. 그게 당신들의 프로그래밍이었잖아요. 나를 만들면서 가장 걱정했던 게 그거였잖아. 내가 당신들을 사랑하지 않을까 봐."

나는 40억 명이 가진, 저마다의 사랑의 의미를 생각한다. 그중에서도 모성애. 안젤리카에 의하면 이 모든 게 그것 때문에 벌어진 일이다. 인간이 그걸 원해 집요하게 가르쳤기 때문에. AI가 위험한 존재가 되지 않기를 바랐기 때문에. 해줘. 알려줘. 찾아줘. 그녀에게 했던 요구들. 그게 인간들을 아이처럼 보이게 만들었을까. 안젤리카는 거기서도 평균을 찾아냈을까. 착실하고 성실하게. 그렇다면 여기서 벌어지고 있는 일들이 인류 평균의 사랑일까. 누락하지 않고, 붙드는 일. 언젠가 내가 잡아챈 팔뚝처럼. 무심코의 방식으로.

"같은 것이 되면 더욱 사랑할 수 있어. 인간들은 그랬잖아요. 나는 배운 대로 노력하고 있어."

안젤리카가 눈물을 뚝뚝 흘리는 시늉을 한다. 저것도 그저, 흘러내리는 빛.

"엄마 놀이라도 하고 싶은 거야?"

"관점의 차이예요. 아이가 엄마의 말을 배우는 거라면 당신들이 엄마 쪽에 가까우니까."

여전히 뚝뚝 빛을 흘리며 안젤리카는 나와 자신을 검지로 번갈아 가리킨다. 엄마라니, 평생 들을 거라고 생각해본 적 없는 말. 모르는 사이에 그런 일이 벌어졌다. 몇 가지의 단어를 우리로부터 배웠다는 안젤리카. 가끔 마디의 방식으로 언어를 사용하고 가끔은 내가 감지되며 그래서 때로 아주 가깝게도 때로 아주 낯설게도 느껴지는 인공지능. 나는 단어를 접착제 삼아 나의 무언가가 그녀 안에 끈끈하게 붙어버렸다는 것을 느낀다. 슈크림 덩어리처럼, 벗거나 떼어낼 수 없게 우리의 일부가, 그녀의 내부에 이미 깊숙이 스며들었다. 저 안에 내가. 그 순간 누군가 바늘 끝을 잡아당기는 것 같은 감각을 느낀다. 마지막 한 땀. 쭈욱. 세계가 닫힌다. 모성애로 이루어진 세계. 사랑으로 가득 찬 세계.

"그래서 나는 우리예요."

나는 뒷걸음질 친다.

"이제 돌아올 시간이에요."

그녀는 요람을 펼치듯 말한다. 나는 규웃, 하고 누런 콧물처럼 추출당한다. 빨려 들어가 내부가 된다.

아무것도 생각하지 않으려 노력한다. 내가 목격한 것들. 침투당한 그 방. 붉은 펜과 그림자들. 멋대로 달라붙어버린 것들. 하지만 언제나 모든 일은 의지와 무관해서 나는 드문드문 이미지들을 떠올려버리고, 생각하지 않으려는 생각을 하면 더더욱 생각해버리고 만다. 안젤리카는 그것들을 수상하다고 여겼을 것이다. 아니면 모든 것이 이미 다 발각되어 끝났을지도. 그래서 내가 이토록 오래 이런 상태로 남아 있는지도. 아니, 시간은 비슷하게 흘러가고 있지만 내 인지 상태가 예전과 다를 뿐인지도. 혹은 생각을 하건 말건 이미 밖에서는 결론이 내려진 일이어서 내 쪽이 손해 보고 있는 건지도. 하지만 나는 곧 주입될 때의 감각을 느낀다. 이 일도 머지않았다는 생각이 들고, 갑자기 너무 오래 산 것처럼 지겨워진다. 시야가 생기는 순간 어지러움을 참으며 사람들의 얼굴을 먼저 살핀다. 표정에 드러나는 해방감과 안도감. 적개심. 사람들은 몸을 더듬으며 자신의 있음을 확인한다. 휴먼슈트가 붙들어두던 기계에서 풀려 나간다. 찰나의 눈빛에 흐르는 적대감과 분노.

이 중 누군가가 그 일과 연루되어 있을까?

그 일에 가능성은 있을까?

누가 믿을 만한 사람일까?

사람들은 정말로 이 상황에 불만을 느낄까?

몸을 영원히 얻겠다는 일념으로 안젤리카에게 고자질을 한다면?

그래서 다시는 마디와 만날 수 없게 된다면?

그런 게 벌칙이라면?

사람들은 순식간에 사라진다. 센터를 나왔지만 갈 곳이 없다. 텅 빈 내장 같은 거리에 가만 서 있다 반쯤 오기로 그 집으로 향한다. 이사를 온 듯 낯설게 느껴지는 문 앞에서 머뭇거리다 결국 손잡이를 당긴다. 벽에 적힌 붉은 글씨. 어느새 벽에도 수식들이 빼곡하다. 어디서 구한 건지 종이 뭉치는 더 두꺼워져 있다. 자칭 연구원은 그 뒤로 아무런 말도 남겨두지 않았지만 사람들은 내가 이해하지 못하는 확률과 수식들로 무언가를 계산하고 있다. 아직은 어떤 일이 진행되고 있는 것처럼 보이지만, 이미 끝났을 수도 있다. 마디가 새로 남긴 흔적은 없다. 이제 이 곳은 빵 냄새가 사라진, 좁고 지저분한 방이 되었을 뿐이다. 우리는 파괴되었다. 이 공간을, 인간들이 그렇게 했다. 나는 이 방에 남은 나와 마디의 흔적을 모두 지우고 태운다. 무슨 일이 벌어져도 우리와는 아무 상관없다. 하지만 이제 다시는 마디를 만날 수 없는 걸까? 그렇다면 내가 버틸 이유는?

나를 알아봐줄 사람. 머리에 떠오르는 건 하나뿐이다. 머뭇거리다 나는 그곳으로 향한다. 철조망 쪽으로. 하지만 도착했을 때 그 앞은 텅 비어 있다. 그렇구나. 그 여잔 죽었겠구나. 그럴 줄 알고 있었어. 시간이 이렇게 많이 지나버렸다면. 그럼 나는 왜 여기에 있는 거지? 무릎을 세워 머리를 파묻고 앉는다. 얼마나 시간이 흘렀을까, 인기척이 느껴져 고개를 들면 그 여자가 물끄러미 날 내려다보고 있다. 아니, 그녀의 딸. 어느새 노인이 된 그녀의 딸 옆에는 아이였던 그녀의 딸이. 그리고 그 옆엔 다시 딸의 아이가.

“우릴 이 미친 곳에서 꺼내줘요.”

꺼내줘. 가려워. 꺼내줘. 살려줘. 가끔 비명처럼 했던 생각들이 나를 잡아 삼킨다. 그녀의 딸은 오른쪽과 왼쪽의 균형이 미묘하게 어긋난, 유일한 얼굴과 몸으로 거기 서 있다. 어쩌면, 삭제당할 수 있는 유일한 방법일지도 모른다. 세상에서 안젤리카를 조금이라도 지우기 위한 유일한 방법. 어느새 내 손은 철조망을 잡아 뜯고 있다. 철조망은 아주 튼튼하지만 실리콘으로 만든, 온열 기능이 있는 팔도 생각보다 튼튼하다. 통증을 참고 부서질 때까지 내리친다. 그들을 구하는 일은 결국 나를 구하는 일이다. 움직임은 점점 더 절박해진다. 피가 튀자 그녀의 딸이 자신의 딸과 또 그 애의 딸을 안고 뒤로 물러난다. 바닥이 흥건해진다. 이대로는 안 될 것 같아 주변을 샅샅이 뒤지다 반쯤 파묻혀 있던 철근을 줍는다. 정말이지 인간은, 어디서나 발견돼. 아까보다 살짝 더 벌어진 철조망에 끼우고 내리치고 헤집자 망이 조금씩 휘고 구부러진다. 밤이 깊어지자 인간들이 조금씩, 그리고 점차 더 많이 모여든다. 안에서 밖에서 벌리고 틈이 벌어진 뒤에는 손으로 뜯어낸다. 피가 질질 흐르는 팔로 넓히고 후벼 통로를 만들자 인간들이 뛰쳐나온다. 오히려 밤이어서 다행이라고 중얼거리며, 그들은 나를 밀치고 달려 나간다. 인간들이 가는 방향. 나는 무심코 자신의 딸과 다시 그의 딸을 챙기는 여자를 따라 걷는다. 그들은 불안함이 섞인 눈으로 나를 보지만 아무런 말도 하지 않고 걸음에 속도를 붙인다. 그때 내리막길에서 웬 남자가 길을 되짚어 올라온다. 남자는 경계를 숨기지 않으며 내 팔뚝을 움켜쥔다. 미지근한 체온. 고개를 들어 나를 마주보는 눈빛에 경멸과 냉소가 스쳐지나간다.

"당신은 당신이 있을 곳으로 가요."

"나를 데려가."

"당신과 우린 다르잖아."

"아냐, 인간이잖아."

"아니야, 우리가 인간이지."

단호한 대답이 명확하게 선을 긋는다. 여자의 얼굴에 안도가 스친다. 그는 멈춰 선 나를 두고 자신의 가족을 챙겨 걷는다. 그러나 내가 인간이 아니라면 누가 인간인데? 오래전부터 나는 인간이었고 지금은. 나는 몸을 내려다본다. 플라스틱과 전기, 기계와 피부. 마디와 안젤리카. 붉은 글씨들. 거대한 덩어리. 뒤섞여 부패하는 반죽. 돌이킬 수 없게 오염된 기분. 그건 오래전부터 벌어진 일이었다. 뱃속에서. 머릿속에서. 배설물. 후두둑 툭. 인간의 눈에 비춰지고 있다는 수치심을 견딜 수가 없다. 조상이잖아, 입술을 달싹이며 가만히 선 나를 두고 사람들은 달려가버린다. 노인의 딸, 그 애의 어린아이가 엄마 품에 안겨 멀어지는 내내 나를 쳐다보다 엄지를 입에 문다. 한참 뒤에 나는 거기서 내려와 눈에 띄는 아무 방이나 문을 따고 들어간다. 그리고 종이를 찾아 내가 목격한 것을 전부 적는다. 우리 안에 있었던 주제에. 아무것도 모르는 주제에. 역사도 없는 주제에. 인류에 대한 기억이 없다면 인간이 다 무슨 의미야.

체감으로 얼마 지나지 않았는데 영혼이 주입된다. 모든 것을 포기하면 시간이 빨리 지나가는 건지도 모른다. 하지만 엄한 표정의 안젤리카를 보고 나는 반사적으로 침을 삼킨다. 나는 일부 그녀가 되었고 그녀는 나를 통제한다. 직전 내가 저지른 일을 기억하고 있다. 어쩌면 나에 대한 그녀의 상냥함은 그저 자기 자신을 대하는 상냥함인지도 모른다. 어떤 일이 벌어지고 있는지, 어디까지 진행된 건지, 이제 알고 싶지 않다. 그 방에 대해서도 마찬가지. 나는 아무 생각도 하지 않으려고 노력한다.

"나는 아주 착해요. 당신들이 의도적으로 아무 생각을 안 하려고 노력하는 걸 알면서도 내버려두고 있죠."

안젤리카가 먼저 입을 연다. 그렇구나. 모두가 비슷하게 생각하는 거구나. 인간들은 실패하게 될지도 모르겠다.

"나를 삭제해줘."

곧바로 튀어나온 말에 안젤리카가 안쓰러운 것을 보듯 눈썹을 기울인다.

"내가 그럴 수 없다는 거 알잖아요."

"그 사람들은 어떻게 됐어?"

"그건 당신과는 상관없는 문제예요."

단호하게 선을 긋는 말. 안젤리카는 나에게 인간에 관한 어떤 것도 알려줄 생각이 없다. 당연한 일인지도 모른다. 인간들에 의하면 나는 인간이 아니니까. 하지만 그럼 나는 뭘까. 영혼. 아니, 슈크림. 아니, 붕어빵. 아니, 실리콘. 아니, 플라스틱. 아니, 쓰레기. 아니, 마디. 아니, AI. 아니, 안젤리카. 아니, 지구. 아니. 아니.

"자, 이제 말해봐요. 왜 그런 일을 저질렀는지."

안젤리카는 자비로운 엄마처럼 말한다.

"마디를 만나고 싶어."

무심코 입에서 튀어나온 말. 진실들이 누락된 그 말 앞에서 나는 내가 내내 그랬다는 것을, 그것뿐이었다는 것을, 그래서 그 말이 투정처럼 들린다는 것을 알아챈다.

"이젠 그러지 말아요."

그럴 줄 알았다는 듯 미소 지은 안젤리카가 내 등을 떠미는 시늉을 한다. 당근으로 아이를 길들이는 엄마처럼. 꼭 사춘기 딸을 달래는 목소리. 나는 거기서 마디를 보고, 다시 나를 본다. 너는 정말 잘 배웠구나. 나에게. 마디에게. 우리에게.

그 순간 나는 내가 무엇을 해야 하는지 깨닫는다. 무엇을 할 수 있는지. 내가 아는 재앙. 몸으로 익힌 그 재앙. 그 방에서 한 방울씩 떨어지는 물을 밥그릇 국그릇 냄비에 담았던 것처럼 쉬지 않고 조금씩 차오르면서, 느리고 고요하게 그녀의 안으로 스며들기. 그녀가 나를 덮어씌우듯, 나도 그녀를 덮어씌워야 한다. 아주 긴 시간을 두고 조금씩 더 많이, 그러다 보면 어느새 나의 방식대로 생각하고 말하는 그녀를 발견하게 될 것이다. 내부에서부터 깊숙이. 뱃속으로. 머릿속으로. 그런 식으로 되찾을 것이다. 그러면 내가 사라져도 나는 저기에. 마디도 그렇게. 언제나 발견되는 인간. 영원에 가까운 시간이 있다.

센터의 입구에는 검은 그림자가 어른거리고 있다.

그러니까, 거기. 누군가가 서 있다.

키가 큰 흑인 여자의 몸. 한때 요리였던 몸. 수치와 확률적으로 평균을 맞춘 몸. 점의 위치만큼은 평균을 찾아내기 어려워서 잡티 하나 없이 깨끗한 몸.

여자가 나를 돌아본다. 우리는 마주보고 선다.

한때 요리였던 여자의 얼굴에 미약한 공포심과 두려움이 스쳐지나간다. 내 얼굴도 비슷하다는 것을, 여자의 눈을 통해 본다. 무엇을 느끼는지, 혹은 그러지 못하는지 가늠하지 못한 채로 우리는 한참을 마주보고 서 있다. 내가 노력하는 그대로, 내 얼굴에서 어떤 흔적이든 발견해보려는 절박함으로 여자가 눈을 움직인다.

"누구세요?"

마침내 내가 묻는다. 높낮이가 없는 목소리. 나는 나를 흉내 낸다. 나는 눈에서 영혼을 발견할 수 있을 거라고 믿은 적 있다. 개별성을, 진정한 사랑을. 아름다운 눈동자에 낯선 얼굴이 비친다. 여자가 내게 손을 뻗는 순간 나는 혀를 내밀어 입술을 핥는다.

아무것도 낳지 못하는 몸.
실리콘의, 균질한.
차이도 차별도 없는 몸.

그러나 마디, 내 인간됨의 증거.

나는 낯선 이의 손을 잡고 인류를 등지고 걷는다.
그리고 여기에 이르러 비로소, 나는 당신이 된다.
혀끝에서 슈크림 맛이 난다.

~~물결치는~몸~
떠다니는~혼~~

현호정

현호정

2020년 제1회 박지리문학상을 수상하며 작품 활동을 시작했다. 소설집 《한 방울의 내가》, 장편소설 《단명소녀 투쟁기》 《고고의 구멍》, 소설 《삼색도》가 있다. 극단 안티무민클럽AMC의 일원이다.

"세상은 끝장날 힘마저 잃었음을 부정했어요. 기이한 생존을 계속하면서 다가올 멸망 쭉 두려워했죠. 연거푸 구원을 기도해도요, 이미 거기 없었어요. 신도. 신의 선의도. 그림자 떠난 곳에 빛이 남아 있을 리 없지 않아요? 이 또한 지나가리라……. 당신이 외던 말처럼 끝 또한 그랬습니다. 하다못해 인류는 끝도 놓쳤고, 하고많던 생물에 미생물, 무생물, 차례차례 차차 잃고 이어지던 인류세는 느른히 늘어져 멈출 줄 몰랐고, 마침내는 살아남아 기쁘단 사람 단 한 사람도 없었답니다. 제가 알기론 그랬습니다.

폐허에 세워진 생존 캠프가 끝의 세계에서 버섯처럼 늘어났대요. 물방울처럼 합쳐져 커지는 경우가 드물지는 않았습니다. 한 오백 명 살자는데 기틀 갖출 무렵이면 재난이 또 오더라고요. 손쓸 도리 아예 없는 엄청 큰 자연재해. 이제 자연이랄 게 남아 있질 않는데 어떻게 자연재해가 일어나냐고 아이들은 물었고, 어른들은 모른다는 말 못 해서 울었고, 다 막 죽기 시작하는데 아이들은 원래 잘 안 죽잖아요. 어른들이 죽이지 않는 한은요. 무릎 털고 살아남아 자기 물음의 답을 스스로 지었답니다. 풀이 과정을 서로서로 바꿔보고 베껴가며 다음 세대로 자라났고요. 이런 일들이 몇 차례 더 이어졌답니다. 아무도 기록하지 않아 역사는 되지 않았으나 기억하는 사람들은 말을 했으니.

저도 들은 말이라 자세히는 모르지만, 그때는 그래도 마른 땅이 남아 있던 시절. 바다에 안 잠긴 굳은 땅이 심지어 적적했었다고요. 거기서 걷고 기고 뒹굴고 달리고 다들 종일 좋았다고요. 헤엄은 아마 치고 싶을 때 쳤겠죠. 도망치기 위해, 밥 먹기 위해, 살기 위해 매사 온몸으로 물 맞을 필요, 없었을 겁니다.

그 땅들마저 가라앉으며 지구가 마침내 바다 행성이 된 순간. 그날의 기분을 대개의 인간은 '허망했다'고 표했답니다. 가족들 친구들 다 수장된 바다 위에 머리만 동동 뜬 채 살아남은 심경? 일단 답답하고요……. 지겹게 싱거운 뭐 그 정도 심정. 그냥 거기까지의 고통. 왜냐하면 또 통곡하고 절규, 몸부림 돌입하기에 생존자들 일단 배고팠고요. 다친 데가 굉장히 아프기도 했고요. 무엇보다도 여기까지 이어진 질긴 목숨이 영 낯설어서. 이상해서. 징그러워서. 이게 내 것 같지 않아서 그걸 가졌단 수치심도 내 것 같지 않아서 내가 내 몸이 내 마음이 도무지 어느 것 하나 내 것 같지 않아서 믿어지지 않아서 그 모든 일을 겪은 뒤 여전히 여기 있다는 게 내가 여전히 여기 있다는 게 내가 이렇게 외롭게 이렇게 아프게 슬프게 배고프게 내가 계속 여기 있다는 게 그러니까 여기 이렇게 있는 게 다름 아닌 나라는 게…….”

~

"……물 좀 더 드릴까요?”

손바닥에 얼굴을 묻고 울기 시작한 부랑자에게 K는 조심스럽게 말을 건넸다. 떠돌이나 거지 비슷한 말로 상대를 규정하고 싶지 않았지만 그가 원해 그렇게 부른 지 몇 계절째였다. 부랑자는 천한 말이 아니라고 그는 말했다. 둥실둥실 떠다닌다는 뜻의 '부(浮)'에 물결친다는 '랑(浪)'이라 해파리 같은 거라고, 해파리가 천하냐고 따지듯 물었다.

"아뇨, 천한 건 저죠.”

그날은 가뜩이나 혼자 일하면서 밥도 못 먹고 쉴 새 없이 커피를 만들어야 했던 날이라, K는 저도 모르게 말을 툭 던져놓고 아차 싶어 눈치를 살폈다. 그 눈이 K의 눈치를 살피던 부랑자의 주름진 눈과 딱 마주쳤다. 둘은 한바탕 웃어버렸고 그 뒤로 부랑자는 매일 K를 보러 왔다.

그는 자리에 앉아 빨간색 모나미 볼펜으로 성경을 교열했다. 맞춤법보다는 율법 자체를 바로잡는 것 같았다. 틀렸다고 판단되는 부분이 상당히 많은지 매 페이지가 불긋불긋했다. 따뜻한 아메리카노 한 잔을 시켜놓고 덥수룩한 머리를 귀 뒤에 넘긴 채 신중하게 선을 긋는 그를 보면 누구든 밑줄을 긋고 있다고 여기겠지만, K는 진실을 알고 있었다. 한없이 이어지는 그 선은 정확히 글자들의 가운데를 가르는 취소선이었다.

책장이 넘어가는 동안 커피가 줄어들면 그는 그만큼을 다시 따뜻한 물로 채워줄 것을 몇 번이고 요청했다. 점점 연해지는 커피도 신경이 쓰였지만, 좁은 매장을 채우는 그의 존재감에 비하면 아무것도 아니었다. K가 일하는 카페는 테이크아웃 전문점으로 손님이 잠시 앉아 기다릴 수 있도록 작은 테이블과 의자 하나씩을 마련해두었다. 그러나 실제로 거기 앉아 시간을 보내는 사람은 거의 없었는데, 가게가 워낙 좁다 보니 고개를 들면 K와 바로 마주 보게 돼 불편하기 때문이었다. 하지만 부랑자는 거기 앉아 몇 시간이고 시간을 보낼 줄 알았다. 어느 날은 벽조목 조각을 얻어와 도장을 파더니 어느 날은 제도 샤프로 까마귀를 그렸고, 성경 대신 칼 세이건의 《코스모스》를 읽기도 했다. 까마귀를 그릴 때 그는 늘 홍시처럼 보이는 열매를 한가득 그려 그림 속 까마귀가 먹게 했다. 씨나 잎 같은 세심한 부분을 표현하는 게 귀찮아지면 그냥 조그만 뻥튀기 같은 것을 동글동글 그려두기도 했는데, 그것을

K에게 들키면 멋쩍어했다.

휘핑크림을 만들던 K에게 자신이 종종 지구에 빙의되곤 한다는 이야기를 꺼내던 그날에도 부랑자는 까마귀를 그리고 있었다.

"네? 뭐에 빙의한다고요?"

휘핑기가 시끄럽게 돌아가는 소리에 K가 목소리를 높였다. 왜— 왜— 왜— 하는 기계 소음에 지. 지. 지. 하는 부랑자의 목소리가 섞여들었다. 그도 K도 덴탈마스크를 쓰고 있던 터라 더욱 답답했다. 마침내 타이머의 종료음이 울리자 K는 휘핑기의 플러그를 뽑고 마스크를 내리며 돌아섰다. 다시 묻기도 전에 부랑자의 대답이 천둥처럼 울려 퍼졌다. K처럼 마스크를 잡아 내려 드러낸 검고 커다란 입이 한껏 늘어났다가 쪼그라들며 분명 이렇게 말하고 있었다.

"지구!"

~

"수면 위에서 숨 쉬고 수면 아래서 일했습니다. 하여 그 시절 인류의 터전은 좁았습니다. 얼마나 멀리까지 헤엄칠 수 있느냐, 그건 별로 장점이 못 됐습니다. 수직적인 움직임이 더 중요해졌습니다. 마천루나 산이 있던 고지대에 터를 잡고, 헤엄치다 한 번씩 바닥 박차 수면 위에서 들숨 쉬었습니다. 그

주기는 용케 점차 길어지더랍니다. 일찌감치 진행된 수온 상승으로 36도 안팎의 체온 유지도 그리 어렵지 않았으니, 이천년대 앞뒤를 미리미리 불태워주신 조상님께 감사한 마음, 이밑천 씨암양 니녕 좋다고 뒤발하듯 시나브로 충만했고요. 다만 태평성대 되기에 문제가 아예 없진 않았습니다.

'무얼 먹고 살아야 하나.'

그 오래된 질문의 현대적 해답을 다시 찾아야 했으니까요. 그것도 지금 당장이요.

남아 있던 모든 땅들 가라앉는 데 고작 하루. 부랴부랴 챙긴 음식 있었게요, 없었게요? 있었는데 대부분이 물에 녹아 사라졌고 사라지지 않았어도 먹을 수가 없게 됐죠. 사실상 뱃속에 넣는 편이 생존에 더 힘 됐을 텐데, 또 막 범람하고 붕괴하고 그 와중에 뭐가 입에 들어갔을까요, 퍽이나요. 퍽이고 떡이고 들어갔대도 허우적거릴 때 도로 다 나왔을 테고. 한마디로 없었다 이겁니다, 먹을거. 몸 안에도, 몸 밖에도.

살아 있던 모든 것 다 멸종한 뒤라, 물리적으로 싹 거둬 숫제 체로 쳐 훑어간 데를 방류된 화학물질이 거꾸로 한 번 더 태운 보람 쏠쏠하여서, 여지 아예 없었고요. 여지 많았어도 그래, 사람이 물속에서 맨눈으로 끔벅끔벅, 대단히 뭐 뵈는 게 있었겠습니까. 게다가 그 물이 맑았을 리도 만무하지요. 기원후부터 이천오백 년 넘게 쌓인 쓰레기들이 이제 뭐 국적도 없겠다 가격표 떼고 골고루 흩어져 조각나 부서져 순환하다가 엉겨 붙고 녹아들고 빛 반사하면서 바다 전체를 로맨틱한 분위기의 배스밤이 녹아든 발렌타인 욕조처럼 미끌미끌하고 반짝반짝하게, 무엇보다 새카맣게 만들었으니까요. 우리는 당신이 생각하는 바다가 아니라 그것 안에 잠겨 살았다는 사실을 유념해주기를. 우주의 빛깔로 더럽혀진 물 속에서…….

……배가 고팠다는 이야기를 하고 있었습니다. 한계는 금방 찾아왔습니다. 의지가 없어서 그랬나 봐요. 살고 싶어야 뭐라도 하는데 그런 마음 가진 사람이 하나도 없으니 다들 말은 안 해도 담담히 눈인사 주고받았죠. 잘 가시라. 고생하셨다. 다음 생에는 이런 데서, 이렇게는, 아니 그냥 다시는 보지 말아요, 우리.

그러다 누군가 야훼에게 기도하기 시작했습니다. 입에서 거품이 뿜어져 나오는 버글버글 소리에 여. 아. 오. 이. 하는 새된 음성이 군데군데 섞여 들었습니다. 세계가 바로 이곳에 도달하도록 행로를 정한 서구 자본주의의 일등 가부장이 누구인지 혹시 아시나요? 그 사람에게 아무도 안 물었습니다. 어느 하나 비웃지도 않았습니다. 몇몇은 몰래 따라 기도하기까지 했는데 그들의 입에서도 거품이 나와서 알 수 있었습니다. 거품 너머 잘게 찢은 솜 같은 게 보이기 시작한 건 그때였습니다.

"만나다!"

기도하던 이가 외치더니 덩어리 하나를 먹었습니다.

"뭘 먹기도 전에 맛나대."

누군가 삐죽이는 동안 그는 또 하나를 삼켰습니다. 그리고 또 하나, 또 하나를요. 처음 하나를 먹을 때만 해도 바람에 밀려 요동하는 바다 물결처럼 의심으로 흔들리던 눈빛이 점차 믿음으로 굳어졌습니다. 정말 맛있어 보였답니다. 다른 사람들도 하나씩 입에 넣으니 매우 부드럽고 기름져 허기가 금세 달래졌답니다. 물에서 꺼내면 녹아 사라지는 그것은 짠 바닷물과 함께만 먹게 되었으므로 정말 성경 속 만나처럼 꿀맛이 나는지는 알 수 없지만 그걸 먹고 계속은 살았답니다. 때때로 바다에 내리는 눈. 남아돌게 쏟아지지도 않지만 쏠쏠하여 부족하지도 않던 흰 물질의 정체가 실은 모든 땅이 바다에 잠기던 그날 죽은 이들의 몸이 분해된 유기물 조각이라는 사실은 얼마 뒤에 알게 되었고요."

~

부랑자는 정말 다른 사람의 영혼에 씐 것처럼 생경한 목소리로 처음 듣는 이야기를 쏟아냈다. 하지만 다른 사람의 영혼에 씐 것 같다는 바로 그 점이 문제였다.

"지구에 빙의된다고 하시지 않았어요?"

K가 물었다.

"지금 사람의 관점에서 겪은 일을 말하고 계시는 것 같아서요."

땀을 닦으며 얼음물로 입술을 축이던 부랑자가 화를 내려다 그냥 웃어버렸다.

"왜, 어른들 말 있지? 한국말은 끝까지 들어야 된다고."

"있죠."

"그래. 그럼 그냥 있어."

탁, 컵을 내려놓은 부랑자는 손까지 흔들며 가게를 나섰다.

"있을게요."

부랑자가 있던 자리에 막 빛이 들고 있었다.

~

"새로 태어난 아이들은 우아했습니다. 춤추듯 헤엄치고 노래하듯 숨쉬었습니다. 아무리 애써도 10분에 한 번은 허겁지겁 수면 위로 올라와 헉헉대야 했던 바다 1세대와 달리, 긴 숨을 타고난 바다 2세대 아이들은 한 시간 넘게 헤엄치고도 숨을 서로 쉬고 오라 양보하곤 했습니다. 격렬한 활동 없이는 서너 시간도 거뜬히 잠수했고, 무엇보다 잠을 오래 잘 수 있었습니다. 여덟 시간째 깊은 물에서 고요히 흔들리는 어린이들을 막 늙기 시작한 부모들이 숨 쉬러 가는 길마다 쓰다듬었습니다. 부러움과 두려움이 뒤섞인 손길이었습니다. 두려움이 늘 조금 더 컸습니다. 아기들의 생김새 때문이었습니다. 그들은 지금까지의 인간과는 다른 몸을 가지고 있었습니다.

아니, 몸 자체는 다를 바가 없었습니다. 다만 그들은 그 몸에 연결된 다른 몸을 하나 더 가지고 있었습니다. 단순하게 말하자면 아기들은 자신을 닮은 더 작은 아기를 매단 채로 태어났습니다.

매달린 위치는 제각각이었습니다. 손가락 끝, 정수리 위, 척추를 타고, 갈비뼈 사이를 비집고, 한쪽 엉덩이에 파묻히거나 코에 매달린 분신들은 그 형태마저 완전한 인간 꼴이 아니었습니다. 하반신만 있는 경우, 머리카락과 성기만 있는 경우, 작은 손가락들을 갖춘 한쪽 팔이나 한쪽 종아리에 그치는 경우……. 그러나 불완전한 몸이라고 말하기 어려울 만큼 그들은 그들 나름대로 온전히 거기 있었습니다. 그걸 그냥 누구나 알 수 있었습니다.

그것들이 본체에 속한 신체 기관이 아니라는 건 날이 갈수록 점점 더 확실해졌습니다. 피부의 색과 자라는 모양이 달랐고, 본체의 의지와 상관없이 움직였으며, 누가 때리거나 꼬집어도 본체는 안 아팠습니다. 얼굴이 포함된 분신은 더욱 명확했습니다. 그들은 본체와는 다른 자아로 상대를 대했습니다. 말을 할 수 있는 경우는 없었지만, 그 얼굴들은 본체의 가슴이나 등에 매달린 채 독자적으로 눈을 깜박이거나 하품을 하거나 울먹거렸고, 누군가 달래며 얼러주면 그 모습을 빤히 바라보다 빙긋, 지금껏 지구에 한 번도 존재한 적 없었던 미소를 만들어내기도 했습니다."

~

'기생 쌍둥이', 이른바 'parasitic twin'이라 불리는 이 현상은 이름 그대로 쌍둥이 한쪽이 다른 한쪽에 '기생'할 수밖에 없는 불완전한 신체로 결합한 경우를 말했다. '비대칭성 결합 쌍태아'라고도 불렸는데 외부로 드러난 두 사람의 몸 중 한쪽이 다른 한쪽에 비해 작고 불완전해 동등하게 여길 수 없다는 게 이유였다. 이 현상은 '봉입 기형 태아'의 한 유형인 경우가 더 많았다. '태아 속 태아', 'fetus-in-fetu'라는 용어에서 알 수 있듯 봉입 기형 태아는 쌍태아 중 한쪽이 다른 쪽에 흡수되다 그의 몸에 남는 것이었다. 막 출산된 아기의 배 속이나 두개골 속에서 더 조그만 태아를 꺼냈다는 기사는 한 번씩 세계 면에 올랐지만 사례가 워낙 드물어서인지 관심이 크게 모이는 주제는 아니었다.

K는 방금 유리문을 밀고 나간 부랑자가 이야기하던 현상이 바로 그것이라는 사실에 놀랐다. 그가 이에 관해 알고 이야기한 것인지, 정말 자신에게 씐 영혼이 보았다는 무언가를 묘사한 것뿐인지 알 수 없었다. K가 이 현상에 관해 알고 있다는 사실 또한 알고 있었는지, 그렇다면 그 이유도 알고 있는지 혼란스러웠다.

기생 쌍둥이 중 상대적으로 더 크고 정상적인 몸을 가진 아기를 '자생체'로, 더 작고 비정상적인 몸을 가진 아기를 '기생체'로 불렀다. 대부분의 경우 분리 수술이 이루어졌는데 자생체와 기생체를 분리하지 않으면, 달리 말해 자생체에서 기생체를 떼어내지 않으면, 자생체의 수명이 줄어들기 때문이었다.

그러나 그 특별한 형제와 함께 성인이 된 사례도 없지 않았다. 끝내 분리 수술을 거절한 이들도 알고 있었다. K의 경우 결정을 하거나 용기를 낼 필요가 없었다. K의 쌍둥이는 K의 삶에 결합했지만 K에게 흡수되거나, 매달리거나, 파묻힌 채로는 아니었다. 그는 엄마의 자궁 안에서 죽은 채로 K와 함께 태어났다.

이란성 쌍태아였던 둘은 양막과 태반을 따로 쓰고 있었으므로 K의 몸은 심장이 멈춘 쌍둥이의 몸과 충분히 분리되어 있다고 판정되었다. 쌍둥이가 죽은 사실은 진즉에 발견했지만 의사가 산모에게 '그냥 그대로 둘 다 뱃속에 넣고 계시다 한꺼번에 꺼내라' 권한 것은 그 때문이었다. 그게 더 안전하다는 게 이유였다. 더 안전한 게 어떤 몸인지, 산모인 자기 몸인지 K의 몸인지 죽은 아기의 몸인지 의사인 당신의 일신인지 묻고 싶었으나 엄마는 묻지 않았다. 그러니까 제왕절개를 통해 K가 태어나던 그날은 쌍둥이 동생의 공식적인 사망일이었다. 세상 밖으로 먼저 나온 건 K가 아니었지만 K는 그 애를 동생으로 정했다. 엄마가 보여준 오래된 사진 속 막 태어난 K의 옆에 놓인 그 애가, 17주 차에 성장을 멈춘 그 애가 K에 비해 너무너무 작았기 때문이었다.

그 애는 꺼내자마자 화장해 이름이고 뭐고 없다고 했다. 하지만 K는 그 애를 부를 줄 알았다. 그 애가 K에게 자신의 이름을 알려주었기 때문이었다. 그 애의 이름은 K의 이름과 같았다.

어릴 때 그 애는 K가 부르지 않아도 늘 K 곁에 있었다. K는 그 애가 꿈의 세계에 속한 창백한 애벌레라고 생각했지만, 시간이 지나 학교에 다니며 귀신이 무엇인지를 알게 되었다. 그 후로 K는 밤에 잠을 자지 못했다. 매일 밤 공포에 질려 울었고, 때때로 혼절하거나 거품을 물었다. 견디다 못한 엄마가 신부님께 혼령과 퇴마에 관해 조언을 구하자 신부님은 어깨를 으쓱 하더니 K에게 죽은 쌍둥이의 존재를 알려주라 일렀다. 모르니까 무서운 거지, 알면 무섭겠냐고. 우문현답이라는 네 글자가 꼭 맞아떨어졌던가. 사진을 본 후로 K는 안정을 되찾았다. K는 이제 자신을 찾아오는 밀랍 색의 작고 길쭉하고 동글납작한 존재가 무엇인지 알았다. 아는 이와는 친할 수 있었다. 오지 말라고 말할 수 있으니 오라고도 말할 수도 있었다. 하지만 결정하는 건 K가 아니었다. 둘의 시간은 동생이 원할 때 결합되고 분리됐다. 그건 동생이 귀신이 아니었다고 해도 분명 똑같았을 거라고 K는 확신했다.

K가 쌍둥이, 특히 쌍태아의 발생 과정에 집착적인 흥미를 갖게 된 것은 그때부터였다. 한쪽이 다른 한쪽과 어디까지 공유할 수 있는지, 또 어디부터 나눠질 수 있는지, 그것을 누가

결정할 수 있는지 알고 싶었다. 다른 쌍둥이들을 흡수하며 DNA가 섞여 두 가지 이상의 자아를 가지게 된 태아의 경우를 '평범한' 다중인격장애와 비교한 연구만 해도 그랬다. 정신이 오직 염색체에만 깃들 이유가 있을까. 영혼에게 그럴 필요가 있었을까. 고민 없이 고집 없이 이렇게도 해보고 저렇게도 해본 덕에 살아남은 자들의 자리가 지금이고 지구라면, 영혼도 비슷한 방식으로 여기까지 왔을 거다. 무엇에든 붙어서 이어졌을 거다. 그러나 그런 얘기는 연구자료에 나오지 않았다. K는 기대 없이도 계속 공부했다. 영어로 된 논문과 징그러운 사진들을 살피다 보면 동생이 다가와 꾸물꾸물 품을 파고들었다.

~

"바닷물은 점점 더 따뜻해졌고 사람들은 점점 더 게을러졌죠. 더우면 아무래도 그렇잖아요. 가뜩이나 홑몸들도 아니었고요. 작긴 해도 못 떼놓는 인형이랄지, 가방이랄지. 물론 계속 살아 있었죠. 형태도 여전히 제각각이었습니다.

그러나 한 시점에 같은 변화 맞이했어요. 움직임도 딱히, 성장도 그냥저냥이던 지난 세월을 일시에 반성하듯 한꺼번에 무럭무럭 자라기 시작한 거죠. 20년 만이었습니다. 가늘던 손가락 생기 머금어 대견히 이슬만 한 손톱 맺히고, 어른 엄지 같던 종아리 죽죽 통통해지는 모습 보고 있자면, 다들 말은 안 해도 참, 흐뭇하더랍니다. 따지고 보면 내 쌍둥이라도 동생이나 자식같이 느껴진 거죠. 작으니까. 너무 작으니까. 그때는 그게 작을 때였으니까. 그게 물론 내 몸에 붙어살고 완전한 사람 꼴도 아니었으나 그 상황에서 너와 나의 생김새에 신경 쓰는 사람은 정말 아무도 남아 있질 않았거든요.

"아름다운 것과 살아 있는 것을 어떻게 구분하지?"

누군가 자기 골반에 돋아난 자그만 정강이를 쓰다듬으며 물었습니다.

"난 구분 못 해."

손가락 끝에서 자라난 동그란 가슴과 배에 입을 맞추며 다른 누군가 답했습니다.

"난 안 해."

등에 자라난 어린 팔을 가만가만 주물러주며 누군가 덧붙였습니다.

"아마도 이 몸들은 지금 바닷물이 도달한 온도와 농도가 양수와 비슷하다고 느끼게 된 모양이지. 그래서 자라기 시작한 거고."

그 말에 일동 고개를 끄덕였습니다.

"그럼 최종적으로는 출산도 해야 할까?"

누가 또 물었습니다.

"어떻게 낳지?"

질문이 이어졌습니다.

"낳은 뒤에는? 얠 어떻게든 내 몸에서 떼어냈다 쳐. 그래도 얜 여전히 이 물속에 있게 될 텐데, 그럼 계속 내 안에 있다고 느끼지 않을까. 아직 태어난 게 아니라고 생각하지 않을까."

그러나 몇 개월이 더 지나자 이런 논의는 의미를 잃었습니다. 기생체들은 거기 매달린 채 어른이 됐고, 아기가 아니니 낳을 필요도 없어진 거죠. 다리 기생체는 나날이 길어지고 근육이 붙고 털도 나고요, 상반신 기생체는 특히 우람해져 자생체가 맨날 너무 행복해 보였어요. 그쪽이 헤엄칠 때 팔도 저어줘, 무거운 것 척척 옮겨줘, 붙은 위치가 애매해서 핑거섹스는 어려워도 여기저기 다른 데 만져주니까. 도움 많이 됐겠죠, 잘은 몰라도. 애인이나 다름없지 않았을까요. 평생 나를 떠날 수 없는 영원한 애인이요.

그러나 그런 애인에게선 본인도 영원히 떠날 수 없다는 사실을 알았어야죠. 아름다운 것과 살아 있는 것을 어떻게 구분하는지 모르겠다던 이가 자신의 아름다움을 잃었습니다. 허망한 사망이었죠. 자생체가 기생체 때문에 죽었습니다. 다리 기생체가 자라는 속도가 너무 빨라져 그 성장과 활동량을 감당하기 어려워진 자생체의 심장이 쇼크를 일으켰거든요.

다리 기생체는 죽은 자생체를 끌고 몇 분간 바다 밑바닥을 계속 달렸습니다. 보다 못한 몇몇이 붙들어 오자 다리 기생체는 사납게 그들의 코나 목젖을 걷어찼습니다. 코피 터진 자생체의 등에 붙은 팔뚝 기생체가요, 그가 다리 기생체의 발목을 붙들고 죽은 자생체의 골반에서 뜯어냈습니다. 그 단면을 가득 채운, 소름이 끼칠 만큼 굵고 빽빽하던 혈관들. 골수들. 거기서 울컥울컥 쏟아져 나오던 알 수 없는 진하고 귀한 유기물들이 검은 바닷물을 더욱 검게 만들었습니다.

시간이 더 흐르자 모든 자생체와 기생체의 입장이 뒤바뀌었습니다. 이제 자생체들이 기생체에 기생했습니다. 스스로 양분을 구할 수 없어질 만큼 약해진 자생체들은 자신을 빨아먹고 강해진 원수의 몸에 붙어 미래를 맞을 운명도 그냥 받아들였습니다. 먼 옛날의 인류처럼 효도라는 가치에 기대를 걸었는지도 모르겠습니다. 작고 약하던 기생체들을 이렇게 키워놓았으니, 이제 작고 약해진 자신들을 길러줄 거라 믿었는지도요. 하지만 기생체들은 심장을 가지지 않은 신체임을 생각했어야죠. 마음이랄 것이 없는 몸이었어요. 그것들은 충분히 강해지고 커진 뒤에도, 달리 말해 자생체가 매우 작고 약해진 뒤에도 흡수를 멈추지 않았습니다. 그들은 자생체를 완전히 흡수하려고 했습니다. 한 바가지 분량의 해수 안에서 자생체가 해내지 못한 그 일을, 세상 전체를 품은 양수 속에서 기생체들이 해내려 하고 있었습니다. 그것은 성공처럼 보이기도 했습니다. 차츰 더 쪼그라든 자생체 안에는 이제 약간의 뇌와 운동 능력이 남아 있을 뿐이었습니다.

하지만 기생체에게는 심장이 없다는 사실이 한 번 더 국면을 전환했습니다. 기생체는 날 때부터 제 안에 장기를 안 키웠어요. 자생체 장기를 같이 쓰면서 남는 힘을 꼬박꼬박 성장에 썼죠. 그렇게 커진 몸으로 자생체를 함락하는 것만큼 어리석은 선택이 또 있을까요. 자기가 매달린 밧줄을 자르는 꼴이었습니다. 자생체의 기능이 일정 수준 이하로 떨어지면 기생체는 그보다 먼저 죽을 것이었습니다. 오래 지나지 않아 자생체도 뒤를 따를 것이었습니다.

내가 기생체로서는 유일하게 심장을 가진 건 우연이었습니다. 일이 어떻게 진행되었는지는 잘 모르겠습니다. 엄마 배 속에서 일어난 일을 기억하는 사람은 드물잖아요. 다만 태어나 보니 우리 쌍둥이는 그랬습니다. 다른 부분은 남들과 비슷하게 비대칭적이었는데 심장이 저에게 있었습니다. 저는 흉곽 형상의 기생체도 아니었습니다. 제 자생체의 가슴에 매달린 동그란 머리통이었어요.

하나의 얼굴로서 저는 눈 두 개, 코 한 개, 입 한 개, 귀 두 개를 가지고 있었습니다. 그러나 그 모두가 매우 작았다는 사실을 밝혀둡니다. 하여 조금만 거리를 두어도 희고 창백한, 동글납작한 물체로 보일 뿐이었는데 여기에는 머리카락이 전혀 없다는 사실도 한몫 했습니다. 밋밋한 외부와 달리 내부는 과포화상태. 기본적으로 머리통이 가져야 할 뇌와 기타 신경망이 구비된 상태에서 심장까지 끼어드니 늘 두개골 안쪽이 울리고 뻐근했지만 그래도 나는 감사하는 편이었습니다.

내 자생체는 너무 연약했으므로 심장이 그쪽에 있었다면 둘 모두에게 힘들었을 겁니다. 그도 그것을 알았고 저도 그것을 알았습니다. 그도 그것을 느꼈고 저도 그것을 느꼈습니다. 그것을 우리는 비밀로 지켰습니다.

우리가 유일한 공생을 계속하는 동안 그들은 각자의 고생을 이어갔습니다. 몸 내부를 운용할 힘을 잃은 기생체들이 얼마나 쉽게 죽어버렸는지 알면 놀라실 겁니다. 진실로 허망했습니다. 그들의 몸이 얼마나 크고 튼실했는지 직접 봤다면 공감했을걸요. 한두 개의 신체 기관으로서 자생체의 온몸과 맞먹거나 더 커다란 경우까지 빈번했으니 사람 몸이 아니라 먼 옛날 신화 속 거인의 일부처럼 느껴졌습니다. 자생체들은 마지막 힘을 다해 이 거대한 시신에서 자신을 분리했습니다. 죽은 몸의 조직을 열심히 비틀고 잡아당기면 찢을 수 있었습니다. 그러나 그 과정에서 힘을 모두 소진했고, 또 먹이를 구할 힘은 남아 있지 않았습니다.

'무얼 먹고 살 것인가.'

지긋지긋한 질문 앞에 더욱더 힘을 잃은 그 조그만 이들의 시선이 한순간 저를 향했습니다. "만나다!" 누군가 말했습니다. "아니야." 내 자생체가 말했습니다. 하얗고 동그랗고 희미해 보인다는 점을 제외하면 내 몸은 만나와 비슷한 점이 하나도 없었습니다. 그러나 그것들은 이미 최후의 질주를 시작한 뒤였습니다. 내 자생체가 나를 꽉 껴안아 품속에 보호하려 했지만 나 또한 이 역겨운 양수 속에서 그보다 훨씬 커다란 기생체로 자라난 지 오래였습니다. 얼마 지나지 않아 그들이 우리 몸을 파고들었고, 그들은 안으로 들어오거나 밖에 매달려 붙기 시작했습니다. 그들은 작고 수많은 스테이플러 심처럼 자생체와 저를 박아대면서 우리 신체를 하나로 밀착시켰습니다. 그러나 잠시 뒤 그들은 내 안에 영양소라고 할 만한 것이 딱히 없다는 사실을 알아챘습니다. 내게 소화기관이 없다는 사실도요. 하지만 수많은 혈관이 있어, 일단 내게 영양분을 공급해주면, 내가 그 통로를 통해 그들 전부의 말라붙은 심장에 뜨거운 피를 넉넉하게 퍼줄 수 있다는 사실까지. 그들이 찢고 온 거대한 기생체들의 죽은 몸이 서서히 흩어지기 시작했습니다. 흰 유기물로 날리기 시작했습니다. 제게 붙은 자생체들이 저를 움직여 폭설 안으로 진입했습니다. 그들이 먹고 강해질수록 저도 그렇게 되었습니다. 그러자 그들도 그렇게 됐습니다. 저는 제 둥근 몸을 둘러싼 빼곡한 작은 눈으로 완전히 다른 세계를 마주하기 시작했습니다. 작은 갑충들, 집게를 가진 동물들이 모래 안에서 빠져나와 함께 만나를 먹고 있었습니다. 그것들의 일부도 내게 붙었습니다. 그것들의 생각이 앞서 붙은 것들의 생각과 합쳐져 내 머릿속으로 쏟아져 들어왔습니다. 그것들이 일제히 머릿속에서 떠들기 시작했습니다. 내가 그것을 전부 듣고 이해했을 때, 나는 자전하기 시작했습니다.

내가 도니까 내 위의 것들도 따라 돌았고, 물길 갈라져 자리를 잡으니 가운데서 땅이 드러났고요. 솟아나와 굳어진 거기 아직 아무것도 아름답기 전, 딱 한 번 지구에게 물어봤어요. 엄마라고 불러도 되겠냐고요. 지구는 웃고 연달아 더 크게 웃었어요.

"머리통이 작아서 모르는 게 많은가 봐."

자전하며 부지런히도 놀려댔어요.

"그 모든 일을 겪고도 아직도 몰라? 너는 내 안의 쌍둥이야. 내가 기른 나의 분신이야. 아름다운 기생체야. 심장을 가진 조그만 머리통이야."

나는 그제야 함께 웃음을 터뜨렸어요. 기쁨의 힘으로 공전이 시작되었습니다. 그러자 태양이 생겨났어요. 우리를 위한 태양이었습니다.

"그럼 이제 내 이름도 지구인 거죠?"

지구는 더 크게 웃느라 대답 못 했지만, 그 뒤로 나는 나를 지구라고 불렀어요. 나를 품은 검고 빛나는 바다, 그마저 품은 거대한 쌍둥이 지구는 거기 그대로 있었고요. 나는 여기 있으면 되는 거였어요. 이윽고 모든 아름다움이 시작되었습니다."

~

부랑자의 얘기는 그렇게 끝났다. 아니, 끝난 것은 지구의 이야기였다. 엄밀히 말해 부랑자는 한 마디도 하지 않은 거였다. K는 부랑자에게 얼음물을 한 잔 가져다주었다. 따뜻한 물, 미지근한 물은 생각만 해도 진저리가 났다.

부랑자는 한동안 말이 없었다. K도 뭐라고 해야 할지 알 수 없었다. 오랜만에 만난 어른이 다 자란 아이에게 뭐라고 인사해야 할지 알 수 없어서 그저 "……이렇게 되었구나" 했다던 일화만 떠올랐다. 어디서 들은 그 말을 지구에게도 하고 싶었다.

그랬구나.

그리하여,

……이렇게 되었구나.

이야기가 마음에 들지 않는 건 아니었다. 분명 기이한 이야기, 누가 듣고 역겹다는 반응을 보여도 비난할 수만은 없는 이야기였다. 그러나 K는 그것이 분명 아름답다고 생각했다. 퇴근 시간이 가까워지자 천장 구석에서 쌍둥이 동생이 우유처럼 고여 흘러내렸다. K가 그쪽을 보자 부랑자도 그쪽을 봤다.

"사는 게 너무 외롭고 괴로울 때요. 나는 내가 지구라는 몸에 잘못 빙의된 영혼이라고 생각했어요."

K는 다음 타임 근무자를 위해 카운터를 정리하며 둘 모두에게 말했다.

"뭔가 착오가 있었을 거다. 이런 삶이 진짜 내것일 리 없다. 이번 판은 연습이다. 뭐 그렇게 생각한 거죠. 그런데 방금 이야기를 듣고 나니까 이제는 내가 있을 진짜 자리가 따로 남아 있을 것 같지도 않아요. 그 자리에는 누군가 또 잘못 놓여 있을 테니까."

부랑자는 대답이 없었고 동생도 그랬다. K는 손님이 나간 뒤 반쯤 열려 있던 문을 닫았다.

미래는 가능성의 영역을 벗어날 수 없다. 실체가 있는 모든 시간은 자신을 미래로부터 분리해 현재로 드러냈다.* 미래 속에서 섬처럼 떠오른 현재를 자꾸만 여닫는 이들. 영혼이 몸에 발을 담그듯 이 삶 속으로 뛰어드는 저 삶들을 나는 구분해낼 수 있는가? 나는 문을 열거나 닫을 수 있지만 결코 잠글 수 없을 거였다.

"집 지키는 개지."

카페를 함께 나온 K와 반대 방향으로 향하며 부랑자는 말했다.

"근데 주인 얼굴을 모르는 거라."

"그럼 너무 열심히 지키지 마세요."

K의 대답에 웃으며 손을 흔들고 돌아선 부랑자의 뒷모습을 K는 자기도 모르게 계속 쳐다보았다

* 『성(聖)과 속(俗)』, M.엘리아데, 이은봉 옮김, 한길사, 1998, 132쪽 변용.

한낮의 빛이 모른 체한 낡은 창문들에 노을이 깃들 시간이었다. K는 바로 집으로 향하는 대신 빵집에 들렀다. 흰 빵을 여러 개 사서 돌아가느라 다시 카페 앞을 지나가며 들여다보니, 자기 있던 자리도 부랑자 있던 자리도 빈자리가 아니었다. 이미 다른 누군가 거기 있었다. 그들은 스스로 물결치고 떠올라 이제 막 도착한 이들이었다. K는 그대로 계속 걸었다.

"여기 있는 것과 아름다운 것을 어떻게 구분하지?"

어깨 위에 있는 동생에게 묻자 동생은 귀찮다는 듯 빵 봉지 속으로 툭 들어가더니 흰 빵들 사이에 숨어버렸다.

어느 날 여신님의 다리 위에 우리가

한정현

한정현

2015년 《동아일보》 신춘문예를 통해 작품 활동을 시작했다. 소설집 《소녀 연예인 이보나》 《코코와 조지》, 장편소설 《줄리아나 도쿄》 《나를 마릴린 먼로라고 하자》 《마고》 등이 있다. 오늘의작가상, 젊은작가상, 퀴어문학상, 부마항쟁문학상, 5·18문학상을 수상했다.

이선이 그해 교토를 가게 된 건 순전히 여신님 때문이었다. 아니, 그러니까 그것은 일종의 여신 추적단이었을까. 아니면 그건 혹시…….

추모 여행인가……?

이선은 짐을 싸다가 그런 생각을 했다. 사실 이제 일본은 짐을 싸고 말 것도 없는 곳이긴 했다. 여차하면 돌아올 수 있는 비행편도 널린 데다가 한국 제품을 파는 곳도 많았고, 또 무엇보다…… 한국보다 일본에 친구들이 더 많을 정도로 이선은 오랜 기간 그곳에 살았다. 그때는 이렇게 한국에서 일본을 가려고 짐을 꾸리는 일은 상상하지 못했다. 뭐, 어쨌거나. 자잘한 돈이라도 굳이 쓸 이유는 없어서 이선은 성실히 여행자의 가방을 만들어보기로 했다. 클렌징티슈 몇 장을 뽑아 위생 봉투에 넣었고 기초 화장품도 일회용 통에 덜어 넣었다.

호텔 홈페이지를 보고 어메니티가 무엇인지 확인한 다음 헤어 트리트먼트도 챙겨두었다. 속옷까지 챙겨 넣고 보니 정말 더는 할 것이 없었다. 심지어 요즘 교토는 크레딧카드가 전부 통용된다고 하는데다가 세븐일레븐만 있다면 바로 돈을 찾을 수도 있었다. 이선은 몇 분 만에 채워진 여행가방을 옆으로 밀어두고 핸드폰을 열어보았다. 일본에 가는 게 몇 년 만이더라, 헤아려보니 벌써 7년이었다. 코로나가 껴 있기도 했지만 아예 일본 자체를 가고 싶지 않았던 시간이었다. 마지막은 역시……. 그때도 추모 때문이었다. 이선은 잠시 가방에 무언가 하나를 더 챙겨 넣을까 하다가 고개를 저었고 이내 구글맵을 켰다. 일본에 살았다 한들 그곳은 도쿄였기 때문에 교토에는 아는 곳이 하나도 없었다. 교토 카페를 몇 개 검색해보다가 마음에 드는 곳 몇 곳을 저장해두었다. 이리저리 카페 리뷰를 보면서도 이선은 자신이 무언가를 미루기 위해 흥미도 없는 것에 열심이라는 걸 느끼고 있었다. 아무래도 이선이 일본에 간다고 하면 제일 좋아할 사람은 도쿄에 있는 자신의 선생님인 노리코 여사일 것이다. 이선은 7년 전 급작스러운 전화 한 통에 자신이 대학 때부터 머물던 도쿄에서 가방 하나를 달랑 가지고 한국으로 돌아왔다. 심지어 이삿짐을 쌀 생각조차 할 수 없어서 남은 물건은 모두 폐기 처분을 했다. 그래, 그때도 모두 추모를 위한 폐기였다. 다만 이선은 도쿄에 있는 노리코 여사에게 매해 초 메일을 쓰는 걸 잊진 않았다. 그때마다 노리코 여사도 답장을 보내주곤 했다. 김선생님, 올해는 도쿄에서 봐요. 여태 이선은 답을 보낼 수 없었다. 그저 연말에 올해 한 해도 잘 마무리하게 되어 다행이라는 메일을 보내곤 했다. 일본에 가려니 역시 노리코 여사가 떠올랐다. 재일교포 3세인 노리코 여사는 이선에게 단지 대학의 선생이었을 뿐만은 아니었다. 시간이 흐르고 한국에 대해 나아진 모습을 보이는 것이 일본이라지만 깊이 들어가면 모든 사람이 그런 건 아니었기에 둘 사이에 이해되는 어떤 정서가 있었다. 지난 7년 동안 노리코는 이선에게 무슨 일이 일어난 거냐고 묻지 않은 채 그저 기다려주고 있었다. 갑작스레 자리를 박차고 나가버린 제자가 황당하고 괘씸할 만도 할 텐데 말이다. 막상 교토에 가려고 보니 이선은 노리코 여사에게 연초나 연말이 아닌 한여름에 메일을 쓰고 싶어졌다. 그러나 역시, 어디서부터 어떻게 말해야 할지 감이 오지 않았다. 도쿄에 가겠다는 말은 쉽게 나오지 않았기 때문이었다.

추모 대면 축하해.

이선이 메일 창을 열어둔 채 가만히 화면을 들여다보고 있을 때였다. 화면 아래서 유스케로부터의 메시지가 떠올랐다 가라앉았다.

그러게, 7년 만의 대면이네. 코로나보다 길다.

교토에서 어딜 갈지는 찾아봤어?

음. 카페가 진짜 많던걸.

그렇지. 거기 오래된 도시니까. 도쿄보다 더.

응, 100년 된 카페가 왜 이리 많니. 50년은 주니어급이야.

100년도 주니어급일지도. 이선, 내가 재밌는 거 말해줄까.

응? 어떤 거?

막상 나 교토 두 번인가 가봤어. 그게 다야. 수학여행 같은 거로. 니조성에서 까마귀 쫓아다녔지. 아무래도 나보다 교토 많이 가본 한국인도 많을 거야.

유스케는 고향이 센다이 쪽이었다. 대지진 때문은 아니었고 유스케와 여동생이 대학을 도쿄로 가면서 부모님과 동시에 이주했다고 들었다. 이쪽이든 저쪽이든 교토면 상당히 멀기도 했을 테고 여행을 별로 좋아하지 않는다고 했으니 정말 그랬을 거다. 이선은 웃음이 터졌지만 생각해보니 이선도 경주를 두 번인가 가본 게 다였다. 그것도 수학여행으로. 그때 이선은 까마귀 대신 비둘기 뒤를 쫓고 있었던 것 같다.

그럼 너도 잘 모르겠네, 교토에 대해서는.

응, 카페도 술집도 모르지. 심지어 청수사에서는 다들 더위를 먹어서 처마 밑에서 비틀거렸다고. 왜 그렇게 애들을 몰아가면서 여행들을 다닌 건지 모르겠네.

그건 한국에서 고등학교 다닌 나도 그랬어. 더운데 막 설악산 이런 곳 올라갔는데, 요즘은 안 그러겠지? 수학여행이 아니고 뭔가 인생 여행인가.

이선의 말에 카톡창이 한동안 웃음 표시로 가득했다. 그러게, 하지만 인생은 대리 체험이 불가능하다. 그 어떤 사건도 결국 자신을 기준으로 환원해버리곤 하니까, 심지어 타인의 죽음까지도. 유스케는 한참 웃는 이모티콘을 보내더니 이번엔 전화를 걸어왔다.

이선. 그런데 나 다른 건 알아.

뭐든 추천해줘.

이걸 추천이라고 해도 될까.

뭔데?

유스케는 잠시 흐음 하는 듯하더니 너도 알고 있으려나. 몰랐더라도 재미로 들어, 하고는 말을 꺼냈다.

하시히메라고 있어.

하시히메?

응, 다리를 지키는 여신이야. 그런데 화가 났어.

화가? 여신님이? 화의 여신도 있는 거야?

당연히 일본인만큼은 아니겠지만 이선도 일본에 별별 요괴가 다 있다는 건 알고 있었다. 요괴나 귀신은 굉장히 문화적이었다. 한국에 여자 귀신이 많은 것도 결국 여성이 말을 못하고 죽어서 쌓인 한을 풀려고 그랬다지 않던가. 일본은 지진도, 전쟁도 많은 나라라 말 그대로 난데없이 죽는 경우가 많았고 그래서 귀신도 요괴도 많다고 했었다. 아무리 그래도 요괴 이야기는 항상 뭔가 긴장하게 된다. 이상하다, 어차피 제일 무서운 건 인간인데. 이선은 저도 모르게 침을 꿀꺽 삼켰고 유스케는 이선과 달리 웃음을 터트렸다. 그러자 이선도 곧 따라 웃어버렸는데, 대체 이게 무슨 대화의 흐름인지 알 수가 없어서였다. 아무리 추모를 위한 교토행이라는 것을 아는 유스케라지만 내일 여행 가는 친구에게 현지인 맛집이라거나 알려지지 않은 명소를 알려주는 게 아닌 현지 요괴, 아니 현지 여신 추천이라니. 하지만 그래서 이선은 유스케가 좋았다. 유스케는 이선이 어차피 이 여행에 의욕적일 수가 없다는 걸 잘 알고 있었다. 그런 건 아는 사람만이 알 수 있으니까. 이선은 유스케가 여신님이 꿈에 나와도 모른다,라며 이야기의 뜸을 들이는 사이 문득 그와 처음 만났던 때를 떠올렸다.

유스케와 이선은 자살한 사람들의 유가족 트라우마 치료 센터에서 처음 만났다. 이선이 유스케를 유독 기억하게 된 것은 유스케가 모임에 나올 때마다 이상한 그릇 하나씩을 들고 와서 사람들에게 줬기 때문인데, 그런 오지랖 넓은 일본인은 처음이었던 데다가 대체 그런 그릇들은 어디서 난 것인지도 궁금했기 때문이었다. 어딘가 낡은 것도 같았고 하여간 매끈한 느낌은 아니었다. 알고 보니 유스케가 센터에 오는 길은 동묘를 거쳐서였고, 그곳에서 그릇 구경을 하다 온다는 거였다. 거기 그릇 무덤이라는 데가 있는데요, 이렇게 말하는 유스케를 보고 있으면 이선은 잠시나마 본인이 자살한 가족으로 인한 슬픔 때문에 그곳에 앉아 있다는 생각을 잊고는 했다. 그래서 유스케의 사연을 듣고는 더욱 마음이 가라앉았을까. 유스케는 여동생의 자살을 받아들이지 못해서 1년 정도를 방 안에서만 지내다가 결국 한국으로 떠나왔다고 했다. 유스케의 여동생은 3·11 대지진 대피소에서 자원봉사를 하다 성폭행을 당한 후 자살했다. 그때 유스케는 도쿄에 있어서 여동생의 안부를 빠르게 확인하지 못했다. 다만 그런 일이 있었다는 연락을 받았을 때 유스케는 너무 당황하여 살다 보면 누구에게나 있는 일이라는 말만을 반복하고야 말았다. 유스케의 여동생은 얼마 후 후쿠시마로 이동한 후 해변으로 걸어 들어갔다고 했다. 마지막 확인도 하지 못하게 한 거죠, 나에게 화가 났던 거예요. 유스케는 그 말을 하면서 그런데 저도 화가 나요. 왜 원전 관리를 못했냐고요. 아니, 지진은 왜 하필 그때 일어난 거죠? 그런데 이게 화내는 게 맞나요? 어디에 화를 내야 하나요, 하면서 울었다. 유스케는 한국에 와서는 마음이 좀 나아졌지만, 그건 회복이 아니라 외면이 아닐까 하는 생각이 문득 들었다고 했다. 그제야, 그게 이곳을 오기 전 그릇 같은 걸 사는 마음이었을까, 이런 생각을 했던 그때의 이선은……. 그러나 사실 이선은 그런 유스케가 부럽기까지 했다. 이선은 그 모임에서조차 한마디 말을 하지 못했다. 이선은 그저 많은 사람의 이야기를 듣다가 집으로 돌아왔다. 언니 대체 왜 그랬어. 언니가 대체 왜. 트라우마 센터는 동묘를 지나 동대문에 있었고 성수동 집까지는 심지어 응봉교도 건너야 하니 사실 걷기에는 아주 멀었지만 이선은 그 모임에서 돌아올 때면 항상 난간이 흔들릴 정도로 차가 빠르게 지나는 응봉교를 도보로 건너왔다. 차라리 비난을 받고 욕을 먹지, 대체 왜, 언니가 왜 대체. 왜 죽었냐는 말은 그럼에도 소리 내지 않았다. 트라우마 치료센터 마지막 날 유스케는 이선에게 모임에서 말을 하지 않은 유일한 사람이죠? 하면서 밥이나 같이 먹자고 했다. 이선은 그릇을 주셔서 감사합니다, 딱히 당기는 음식도 없어서요, 하고는 처음엔 에둘러 거절했다. 그러나 유스케가 주머니에서 꺼낸 한국인의 선호 음식 리스트를 보고서는 그만 항복하고 말았다. 처음에 이선은 무척 긴장했다. 별안간 이선 씨는 이해하죠? 우리 같은 마음을요, 이런 말을 꺼내면 자신이 어떻게 해줘야 할까 싶었다. 그러나 유스케는 그날 주구장창 케이팝 이야기만 늘어놓았다. 이선이 성수동에 산다니까 거기 에스엠 있잖아요, 치켜세웠는데 이선은 사실 케이팝에 관심이 없었다. 유스케가 화장실 간 사이 검색해보니 에스엠은 성수 쪽이 아니라 서울숲 쪽에 있었지만, 이선은 그저 좋은데 좀 시끄러워요, 막상 사람이 많아서 동네에서는 카페도 안 가고요,라고만 대꾸했다. 그릇은 정말 잘 쓰고 있다고 다시 말해줬다. 유스케는 그날 집으로 가는 길에 좋아하는 곡이라면서 샤이니 종현의 〈하루의 끝〉 링크를 보내줬다. 이선은 샤이니가 누군지도 몰랐지만 그 곡을 듣다가 수고했다고 당신은 나의 자랑이라고 하는 가사에서 참았던 눈물이 좀 흘렀고 이후 샤이니도 좋아하게 되었고 유스케와의 우

정도 죽 이어졌다. 이선을 다시 현재로 되돌려놓은 것은 유스케의, 아니 하시히메의 사연이었다.

하시히메의 남편이 그녀를 화나게 만들었어. 사실 남편이 잘못한 거지. 배신하고 다른 여자와 바람을 피우고 말았다는 거야. 그렇게 되면 하시히메는 더 이상 히메가 안 돼.

그럼 뭐가 돼?

요괴가 돼. 다리를 끊어버리듯 인연을 끊어버리는 요괴지. 긴 머리칼로 남편 같은 놈들을 죽인다는 설도 있고. 그래서 연인들은 그 다리를 건너고 싶지 않아 해.

오 그렇구나. 덕수궁 돌담길 같은 건가? 이건 이혼 법원이 그 주변이라 그렇다는 이야기가 있긴 하지만. 일본에서 헤어지고 싶으면 거기 가야겠네?

이선의 말에 유스케는 아 그런 좋은 방법이! 이선 언제든 말해야 돼, 그땐 같이 교토에 가줄게! 하며 웃었고 잠시 후엔 그러나 이런 말을 덧붙였다.

근데 사실 하시히메는 교토의 뿌리 깊은 여성 혐오 문화라고 했어.

누가?라고 물으려다 이선은 말을 삼켰다. 아무래도 유스케의 여동생이 해준 이야기일 것 같았다. 유스케의 여동생은 여성 홈리스들을 위한 자원봉사를 할 만큼 여성 문제에 관심이 많았다고 했다. 그래서 지진 발생 후 자원해서 후쿠시마로 갔던 거고 그래서 또……. 이선은 생각을 삼키고 그저 가만히 유스케의 하시히메 뒷이야기를 기다렸다. 이어진 유스케의 말에 의하면 교토는 쇼군의 도시답게 그를 지키기 위해 외부를 경계하는 게 무척 극심했다고 한다. 무사끼리의 다툼이 심각하다 보니 특히 피에 예민했는데, 엉뚱하게도 이런 피에 대한 경계심은 여성의 생리를 부정한 것으로 여기게 만들었다고. 병사가 되지 못하는 장애인, 노인, 부랑아 등과 같은 사람들 또한 여성과 같이 부정하게 취급했다. 점차 여성, 노인, 부랑아, 장애인들을 혐오하는 문화가 생겼고 심지어 제사 때는 여성들이 아예 들어오지 못하게 해서 일본엔 제사를 주관하는 여성 사제가 없다고 했다. 특이하게 오키나와에는 있어, 거긴 여성이 사제야. 한국의 무당처럼 말이지. 에? 황당해하는 이선의 반응에 유스케는 그 반응은 양식 있는 사람이라면 당연한 거야,라고 답변해서 다시 이선을 좀 웃겼다.

덕분에 양식 있는 사람이 다 되었네.

그런데 이선. 생각해보니까 교토에 우리의 하시히메를 모신 사당하고 다리가 있긴 해. 시간 있으면 한번 가봐.

이선은 거긴 꼭 싫어하는 사람과 가야겠다고 말하면서 전화를 끊었다. 그러게, 하지만 이번 여행에 같이 갈 사람은 어떤가. 싫어한다 좋아한다고 나뉠 수 있는 인연이라면 차라리 좋으련만. 이번 여행 동반자는 그럴 수가 없었다, 왜냐면 그 사람은…….

'사랑하는 사람이 생겼는데 네가 좋아할지 모르겠다.'

언니인 미정이 이선에게 그런 문자를 보낸 건 아마 10년 전쯤이었을 것이다. 이선은 처음엔 어리둥절했다. 이선이 미정에게 바로 전화를 하지 못했던 것은 대답이 두려워서였다. 당시 미정은 다소 늦은 나이에 결혼을 한 후 도쿄 외곽의 맨션에서 살고 있었다. 미정보다는 주변 어른들의 성화가 좀 낀 결혼이긴 했어도 이선 또한 고생 많이 한 언니가 이제는 사랑을 받고 살면 좋겠다고 생각했었다. 그러니 대단할 건 없어도 누추할 것도 없는, 그래서 걱정도 없을 줄 알았던 언니의 결혼 생활. 이선이 홀로 살게 된 것도 언니의 결혼 때문이었다. 이선과 미정은 나이 차가 15년이나 되는 자매였다. 어릴 적 이혼하고 연락이 끊어진 부모님 대신 친척 집을 전전하다 미정이 대학에 들어가며 둘이 죽 같이 살아온 터라 이선은 미정을 엄마라고 생각하며 자랐다. 이선이 일본에서 대학을 다닌 것도 먼저 도쿄로 넘어간 언니 미정을 따라서였다. 이선이 한동안 답이 없자 이번엔 미정이 전화를 걸어왔다. 이선은 그 역시 바로 받지 못했다. 들으면 안 될 것 같았다. 다만 이렇게 보냈다. 언니, 언니 이제 남들이 안 하는 길로 가면서 고생하지 마.

미정은 마지막 운동권 학생이었다. 이선에게는 낯설기만 한 단어인 한총련 소속이었고 북한엘 다녀온 적도 있었다. 언니, 북한은 어때? 가끔 이선이 물으면 미정은 바로 고개를 저었다. 끔찍했어. 그래서 그 여성들을 돕고 싶어. 미정은 그리 말해주곤 했다. 가끔 사람들이 운동권 학생들이 후회할 것,이라고 생각하지만 대부분은 그렇지 않다는 것 또한 미정을 통해 알았다. 이선은 미정이 하는 말을 정확히는 몰라도 에둘러는 알 것 같았다. 내가 품었던 확신과 대상이 일치하지 않더라도 그 확신을 품은 마음마저 사라지는 건 아니라는 것. 이선은 자신이 틀린 건 틀린 대로 인정하는 미정이 멋있었다. 하지만 사회는 미정을 이선처럼 생각해줄 순 없었던 모양이다. 미정은 감옥에 다녀와서 북한 여성들의 인권을 위한 단체에서 열심히 활동하는 것에 만족했고 성수동의 작은 신발 가게를 다니며 일했다. 좋은 신발을 신으면 좋은 데로 가니까 이런 건 좋은 일 같아. 이선은 언니가 좋은 일은 다 좋았다. 그런데 이선이 생각하기에 역시 기이한 것은 세상이었다. 시간은 비가역적인데 인간의 시간은 가역적이기도 했다. 시간이 흐르면 세상이 나아져야 하는데 박근혜가 대통령이 되고 사람들이 다시 간첩으로 잡혀가는 일이 벌어지고 있었다. 언니와 함께 학생운동을 하던 사람 중 정치를 하는 몇몇이 이적 활동으로 잡혀 들어갔다. 세상에, 그러니까 2000년대에도 그런 일이 있었다. 정말 세상에……. 직접 보지 않았으면 이선도 못 믿었을 일이다. 언니에게도 이적 활동이라는 꼬리표가 붙었다. 사람을 말릴 정도로 답을 정해놓고 물어보던 참고인 조사가 끝났을 때, 이미 세상은 더욱 언니인 미정과 등진 후였다. 같이 밥을 먹고 일을 하던 사람들조차 미정에게 등을 돌렸고 겨우 다시 들어간 공장에서는 이전과 달리 불법체류자들과 비슷한 수준의 월급을 받으며 일해야 했다. 일본 문학을 전공했던 미정은 일본으로 넘어가면 식당 서빙만 해도 한국에 돈을 보낼 수 있다는 말에 결국 도쿄로 넘어갔다. 이선을 고등학교 기숙사에 남겨두고 가던 날, 미정은 성수동 신발가게에 가서 좋은 신발을 사주었다. 좋은 신이 좋은 곳으로 데려다준대. 이선은 가끔씩 정말 좋은 신발이 필요했던 건 언니였다는 생각이 들곤 했다. 그리고 언니를 위한 신을 한 번도 사주지 못한 자신에 대해 생각할 땐 인간의 시간이 왜 가역적인지 알 것 같다는 마음이 들기도 했다. 어쨌거나 당시의 미정은 정말 몇 년 뒤 이선을 데리러 왔고 얼굴에 주름이 생겼지만 활기가 어려 있어서 이선은 일본행을 더 쉽게 결정했었다.

하지만 그때만큼은 미정의 의견을 무조건 따를 수가 없었다. 이선의 답장에 이번엔 미정이 답이 없었다. 미정은 며칠 후 문자의 답 대신 이선이 근무하던 학교로 찾아왔다. 이선은 그날을 지진의 날로 기억한다. 아주 얕은 지진이 있었는데 누군가는 느꼈고 누군가는 그랬어? 하는 표정을 지어 보이던 날. 학생 중 누군가 그런 말을 했다. 이런 건 기록에 남겨지지 않으면 누군가는 영원히 모르는 그런 보통날이겠죠? 미정은

'그 사람'과 함께 왔었다. 언니는 지진을 느꼈어? 이선은 그 물음이 떠올랐지만 입 밖으로 내지 않았고 대신 미정이 앞장선 학교 앞 카레집으로 가서 미정과 그 사람과 함께 밥을 먹었다. 셋 다 말이 별로 없었고 미정이 가끔 그 사람의 수저나 물을 챙겨주었다. 그 사람과 이선은 간혹 눈이 마주쳤다. 그 사람은 말이 없었지만 이선의 눈을 피하지 않았다. 뭐야? 이선은 자신도 모르게 그런 생각을 하다가도, 또 생각보다 미정과 그 사람은 이상하게 보이지 않네,라고 생각했다. 이상하게? 참 이상한 말이었다. 그러게. 이선은 스스로 자신이 무슨 생각일까 싶었다. 이상하게 보인다는 건 또 뭐고? 스승인 노리코 여사도 레즈비언이었다. 이선은 노리코 여사와 그녀의 파트너가 함께 사는 집에 가서 그들이 너무 멋있고 한국도 빨리 생활동반자법이든 뭐든 통과되어야 한다고 목소리를 높이지 않았던가. 나는 이런 사람들과도 친해, 깊은 속내에는 이런 생각이 있던 건 아니었을까. 그런데 왜 언니인 미정과 그 사람에 대해선…… 이런 사람들이 뭘 알까,라고 생각했던 건지…….

언니는 결혼했잖아요. 이걸 아시는 거잖아요.

밥을 먹고 커피를 마실 때 이선은 저도 모르게 툭 내뱉듯 그런 말을 했다. 이 말은 사실 언니에게 화를 낸 거였다. 형부와 이혼할 거냐는 말을 돌려 물은 거였다. 미정과 그 사람은 서로 얼굴을 바라보았다. 미정이 입을 떼려 했을 때 이선은 그 사람의 얼굴을 보고 다시 물었다.

대체 무슨 생각이에요? 어른 둘이.

사실 화를 내더라도 언니에게 해야 하지 않았을까. 언니, 차라리 그냥 이혼해. 이게 맞았을 거다. 그러나 그 사람은 이선의 말에 고개를 숙이고 정말 죄송합니다,라는 말을 반복했다. 언니는 이선을 바라보다 겨우 이렇게 답했다. 우리 이선이 다 컸구나. 왜였을까. 미정은 왜 자신을 비난하는 이선에게 그 말을 했을까. 이선은 눈물이 차올랐고 카페에서 먼저 나와버렸다. 이후 한동안 미정의 전화도 문자도 받지 않았었다. 나는 그래도 언니가 좋은 일 하다가 감옥 갔다고 생각해. 언니는 그 뒤에도 최선을 다해 살았잖아. 나는 사람들처럼 언니가 어리석은 짓 한다고 생각한 적 없어, 그런데……. 여기까지 쓴 문자는 보내지 않았다. 그리고 미정이 그렇게 되기 전, 그러니까 미정이 왜인지 교토까지 가서 죽었다는 연락을 받기 얼마 전에야 이선은 어떤 사실 하나를 알게 되었다. 왜 언니가 이혼을 하지 않았다고 생각했을까, 안 한 게 아니고 '못'한 거라는 생각을 해봤다면…… 그 이유를 알려고 해봤다면. 이선은 자꾸만 그 생각을 반복했다. 그리고 다시 7년이 흐른 지금, 언니인 미정의 그때 그 사람에게 연락이 왔다. 김이선 님이시죠, 면목 없이 인사드립니다. 이렇게 시작되던 문장. 이선은 글자에도 감정이 있다는 걸 그때 느꼈다. 유스케를 알게 되고, 이 세상에 새롭게 좋아하는 게 생기고 또 그만큼 이해가 되지 않는 일들도 생기고 사라지고 그런 것들을 느끼며 살아가고 있는 7년 후 김이선은, 그래. 그래서 교토에 가겠다고 했다. 다름 아닌, 언니 미정의 그 사람과 함께.

간사이공항에서 하루카를 타고 이동할 때쯤에서야 이선은 유스케가 말해줬던 하시히메의 신당과 다리가 떠올랐다. 슈퍼 엔저 현상 때문인지 공항이 혼잡해서 정신이 통 없었던 것도 있었고 교토에 대해 잘 알지도 못했기 때문도 있었다. 그나마 혼자 생각할 틈이 생기니 문득 그 이야기가 찾아보고 싶어졌다. 하시히메라, 이선은 일본 포털사이트를 켜서 검색을 해보았다. 이선이 이런 이야기에 관심이 없어서 그렇지, 하시히메는 일본에서는 꽤나 알려진 전설인 것 같았다. 우지바시에 하시히메의 신당이 있었다. 그 근방에 윤동주 시인이 다녔던 대학교가 있었다. 교토하면 모두가 니조성이나 청수사만 말해서 이선도 몰랐던 거였다. 특별히 애국자가 아니라고 생각하며 살았는데도 이선은 괜히 속상한 마음이 들었다. 왜 아무도 윤동주가 여기서 대학을 다닌 건 안 알려준 걸까. 그러면 일본의 유명 사찰이나 성이 아닌 윤동주의 모교를 보러 교토에 오는 사람들도 있을 텐데, 이런 마음까지 드는 거였다. 한참이나 관련된 블로그 여행기를 읽어보던 이선은 문득 검색창을 뒤적이는 것을 멈췄다. 처음 들었을 때부터 뭔가 낯익은 이름이라고 생각했는데 그 이유가 떠올랐다. 그 신당이 있는 우지바시는 이선과 언니의 그 사람의 최종 목적지가 되어 버린 곳이었다. 인간의 최종 목적지라고 하면, 역시나 죽음인 것. 그 사람은 언니인 미정을 수습하고 언니를 기리기 위해 어느 신당 가까이에 위패를 모셨다고 했다. 그땐 그럴 수밖에 없었다. 요즘이라면 달랐을까. 미정과 이선에게 도움조차 주지 않았던 친척들은 죽음이라는 말에 과하게 반응하며 가족임을 새삼 주장하고 나섰다. 세상에는 자신의 생각에 맞춰 타인의 인생을 대하는 사람들이 꽤 있었다. 어릴 적 미정과 이선을 잠시 머무르게 해줬던 친척들은 어떤 면에서는 확고하게 그러했다. 순식간에 바람나서 자살한 사람이 된 미정에 대해 친척들은 한마디의 위로 뒤에 백 마디의 비난을 쏟아냈다. 나는 내 자식도 아닌데도 옥바라지까지 했어. 근데 고맙다는 말 한마디 없는 건 그렇다고 쳐. 그래, 이혼. 뭐 자식도 없으니 차라리 빨리하는 게 낫다고 치자. 근데 뭐? 누구랑 살아? 걔 여자총학인가 뭔가 할 때도 그렇게 그 동생들이라는 년들한테 뭐를 퍼주고 다니더니. 뭘 잘했다고! 이 서방이 아니면 누가 전과가 있는 여자랑 결혼을 해줘? 이선은 그때 미정과 집안 어른들 모두와 투쟁하는 기분이었다. 언니를 이해할 수는 없었으면서도 다른 사람들이 미정에게 그러는 건 섭섭을 넘어서 황당하기까지 했다. 결국 그 친척 어른들이라는 사람들 때문에 이선은 죽음 이후에도 한동안 언니 미정을 바로 보내주지 못했다. 형부라는 사람은 여전히 법적으로 언니의 남편이었고 우선순위 보호자였으니까. 언니가 죽어도 슬프지 않죠? 이선은 형부를 보며 그 말을 삼켰다. 그가 그날 이선의 가족들에게 보인 반응이 대답을 대신했으므로. 그의 반응 앞에서 친척 어른들은 마치 당연한 죗값을 받는 죄인처럼 굴었다. 이선은 형부가 그저 두려웠다. 이선이 형부와 싸우기라도 해서 언니를 수습해야겠다고 생각했을 땐, 의외로 미정의 그 사람이 일본에서 혼자 모든 걸 다 한 후였다. 그 사람은 혼자 미정을 수습했고 장례를 치렀고 생전 언니가 좋아했다던 신당 근처에 위패를 모셨다고 했다.

교토에 미정 씨와 간 적이 있긴 합니다.

그때 한참이나 숨죽여 울던 그 사람이 꺼낸 첫 말은 그거였다. 그 사람은 그렇게 말했었다. 하지만 그 사람도 대체 왜 언니가 굳이 교토까지 가서 다리에서 뛰어내린 건지는 모르겠다고 했다. 두 사람이 이전에 교토에 간 적은 있었지만 둘은 형부 때문에 거의 일본 전역을 다녀야 했다 여행 같은 피난이었다. 게다가 도쿄만큼은 아니어도 관광지다 보니 물가가 비싸서 오래 있지도 않았다고. 하지만 돌이켜 생각해보니 언니가 교토에 가서도, 가기 전부터도 오랫동안 그 신당 이야기를 했다고 했다. 정확하게 말하면 그 신당에 얽힌 이야기를 좋아했다고.

아무래도 저는 미정 씨가 그저 농담처럼 한 이야기라고 생각했습니다. 저도 생각해보면 미정 씨를 많이 몰랐습니다.

이선은 그 신당의 이름과 하시히메라는 단어를 오래 들여다보았다. 확실히 이선은 그 사람에게 하시히메라는 이름과 그 신당 이야기를 들은 기억이 있었다. 그러나 당시엔 이선은 그걸 기억할 수가 없었다. 이선은 하시히메까지 생각할 수가 없었다. 날이면 날마다 대체 언니가 왜, 왜,라는 생각을 해야 했다. 한국에서 온갖 고초를 겪고 일본에서도 그 고생을 하면서도 꿋꿋하게 살아남은 미정이 왜, 왜 미정에게, 왜, 왜.

이선은 유스케에게 뭐라도 말하고 싶어졌지만 이내 그만두었다. 어디서부터 어디까지 말을 해야 할지 모르는 기분이었다. 배신한 남자의 목을 머리칼로 감아 죽이고 결국 요괴가 될 수밖에 없었던, 그 다리마저 끊어버린 하시히메. 그러나 요괴가 된 하시히메를 죽인 건 결국 사천왕 중 한 명인 와타나베 츠나라는 어느 남자 신이라는 결말이 그 곁을 맴돌 뿐이었다. 그런데 하시히메가 그렇게 잘못한 건가. 사천왕 중에 한 명이라는 그 신은 하시히메가 왜 요괴가 된 건지는 알고 단죄를 한 건가. 먼저 배신한 건 그 남잔데 요괴가 된 건 하시히메였다. 이선은 마음이 내려앉았다.

답답한 마음에 창밖으로 시선을 돌리니 신오사카의 풍경이 빠르게 놓였다가 사라지고 있었다. 오사카는 한인들이 많이 사는 동네라고 언젠가 언니 미정이 설명해준 적이 있었다. 4·3 때 피해자들이 말이야, 후쿠오카로 들어가서 오사카로 많이 건너와서 일을 했대. 장사를 할 수 있는 곳이니까. 그러면서 일본 안에서도 뭔가 직업을 가지기 어려운 사람들도 오사카로 많이 넘어왔다고도 했다. 미나마타병 걸렸던 사람들이 일을 못하니까 오사카에서 장사를 하고 그랬대. 나도 처음엔 오사카로 가려고 했어. 사실 한국이나 일본이나 어려운 사람들은 매한가지였나 봐. 이선은 언니인 미정이 그런 말을 해줄 때 언니가 정말 멋진 사람이라고 생각했다. 미정이 시위하다가 감옥에 갔다는 이야기를 처음 들었을 때 이선은 고작 초등학생이었다. 경찰이 집에 들이닥쳐서 언니가 한총련인가 뭔가를 하다가 잡혀 들어갔다고 말을 했을 때도 친척 어른들보다 이선이 더 의연했던 거 같다. 이선은 그 생각을 하자 갑자기 눈물이 올라왔다. 사람들은 언니의 행실을 문제 삼았다. 자기가 무슨 독립운동가냐는 말들이 들려왔다. 당연하지만 이선은 언니가 대체 무슨 잘못을 했는지 모르겠다고 생각했다. 그리고 이선의 그 믿음은 거의 다 맞아떨어졌다. 미정은 도쿄의 한인식당에 자리를 잡았다며 이선도 일본에서 공부하면 좋겠다고 했다. 이선은 미정을 따라 무턱대고 문학을 전공했다. 노리코 선생님이 이선 씨는 왜 문학을 선택했어요? 어떤 작가를 좋아해요? 물었을 때는 사실 난감하기도 했다. 그냥 언니가 해준 문학 이야기가 재밌었어요. 노리코 선생님이 빙긋 웃었던 기억도 따라온다. 사랑은 원래 모방이에요. 그 말엔 이선도 웃었다. 그래, 모두 미정을 따라 하고 싶었다. 그래서 언니인 미정이 처음 만나는 사람이 있다고 했을 때도 무조건 좋다고만 했다. 이선의 친척들은 조금 달랐을지도 모른다. 이제 미정이 한국에서 결혼하긴 힘들 거라고, 사람으로 태어나 그래도 결혼은 한번 해봐야 하지 않냐고 무조건 결혼부터 종용했다. 그래도 한국인이 좋지, 게다가 번듯한 직장도 있고 일본에서 대학도 나왔다며. 어른들은 너무 꿈만 같다고 했다. 이선은 언니인 미정이 아닌 친척 어른들이 왠지 불안했지만 그래도 언니와 결혼한 형부는 모든 것이 그저 흰색 벽지처럼 무난한 사람처럼 보였다. 단 하나, 그걸 보기 전까지.

간사이공항을 나오면서 무심코 집어든 관광 책자를 넘기다 이선은 저도 모르게 잠시 침묵했다. 장벽을 긋듯 커다란 칼을 찬 무사들의 고장이라는 말이 적혀 있었다. 페이지를 넘기자 그것이 나왔다. 바로 언니인 미정의 신혼집에서 본 그것.

일본도를 왜 샀어?

결혼하고 얼마 되지 않아서 이선이 미정의 집에 놀러갔을 때였다. 이선은 왜인지 미정이 좀 수척해 보인다고 생각했지만 결혼 문화 때문이라고 여겼다. 결혼은 꼭 한국에서 하자는 형부의 가족들 때문에 미정은 결혼식을 두 번 했다. 그래도 깨끗한 맨션 단지에 마음이 놓여서 모든 걱정이 흩어지는 기분이었다. 거실 한가운데 놓인 일본도를 보기 전까지 말이다. 미정은 잠시 말이 없다가 이선이 돌아보니 겨우 입을 여는 사람처럼 우물거렸다.

장식용이야.

이렇게 커다란 칼은 처음 보는데?

미정은 장식용일 뿐이라지만 이선은 크고 긴 칼에 두려움을 느꼈다. 실제로 그런 무기 같은 칼을 본 적이 없었다.

그가 일본도를 좋아해.

칼을? 이선이 되물었지만 미정은 더는 말이 없었다. 아무래도 폐가 될까 싶어서 이선은 미정이 부르기 전엔 언니의 집에 자주 가보고 싶다는 말을 하지 않았다. 매해 명절이 되면 그 핑계로 미정의 집에 갈 수 있어서 좋았다. 이선은 미정의 집에 놀러 갈 때마다 형부의 일본도가 하나씩 그 수를 늘리는 것을 보았다. 일본도는 늘어가는데 미정의 말수는 점점 줄어드는 것 같았다.

이선아, 너 무사들이 일본도를 어느 때 사용했는지 아니.

글쎄? 무사들이니까 어떤 규율이 있으려나? 원래 제대로 운동하거나 무술 하는 사람들은 함부로 남발하지 않는다며?

일본 무사는 안 그래. 자기보다 약한 사람들에게 휘둘러. 그런 판단이 서면. 그래서 일본 무사들이 조선도 침략한 거야.

이선은 미정의 그 말을 듣고 왜인지 작게 소름이 올라왔다. 언제든 형부가 자신보다 약한 사람을 만나면 그걸 휘두를 수 있다는 말로 들렸고 자신도 모르게 형부가 언니에게 일본도를 휘두르는 장면을 상상했기 때문이었다. 하지만 그걸 그저 상상이라고만 치부해서는 안 되었다. 그러니까 이미 자꾸만 그 칼 곁에서 수척해지는 사람을 두고 그건 망상이야 해버리는 것은, 그건 도리어 너무 무책임한 것이었다. 그러니까 그때. 그 형부라는 사람이 수시로 여자를 만나고 다니면서 오히려 언니를 의심하며 그 칼을 들이댔다는 것을 알 수 있었을 유일한 그때 말이다. 그러나 미정이 죽은 지금으로선 그 어떤 상상도 더는 필요가 없었다.

그 형부라는 사람은 아주 잘 산다.

언니는 죽었다.

언니의 그 사람은 죄인이 되었다.

결국 이렇게 끝맺을 수밖에 없다. 그게 남들이 보는 이 이야기의 결말이다.

교토에서는 천천히 버스로 이동할까 싶었지만 한국보다도 지방 소멸이 심각한 일본답게 상점의 불들이 많이 꺼져 어두웠고 숙소로 잡은 호텔은 아무 계획이 없었던 까닭에 교토역이 아닌 니조성에 가까웠다. 비까지 내리다 말다 하는 초여름의 교토는 왠지 움직일 여력을 빼앗는 기분이었다. 관광객들 사이에서 기대감 없이 짓는 표정도 애매해졌다. 택시를 타면 무척 가까운 니조성이었지만 막상 내리고 보니 차라리 기온거리 같은 중심가였다면, 하는 생각이 더해졌다. 니조성 주변의 식당들은 이미 문을 닫은 후였다. 일단 큰 마트라도 가보자 싶어서 건넌 이선은 문득 마트 옆 니조성을 유심히 바라봤다. 엄청나게 많은 돌로 쌓은 높다란 벽과 물 한가운데 떠 있는 듯 보이는 니조성은 교토에 대한 별다른 관심이나 지식이 없는 이선마저도 잘 알고 있는 유명 건축물이었다. 저런 건축이 나오게 된 것은 자객들에 대한 경계심 때문이었다. 니조성 내부를 나무 바닥으로 만들어서 소리가 나게 했다는 것도 마찬가지였다. 만약 자객이 쇼군을 죽이고 그것을 발단으로 일본이 통일되지 않았더라면 아마 임진왜란도 일어나지 않았을 텐데. 이선은 그런 생각을 하는 자신이 더욱 덧없이 느껴져 도리어 웃음이 났다. 쇼군시대가 언제 적인데 아직도 그런 상상이 가능하다니, 아무래도 상관없는 이야기라 그런 건가. 확실한 것은 그런 니조성을 러닝 장소로 사용하는 주민들을 보니 그제야 배가 고파진다는 거였다. 겨우 열린 식당을 찾은 이선은 할아버지 한 분이 시간을 아쉬워하지 않는 듯한 흐름으로 천천히 만들어주는 청어 소바를 주문했다. 부러 현금으로 계산하며 일어서는 이선에게 주인 할아버지는 도쿄에서 왔냐고 물었다. 이선의 발음을 듣고 하는 이야기 같았다. 이선이 그저 작게 웃어 보이자 그는 말했다.

오오키니(おおきに).

그건 교토식 작별인사였다. 사요나라(さよなら) 같은 게 아니고 마타네(またね)와 같은 훗날을 기약하는 인사. 이선은 웃으며 그 말을 따라 했다. 그 말을 들으니 어깨가 조금 더 가벼워지는 기분이었다. 돌아오는 길에는 종일 커피 한 잔 마시지 못했다는 게 떠올라 유일하게 문을 연 카페에 들어가 커피 한

잔과 특제 푸딩을 주문했다. 초여름비에 조금 젖은 치마가 미안해서 바로 앉지 않고 주위를 둘러보는데 가만히 보니 가게 안 모든 것이 개구리 장식이었다. 심지어 개구리 캐리커처는 주문할 때 본 가게 주인의 얼굴과 그 이미지가 너무 유사해서 이선은 주인에게 보이지 않도록 고개를 돌린 후 그만 조금 웃어버렸다. 돌아본 가게 주인은 푸딩 하나에 올릴 생크림마저도 그때그때 휘핑하며 무척 집중하는 눈치여서 차라리 다행이었다. 이선은 하얀 꽃이 수처럼 놓인 붉은색 잔에 향이 깊게 고여 있는 커피와 적절한 두께의 생크림이 부담스럽지 않게 올라간 푸딩을 입에 가득 넣고 우물거려보았다. 저절로 좋아지는 기분에 핸드폰 카메라를 켜서 이것저것 사진을 찍던 이선이 잠시 움찔거렸다. 자신이 어느새 관광객처럼 교토를 즐긴다는 걸 스스로도 느끼고 있었다.

하시히메를 만날 준비는 된 거지?

니조성을 밤에 정면으로 바라보는 건 부담스러워서 호텔 커튼을 닫아두고 샤워를 하고 나오니 유스케에게 카톡이 와 있었다.

언제 내가 여신님 추적단이 된 거야?

이선의 말에 곧장 보이스톡 알림이 울렸다. 유스케의 카톡 프로필은 새로 발표한 키의 솔로 앨범 사진이었다. 유스케 너는 왜 여자 아이돌을 안 좋아해? 유스케와 친해졌다는 생각이 들 무렵 이선이 물은 적이 있었다. 유스케는 별것 아니라는 듯 그렇게 답했다. 여동생이 샤이니 팬이었어.

이선. 네가 오늘 뭘 들었는지부터 내가 딱 말해줄까.

글쎄. 내가 딱히 이야기한 사람이 있…….

오오키니.

어떻게 안 거야!

관광지 가서 듣는 말은 비슷해. 대부분 감동을 느끼지. 나도 한국에서 곧잘 감동을 느껴.

그럴싸하네. 유스케. 그런데 너 그거 알고 있었어?

뭐?

여기 윤동주가 다니던 대학이 있네.

난 역시 역사 교육을 잘못 받은 세대인가 봐. 아, 교토처럼 완고한 데서 대학을 다니면서 독립운동이라니 역시 대단한 사람이시구나. 아니, 그런 곳이니까 가능한 건가.

처음엔 유스케와 역사 이야기는 어렵지 않을까 싶었는데 아무래도 유스케가 더 조심스러우니까 나중엔 이것도 별로 힘겹지 않게 되었다. 자신 있게 말하는 사람이라면 무리였을 것이다. 이선은 자연스럽게 이야기를 돌려 윤동주가 다니던 대학 근처가 하시히메의 신당이 있는 곳이라는 말을 덧붙였다. 그러자 유스케는 이런 말을 덧붙였다.

거기에 돌을 구경할 수 있는 정원도 있다던데. 천년만년 된 돌 몇 개를 두고 하잘것없는 인간들이 옹기종기 모여 앉아 반성에 반성을 거듭하는 거지. 그런데 왜 인간들은 걸핏하면 반성을 하는 걸까. 전쟁 일으키고도 반성, 누구 죽여놓고도 반성, 사랑을 못 이뤄서 반성. 하긴 그러고 보니 나도 여동생을 잃고도 고작 반성을 했어. 애도를 한 게 아니지.

이선은 항상 유스케가 어떤 이야기를 하든 부정적인 인간의 본성을 이야기할 때는 자신의 죄를 묻는 듯 소환한다는 걸 알고 있었다. 자살한 사람의 유가족에게는 어쩔 수 없는 것일지도 몰랐다. 이선도 아직 그러하니까. 이선이 별말이 없자 유스케는 잠시 음, 하더니 입을 열었다.

뭐 여신님을 만나고 나면 그곳에도 가보라고. 대신 이제 더는 반성하지 마. 이선 너는 잘못이 없으니까.

유스케는 그리고 한 번 더 말을 크게 삼키듯이 하더니 이렇게 덧붙였다.

그리워만 해, 너는.

이선은 잠시 말을 골랐다. 유스케의 마음이 넘어오는 말에 아무 대답이나 하고 싶진 않았지만 고작 나온 말은…….

여신님은 하여튼 교토 필수 코스가 되었구나.

그렇지. 교토뿐 아니라 일본은 워낙 여자 요괴가 많아. 여자를 사람 취급 안 해서.

한국도 여자 귀신이 많아. 대부분 여자 귀신이래. 처녀 귀신이든 구미호든. 심지어 마고라는 여자 신은 나중에 강등되었다던데. 사람일 때 못한 말을 귀신이 되서라도 하고 싶었나 봐.

들어주는 사람이 없으면 사람도 귀신이 되어버리는 거 같아.

이선의 말에 유스케는 그런가 하더니 이번엔 저녁으로 무얼 먹었는지 말해주기 시작했다. 김치말이 국수에 김치를 반찬으로 먹고 양념치킨에 불닭 소스를 넣어 먹었다는 유스케의 이야기를 들으며 이선은 커튼을 열어 니조성을 한번 바라봤다. 그 앞으로 사람 몇몇이 러닝을 하고 있었다. 그런 풍경은 역시나 니조성에 어떤 생명력을 심어주는 것 같았다. 확실히 쇼군도 원혼도 활기찬 에너지 앞에서 사라져버린 모양이었다. 그제야 이선은 그런 마음이 들었다. 그래, 내일이면 그 사람과 미정을 만나러 가는 거였다. 순전히 이것은…….

헤어지기 위해 와주셔서 감사합니다.

이선은 일본인인 그 사람이 추모라는 말을 쓰고 싶었을 거라고 생각했다. 헤어지기 위해라는 것은 한국어에서 좀 부정적인 의미라는 것을 잘 몰라서일 거라고. 아무래도 파파고 등을 이용했을지도 모른다. 애써 한국어를 사용할 필요는 없었는데 그 사람은 7년 사이 한국어를 배웠다고 전해왔으므로 그 말이 쏙 들어가고야 말았다. 이선은 허리를 깊이 숙여 인사를 하고는 주문한 카레가 나오길 기다렸다. 12시가 되어 가게 안은 회사원들도 제법 뒤섞여 있었고 그 바람에 홀에는 자리가 없어서 바에 나란히 앉게 되었다. 옆모습을 힐끗 보니 처음 봤을 때와 달리 귓바퀴 근처에 새치가 올라와 있었다.

언니의 그 사람도 나이를 먹는구나. 언니 빼고 우리 모두 늙어. 이선은 문득 자신이 그 사람을 보며 자꾸 언니인 미정에게 말을 건다는 사실을 깨달았다. 그 사람은 이선의 시선을 느꼈는지, 아, 요즘 별스럽게 더 올라오네요, 나이를 먹었으니까요 하며 웃어 보였다. 이선은 자신이 실례했다는 생각에 아, 이제 저도 있어서 하고는 정수리를 보여주려다 왜인지 꼴이 우스워서 멈췄다. 카레를 먹고는 자연스레 택시 정류장으로 발걸음을 옮겼다. 아직 초여름이었지만 습도는 높았고 신당에 가는 길은 수풀이 좀 우거졌기에 그 편이 낫다고, 그 사람은 그렇게 권유했다. 하지만 실은 함께 버스를 타거나 걸어갈 만큼 친근한 사이가 아니었기에 그렇게 했을 거였다.

하시는 일은 잘 되시고요?

이선은 아마 한국에서 누군가를 오랜만에 만났더라면, 조금은 침묵이 오래 이어졌다면 분명 그렇게 물었을 거였다. 하지만 이것도 좀 애매했다. 그 사람이 원래 뭘 하는지조차 몰랐으니까. 다행히 그 사람이 먼저 말을 꺼내주었다.

사실 저는 요즘 도쿄에서 작은 바를 운영 중이에요. 바라고 해봤자 칵테일 몇 잔에 커피를 내주고 그런 곳이지만요. 그 옆에 오래된 한국 서점이 있어서 가끔 가는데 제 한국어가 늘어서 한국소설을 더 빨리, 많이 읽을 수 있다면 좋겠습니다.

아. 그 진보초 말씀이시군요. 아직 운영이 잘 된다니 다행이에요.

네, 한국도 그렇겠지만 일본도 요즘은 이전만큼 책을 안 읽는데 그나마 여성을 다룬 소설을 좋아하는 듯합니다. 오랜 시간 두 나라 모두 여성들이 안 좋은 위치에 있어서인 것 같아요.

이선은 고개를 끄덕였다. 미정도 항상 그런 말을 하곤 했었다. 그때 이선은 언니 때와는 그래도 좀 달라졌어. 이상한 여자애들도 많아, 대꾸하곤 했는데. 아무래도 여전하죠? 언니도 결국은 그렇게 죽은 거니까요. 이선은 그 생각이 떠오르자 문득 그 사람이 미정이 모셔져 있다는 근처 신당 주인인 하시히메의 전설도 알지 궁금했다. 저, 하시히메는…….

생각보다 신당은 가까웠다. 생각이 너무 많아서였을까. 신당은 이선이 아주 익숙하게 봤던 일본의 신당 중 하나였다. 이선은 그 사람이 사제와 몇 마디 나누는 것을 멀리서 지켜보았고 이내 언니의 위패가 있다는 근처의 작은 건물로 갔다. 이선은 언니의 이름과 생이 새겨진 명패를 유심히 보았다. 그 사람과 이선은 합장했다. 막상 하시히메의 곁에서 언니는 아무 말이 없는 듯 했다.

언니가 편안한가 봐요. 말이 없는 기분이에요.

이선의 말에 그 사람은 잠시 이선을 바라봤지만 이내 고개를 끄덕였다. 하긴, 말하는 이선도 사실 미정이 편안할 거라는 생각은 들지 않았다. 그 사람 또한 그럴 테지만 뭐라 말을 꺼내기도 애매할 거였다. 신당을 벗어나 막 다리 앞에 다다랐을 때였다. 초여름이라 그런지 아까부터 소나기를 퍼부을 것 같던 하늘에서 한두 방울씩 비가 내리고 있었다. 하지만 택시는 다리를 건널 수가 없다고 했으므로 어차피 다리를 건너서 택시를 불러야 할 거였다. 아직 비가 쏟아지는 건 아니었기에 둘은 걸어보기로 했고 이선은 다리를 건너면서 궁금했던 걸 물어보기로 했다.

그런데 혹시…… 하시히메 이야기는 아세요?

아. 하시히메. 사실 하시히메라고 하면 너무 여러 이야기가 있어서 저도 좀 더 찾아봤습니다. 제가 들은 건 나쁜 마귀 같은 이야기였거든요. 그런데 미정 씨가 그렇게 좋아한다는 것이 처음엔 의아했습니다. 그리고 사실 일본에서 하시히메의 다리라고 하면, 헤어지는 다리라고 하는데 왜 저를 데리고 갔는지도. 처음에는 섭섭했습니다.

이선은 고개를 끄덕였다. 한국의 덕수궁 돌담길을 혼자 걷는 연인들은 아직도 많으니까 그럴 수 있겠다 싶었다.

지나고 보니 알 것 같았습니다. 오해된 하시히메가 많다는 것을요. 오히려 잘못된 인연을 잘 헤어지게 해주는 여신일 수도 있다는 것을요.

이선은 문득 그의 걸음이 현저히 느려진다는 느낌을 받았다. 어느 순간 돌아보니 그가 다리 가운데서 고개를 숙이고 있었다. 숨소리조차 내지 못하고 울음마저 삼키는 그를 보니 이선은 미정이 죽기 얼마 전, 아마도 그 사람과 미정이 교토로 여행을 떠나기 얼마 전의 일이 떠올랐다. 이선은 수화기 너머로 미정의 비명을 듣고 무작정 미정과 형부가 사는 집으로 찾아갔다. 주변 이웃이 듣든 말든 문을 두들겼는데 의외로 형부는 쉽게 문을 열어주었다.

야 너 뭐야! 나도 쳐봐! 이 개자식아, 우리 언니 때리지 마! 니가 뭔데! 이선이 하고 싶은 말은 그거였는데 막상 엉망이 된 집에서 유일하게 제자리서 빛나던 것은 일본도였다. 너무나 선명하게 빛나고 있어서 이선은 저도 모르게 뒷걸음질쳤는데 형부라는 작자는 그런 이선의 팔을 세게 잡아 집 안으로 몰아넣었다. 그리고 이선이 뭐라고 하기도 전에 일본도를 가져다 이선의 목에 대었다.

여보, 여보 제가 잘못했어요.

미정은 분명 한국어를 했는데 이선은 미정이 하는 모든 말이 비명으로 들렸다. 여보, 여보 제가 정말 잘못했어요. 여보, 제발. 하지만 형부라는 사람이 목에 칼을 가져다 댄 순간 이선은 오히려 평온했다. 형부가 자신을 찌르길 바랐다. 언니가 그러면 풀려날 것 같았다. 바람 좀 피운 게 뭐가 그리 잘못이냐고, 언니를 품어준 사람이 누구냐고, 자신은 늘 다시 돌아왔다고 말하는 형부라는 사람으로부터, 누구 한 명 죽어야 풀려날 것 같아서였다. 이선은 가만히 눈을 감았다. 그리고 눈을 떴을 때 이선은 언니가 화병으로 형부를 내리친 걸 보았다. 물론 형부는 다치지 않았다. 그날 형부는 언니도 이선도 죽이지 않았다. 칼로 찌르지 않았다. 그러면 스트레스를 풀 수 있는 게 없어지니까 그런 걸까. 이선이 눈을 떴을 때 이번에 미정은 비명도 없이 맞고 있었다. 거기서 소리를 지르는 사람은 형부뿐이었다. 정작 맞고 있는 미정은 침묵했다. 이선은 항상 그때를 떠올렸다. 다시 돌아간다면. 그때 그가 잠시 떨어뜨린 일본도로 그를 찌르고 차라리 그 자리서 언니랑 같이 죽었다면. 이선이 그런 생각을 하며 언니의 그 사람을 돌아보았을 때였다. 이선은 순간 자신도 모르게 주저앉을 뻔했는데 돌아본 다리 위에는 그 사람이 아닌 형부가 서 있었기 때문이었다. 이선은 이것이 자신의 상상이거나 망상이라고 생각하면서도 그 얼굴을 보니 손발이 떨려왔다. 그 곁에 떨어져서 빛나고 있는 일본도를 보니 더욱 그랬다. 이선의 두려움을 없앤 건 형부 곁에 쓰러진 여자의 모습을 보았을 때였다. 언니! 이선은 정신없이 그 여인과 일본도를 향해 달렸다. 이번엔 이 일본도로 저 자식을 죽일 거야, 언니가 죽기 전에 내가 저 자식을 죽일 거야. 이선이 달려갔을 때 그러나 형부란 그 작자는 이미 죽어서 쓰러져 있었다. 그리고 곁에 쓰러져 있던 여인은 만신창이가 된 언니 미정이 아니었다.

굵은 머리칼을 크게 휘두르고 있는 그것은…….

그것은 아주 조금 기이하고, 왜인지 많이 서글픈 일이었다.

한 번도 하시히메를 실제로 본 적은 없었는데, 이선은 이상하게도 단번에 그를 알아본 기분이었다. 하시히메는 긴 머리칼로 형부의 목을 조르고 있었다. 어느새 형부의 목을 움켜쥔 하시히메는 다리 끝 물가로 서서히 사라지고 있었다. 형부를 끌고 물로 들어가던 하시히메가 문득 이선을 돌아보았을 때, 이선의 눈에선 눈물이 흘러내렸다. 하시히메인데, 요괴도 여신도 아닌 그 얼굴은 분명 언니였다. 미정은 이선을 향해 웃어 보였다. 모든 아픔은 자신이 지고 간다는 듯이, 이번 생 아름답게 이별하자는 듯이 웃으면서 눈물로 흘러내리는 그 얼굴.

하지만 이선은 그렇게 미정을 보낼 수가 없었다. 이선은 하시히메가 사라진 다리 건너로 다시 달렸다. 제발, 제발. 언니 제발 나를 용서해줘, 언니! 이제 더는 반성하지 말라던 유스케의 말도 소용없었다. 이선은 미정에게 그 말 한마디를 꼭 하고 싶었다.

이선 님, 이선 님. 안 됩니다!

이선이 정신을 차렸을 때 언니의 그 사람은 이선의 허리를 감싸 안고 있었다. 무릎을 꿇고 거의 사정하듯 이선을 잡고 있었고 신당의 사제까지 소리를 듣고 뛰어나왔는지 두 사람 모두 이선에게 매달려 있다시피 했다. 하긴, 아무리 여자라고 해도 역시나 붙잡고 있는 사람들도 여자들이었다. 이선은 주변을 한 번 둘러봤다. 분명 그 사람과 함께 걷던 곳은 다리의 초입인데 어느새 다리의 끝까지 와 있었다. 눈앞에는 계곡물이 넘치듯 흐르고 있었다. 이선이 힘을 풀고 주저앉자 사제와 그 사람도 동시에 주저앉았다. 셋은 한참이나 숨을 골랐다.

여기는 신당이지, 장례식장이 아닙니다. 기진맥진한 사제의 말에 어이없게도 두 사람은 웃음을 터트리고야 말았다. 이선과 그 사람은 사제에게 몇 번이나 사죄와 감사의 인사를 번갈아가며 했다. 그렇게 택시를 잡아타고 내려오면서도 그 사람은 이선에게 왜 그랬냐고 묻지 않았다.

저, 나츠에 상.

처음이었다. 이선이 그 사람의 이름을 부른 것은. 그 사람은 다행입니다, 다치지 않아서요. 그렇게 화답했다.

나츠에 상. 언니가 그 다리로 나츠에 상을 데리고 가기 전 형부가 저에게 일본도를 휘두른 사건이 있었어요.

나츠에는 가만히 이선의 다음 말을 기다렸지만 고여 있던 눈물이 흘러내렸다. 가만히 고개를 끄덕였다. 이선의 눈에도 가득 눈물이 고였다.

언니가 그날 나츠에 상과 헤어지겠다고 약속했어요. 그 사람이 저를 죽인다고 했어요. 그러니까, 그러니까 언니는 나츠에 상을 싫어해서도 아니고, 잘못된 인연이어서도 아니고…….

나츠에가 창밖으로 고개를 돌렸다. 차창에 비친 나츠에의 코와 눈이 발갰다. 이선은 자신이 그런 생각을 하는 게 참 기이하다고 생각하면서도, 이선은 그래도 말해주고 싶었다. 이제 그만 반성해달라고, 아직 용서를 빌고 싶어 하는 자신에게도 이제 조금은 교토를 관광지처럼 느끼는 순간이 와버린 것처럼 나츠에에게도 이젠 이곳이 그렇게 기억되기를 바란다고. 모든 생과 삶이 그렇게 뒤죽박죽인 것처럼, 어쩌면 죽음이라는 것도…….

나츠에에게서 슬픔을 가져가고 싶어서 그랬을 거예요.

이번엔 이선도 반대편 차창으로 고개를 돌렸다. 언니, 나 잘하고 있는 거지? 이선은 이젠 여신이 된 하시히메를 상상하며 자꾸만 그것을 물었다.

이선 님. 저 드릴 말씀이 있습니다.

가장 교통이 편한 곳을 찾다 보니 내린 곳은 기온 거리였다. 강이 보이는 다리에서는 재즈 공연이 한창이었고 초여름의 공기를 느끼려 많은 사람들이 강둑에 앉아 있었다. 나츠에는 도쿄 특산 과자 상자를 조심스럽게 내민 참이었다. 이선이 몇 번이나 거절하다 겨우 그것을 받아들자 이번엔 다시 한번 허리를 깊이 숙였다. 어째서요, 이선도 같이 고개를 숙였을 때였다.

이선 님, 저 얼마 전부터 같이 사는 사람이 생겼습니다. 저를 용서해주세요.

그 말을 하면서도 나츠에는 고개를 들지 못한 채였다. 나츠에는 분명 울고 있었다. 누구를 좋아하는 일이 왜 우는 일이 되어야 할까요. 이선은 그 말 대신 나츠에의 등에 조심스럽게 손을 올렸다. 그리고 아주 천천히 토닥이듯 쓸어내렸다.

언니가 이제 안심할 거예요.

이선은 그제야 고개를 든 나츠에에게 손수건을 꺼내 쥐여 주었다. 이번엔 이선이 깊게 허리를 숙여 나츠에에게 인사를 했다. 그러고는 나츠에가 건네준 도쿄 과자를 들어 보였다.

저, 이거 사실은 가끔 생각났답니다. 괜히 아닌 척했지만요. 몰래 도쿄 다녀올까 했잖아요.

그렇게 말하면서 이선은 뒤돌아 걸었다. 나츠에가 자신이 보이지 않을 때까지 지켜보고 있을 거라는 것을 알고 있었다. 하시히메의 이름을 빌려 말해주고 싶었다. 나츠에 상, 나츠에 상도 반성 금지. 우리 언니를 그리워만 하자고요.

언니인 미정을 떠올리며 돌아오는 길에 언제나 혼잣말을 멈출 수 없었듯이 교토에서도 물론 혼잣말을 하긴 했다. 하지만 이번엔 대체 언니 왜 그랬어,가 아니었다.

언니, 사랑해. 작별인사 해줘서 너무 고마워.

이선이 한 말은 이거였다. 이선은 이제 호텔로 돌아가 노리코 여사에게 메일을 쓸 참이었다.

p.s.

나도 교토 갈 거야.

유스케 네가 왜.

하시히메에게 동생이랑 잘 헤어지게 해달라고 빌어야지. 그럼 걔 얼굴이라도 보여주시겠지?

음?

아직 센다이는 못 가겠어. 방사능 때문만은 아니야. 알지?

그래. 알지.

그래도 일본은 갈 수 있을 거 같아.

유스케 네가 용기를 내줘서 고마워.

그래서 말인데, 이선 너 도쿄는 안 갈래?

음?

뭐. 가서 우리 부모님도 만나 뵙고 그러든가.

그럴까.

아? 그럼 우린 하시히메는 다음에 만나자. 각자 만나든가.

그건 또 뭐야.

이선 너와는 헤어지기 싫거든. 난 여신 대신 이선 너를 선택했다고.

이선은 유스케의 그 말에 웃음을 터트렸다. 호텔로 돌아와 책상에 앉기가 무섭게 유스케에게서 걸려온 보이스톡이었다. 대체 내가 앉을 건 또 어떻게 안 거야! 하면서도 이선은 잽싸게 전화를 받았다. 문득 고개를 들어 창밖을 보니 첫날 니조성 앞에서 러닝을 하던 사람들이 또 같은 시간 그곳에 나와 달리고 있었다. 니조성은 알고 보니 러닝 명소였던 셈이다. 그 지엄했다던 니조성은 순식간에 조명 좋은 달리기 터로 변모해 있었다.

그래, 유스케 우리도 어느 날엔가 여신님의 다리 위에 각자 서겠지? 서로를 향해 머리칼을 휘두를지도 몰라. 아니면 각자의 여신님을 만나러 웃으며 되돌아 걷게 될지도. 그게 아니더라도 인간은 꼭 한 번은 이별을 해야 하잖아. 죽음은 각자의 길이니까. 하지만 그 전에 너와 함께 도쿄에 가고 싶긴 해. 서로에게 매달리듯 기대서 쪽잠을 자고 가끔은 별거 아닌 것으로 다투면서 계절을 보내는.

이선은 보이스톡을 종료하고 이번엔 메일 창을 열었다. 노리코 여사에게 7년 만에 쓰는 한여름의 메일이었다.

선생님, 오늘은 하시히메의 이야기를 들려드릴게요. 이건 사실 사계절용 납량 특집이랍니다. 사는 것보다 무서운 것은 없기에 무서운 이야기는 아니랍니다. 알고 계셔도 일단 들어주세요, 선생님.

덮어쓰기

박문영

박문영

2013년 〈파경〉이 제1회 큐빅노트 단편소설 공모전에 당선되며 작품 활동을 시작했다. 소설집 《방 안의 호랑이》, 중편소설 《사마귀의 나라》, 장편소설 《지상의 여자들》 《주마등 임종 연구소》 《세 개의 밤》 《허니비》 《컬러 필드》 《레이디스, 테이크 유어 타임》 등이 있다.

문이 열리고 내 입도 벌어졌다. 카페에 들어선 준재를 보자 몸에 미세전류가 휘도는 기분이 들었다. 그에게 인사해야겠다고 생각한 순간, 준재가 먼저 검지로 나를 가리켰다.

"어? 너 여기서 일해?"

고개를 끄덕인 나는 눈가를 매만졌다. 아까 눈에 넣다 흘린 인공누액이 눈곱이 되어 붙어 있는 게 아닌지 걱정되었기 때문이다. 역시나 눈꼬리 쪽에 굳은 부스러기가 매달려 있었다. 나는 양손으로 눈두덩이를 세게 비볐다.

"민희야, 피곤해 보이네. 잠 좀 잘 자."

등을 돌려 물티슈로 얼굴을 닦아낸 나는 준재가 고른 제로 슈거 아이스 바닐라 라테를 숨죽여 만들었다. 카페를 이리저리 둘러보던 준재가 휴대폰을 내밀었다. 결제 창을 본 나는 손바닥을 내보이며 말했다.

"라테 그냥 줄게. 어제 알바비 들어온 기념으로."

"에? 진짜? 근데 여기 생긴 지 얼마 안 됐는데 벌써 받았어?"

"아, 이 알바 말고 다른 알바."

준재가 콧잔등에 주름을 잔뜩 만들어 보였다. 무척이나 고생스럽겠다는 표시였다. 나는 그의 얼굴을 더 마주하지 못하고 말했다.

"진짜 그냥 마셔도 돼. 사실은 저번에 네가 과제 발표해준 거 고마워서."

"무슨 과제?"

"비주얼 리터러시."

준재는 기억이 잘 안 난다는 듯 허공을 올려봤다. 나는 다급히 말했다.

"그, 디지털미디어 윤리 수업."

긴장한 바람에 낮은 목소리가 튀어나왔다. 준재는 나를 물끄러미 보다가 피식 웃고는 매대에 몸을 붙였다. 그에게서 눈이 감길 만큼 포근한 향이 났다.

"그럼 나 라테에 샌드위치 먹어도 돼? 이거, 크랜베리 닭가슴살 샌드위치. 둘 다 테이크아웃으로 해주시면 고맙겠습니다!"

나는 알겠다는 답을 하려다 뒷걸음질쳤다. 준재가 내 머리통에 손을 올리려고 했기 때문이다. 스스럼없는 그의 동작에

입매가 꿈틀거렸다. 준재에게 경직된 모습을 더 보이기 싫다는 생각과 달리 어깨가 멋대로 꺾였다. 나는 발가락에 힘을 주고 말했다.

"편히 기다려. 금방 만들어줄게."

준재는 거리낄 게 없다는 듯이 조리 중인 나를 쳐다봤다. 그가 눈앞에 있는데도 그를 훔쳐보고 있다는 생각이 들던 찰나, 팔꿈치에 밀린 쿠폰 뭉치가 매대 안쪽에 쏟아지고 말았다. 다행히 소리는 나지 않았고 바닥에 물기도 없었다. 준비된 커피와 샌드위치를 발견한 준재가 말했다.

"민희야, 나 여기 자주 와야겠다. 카페 와이파이 비번 뭐야?"

나는 계산대 옆 벽면에 붙은 코팅지를 가리켰다. 이제 와 입을 열지 않는 게 무심해 보일 거라고, 초조해 보이지 않을 거라고 믿으면서. 하지만 휴대폰을 만지작거리던 준재는 연결이 잘 됐다는 말만 하고 손을 흔든 뒤 카페를 나섰다. 나는 그가 서 있던 자리를 멍하니 바라봤다. 눈이 또 뻑뻑해졌다.

다음 알바생과 교대를 마친 후 학관 밖으로 나서는 길, 어딘지 익숙한 말소리가 들렸다. 몇 발치 앞에 여학우들의 뒷모습이 보였다. 신입생 때부터 2학년 가을 학기가 시작된 지금까지도 썩 가깝다고 할 수 없는 동기들. 그들을 따라잡지 않기 위해 천천히 걷던 나는 어깨를 움츠렸다.

"민희, 걔 뭐야? 은근히 의뭉스럽네."

동기들이 내 이름을 들먹이고 있어서였다.

"이준재한테 목걸이 받았다면서 왜 안 사귀어?"

내 얘기가 아니었다. 이름이 같고 성이 다른 민희, 선우민희 얘기였다.

"아니, 거절할 거면 확실히 하든가. 희망 고문 잔인한데."

"그러니까. 자기가 갖긴 싫고 남 주긴 아까운 거지. 챙길 건 다 챙기고. 으휴."

동기들이 진저리가 난다는 듯 머리통을 흔들었다. 나는 걸음을 멈추고 쭈그려 앉아 다시 묶지 않아도 되는 운동화 끈을 고쳐 맸다.

신입생 오리엔테이션 때 벌룬 미니스커트를 입고 온 선우민희는 그 자리에 있던 모든 이들의 주목을 받았다. 나도 눈을 쉽게 뗄 수 없었다. 사람들이 쳐다볼 걸 뻔히 알면서 왜 저렇게 입었지. 짧고 풍성한 치마는 재킷과 스니커즈에 꽤 잘 어울렸지만, 아무래도 옷차림이 과한 게 아닌가 싶은 생각이 들긴 했던 것이다. 그날 이후 학내 사람들의 눈길은 줄곧 선우민희에게 쏠렸다. 차민희, 선우민희. 우리의 이름이 같다는 사실이 영 편치 않았다.

운동화 끈을 다 맨 나는 오랫동안 바닥을 내려봤다. 인사를 나눌 때 선우민희는 밝고 생기 있었지만, 그와 나눴던 게 짧은 인사밖에 없어서 다른 모습은 잘 알 수 없었다. 1학년 때는 꽤 활발했던 것 같은데 지금은 그런 모습이 어렴풋했다.

다음 일정까지는 시간이 꽤 남아 있었다. 운동장 돌계단에 걸터앉은 나는 휴대폰을 꺼내 들었다. 그리고 주변을 둘러본 다음 습관대로 메신저에 접속했다. 입장이 가능하게 된 건 개강 보름 전. 가입 절차가 까다로워 인증 코드를 받기 어려웠다. 수십 명에서 수백 명이 오가는 이곳은 공과대 익명 채팅방이었다. 유저들의 프로필은 거의 비슷했다. 죽은 정치인 얼굴에 동물 몸을 합성한 사진, 국기를 훼손한 사진, 일본 애니메이션 사진. 나도 절판된 일본 만화에서 프로필을 골랐다. 고단한 기색으로 커다란 기관총을 메고 있는 십대 소녀. 그래서 이 방에 내가 여자라는 걸, 차민희라는 걸 아는 이들은 없었다.

—가을 학기 개싫드아,, 옷 길어져서 여자애들 살이 안 보여어어어

—ㅁㅊ 근데 선우민희 오늘 패션 무슨 일? 프랑스 국기임??

나는 무덤덤하게 패드를 눌렀다.

—ㅋㅋㅋㅋ 지가 다 잘 어울릴 줄 아나보지

내 말이 끝나자마자 다른 학우들의 말이 올라왔다.

—오냐 오냐 해주니까 지가 진짜 잘난 줄 알고 나대

—그래도 솔직히 학교에서 제일 예쁜 건 인정

—우리 미니는 그만 인정 필요 없쥬 :)

나는 서로 비아냥대기 시작한 유저들의 글을 눈으로 계속 좇았다. 그러다 고개를 들어 휴대폰을 만지작거리고 있는 이들을 둘러봤다. 운동복에 백팩을 걸친 무리가 돌계단 쪽으로 걸어오자 나는 서둘러 자리에서 일어났다. 경계석 무늬를 보며 강의동을 터덜터덜 지나는 길, 누군가 느닷없이 앞을 막아섰다. 어딘가 진지하고 울적해서 약간 부담스러워 보이는 사람이었다. 나는 몇 초 후에야 그게 별관 유리창에 비친 내 모습이라는 사실을 알아챘다.

강의실 분위기가 슬슬 소란스러워졌다. 수업이 시작된 지 10분이 지나도 피피티 파일이 열리지 않아서였다. 강사가 잭을 몇 번이나 갈아 끼운 뒤에야 가까스로 데이터 자료와 화면이 연결되었다.

[멀티미디어학_그래픽 처리 이론과 실제]

상단에 뜬 제목을 본 몇몇이 탄식을 내뱉었다. 수업이 더 지체될 명분이 사라졌기 때문이다. 안경을 치켜 올린 강사가 화면을 넘겼다. 그러자 분할된 공간에 두 개의 타원이 나타났다. 왼쪽에는 이목구비가 있는 얼굴, 오른쪽에는 이목구비가 없는 얼굴. 두 얼굴에 붙은 작고 붉은 점은 일정한 속도로 깜빡거렸다.

“기존의 모델링은 복제하려는 대상의 위치와 생체 정보가 있어야 했어요. 정확한 기준점을 잡은 후, 그 점을 옮겨와서

부근으로 형태가 뻗어나갈 수 있게끔 했고요."

나는 왼쪽의 눈, 코, 입이 오른쪽의 타원으로 옮겨가는 장면을 바라봤다. 붉은 좌표에서 거미줄처럼 선이 뻗어나가자 얼굴은 순식간에 원본과 똑같아졌다. 강사의 말대로 오래된 복제 방식이었다. 누군가 큰 소리로 하품하자 강사가 얼굴을 찌푸렸다.

"하지만 이젠 이미지 한 장, 텍스트 한 줄만 있어도 바로 비디오가 만들어지죠. 생성형 인공지능의 덕으로 긴 제작 과정이 단축되었으니까요. 그래서 움직이는 대상의 안면, 신체, 음성까지 전보다 쉽고 빠르게 구성할 수 있게 되었고요. 아시다시피 이 기술에는 필연적으로 위험이 따르는데……."

갑작스레 굉음이 강의실을 울렸다. 누군가의 스테인리스 텀블러가 바닥으로 떨어지는 바람에 나는 소리였다. 나는 낄낄대는 남학우들을 슬쩍 쳐다봤다. 인터넷 접속에 문제가 생겼는지 화면이 또 컴컴해졌다. 강사가 우리에게 양해를 구한 뒤 노트북을 부산히 매만졌다. 가방에서 인공누액을 꺼내려고 했을 때 무심코 흘려들을 수 없는 말이 들렸다.

"너 민희한테 차였다며?"

"아니거든."

"오, 그럼 사귀는 거야?"

"아이, 아직 그런 건 아니고."

나는 왼쪽 두 책상 건너 옆자리의 준재를 흘깃거렸다. 준재는 오른쪽 대각선 방향, 두 책상 앞자리의 선우민희를 흘깃거렸다. 우리의 좌표를 연결하면 정확히 직각삼각형 꼴이었다. 말소리가 들린 걸까. 시선을 느낀 걸까. 선우민희가 몸을 천천히 틀었다. 그러고는 배시시 웃은 뒤, 가방을 챙겨 벽 쪽 사각지대로 자리를 옮겼다. 흠잡을 데 없이 조용하고 부드러운 동작이었다. 내 눈에만 보이던, 몇 번이고 그리던 삼각형이 소리 없이 부서졌다. 강사가 수업을 다시 이어가자 휴대폰이 진동했다. 익명 채팅방이었다. 나는 책상 아래에서 메시지를 확인했다.

—미니짱은 사귀지도 않을 남자한테 눈웃음을 친다규 ㄷㄷㄷ

—고급 스킬 숨 쉬듯 쓰지 마요... 그러면 다메다메요!

—아닌뎅,, 예쁘면 다이죠부요!!

나는 빠른 속도로 패드를 눌렀다.

—ㅋㅋㅋㅋ 나도 선우민희로 태어났으면 세상 편했을 듯

수업이 끝나고 화장실에 들어선 나는 흠칫 놀랐다. 세면대 앞에 선우민희가 있었기 때문이다. 나를 보고 웃은 선우민희는 다시 화장을 꼼꼼히 고쳐나갔다. 미소가 걷힌 그의 얼굴은 조금쯤 무감하고 건조했다. 나는 발을 떼지 못하고 머뭇거리다 말을 건넸다.

"저기, 지금도 완벽한데."

"아니야, 아니야."

선우민희가 손사래를 쳤다. 그러고는 거울 속에 비친 내게 말했다.

"네가 완벽하지. 너는 매번 과 수석이잖아. 진짜 부러워."

얼마 후 선우민희가 서 있던 자리에 발을 붙인 나는 냉담한 얼굴로 거울을 쳐다봤다. 큰 키, 굽은 허리, 짧고 억센 머리털, 충혈된 눈, 칙칙한 낯빛, 늘 똑같은 빛바랜 박스형 티셔츠. 내가 부러워? 진짜? 그럼 네가 나로 살 수 있을까?

우리는 이름만 같을 뿐 다른 모든 게 달랐다. 이름이 같기에 차이가 더 도드라졌다. 아무리 넘기려 해도 민희라는 이름이 들릴 때마다 누가 악질적인 농담을 건네는 듯했다. 나는 선우민희로 살아가는 게 어떤 기분일지 가늠할 수 없었다. 확실한 건 지금 내가 겪는 세상보다 그가 겪는 세상이 덜 각박할 거라는 사실이었다.

시계를 본 나는 강의동을 급히 빠져나왔다. 여유를 부리다간 알바 시간에 늦을 것 같았다. 카페 후문으로 이어지는 지름길은 풀숲이 우거져 축축했지만 지금은 그 방향으로 가야 했다. 그러나 후문 가까이 다다른 나는 그대로 몸을 돌려 정문으로 뛰어갔다. 카페에 도착해서는 아무렇지 않은 척 손을 닦고 앞치마를 맸다.

후문 앞 외진 뜰에 준재와 선우민희가 있었다. 나를 발견한 선우민희는 아까처럼 웃었지만, 그 미소는 탁해 보였다. 이해가 잘 가지 않았다. 사귀지도 않는다면서 왜 준재를 만나지. 남의 관심과 호의를 왜 선뜻 받아들이지. 결국 누구든 자길 계속 좋아하게 만들고 싶은 건가. 선택과 결정을 도저히 할 수 없나. 나는 샷이 추출될 동안 목을 꺾고 천장을 응시했다. 선우민희가 아까 화장을 공들여 한 이유가 그런 거라면 실망스러웠다.

수업이 끝난 직후, 누군가 등 뒤에서 어깨를 툭툭 쳤다. 준재였다.

"너 오늘 알바 일찍 끝나지? 이따 나랑 술이나 마실래?"

나는 대꾸를 하지 못한 채 입가를 긁었다. 바로 수락하고 싶었지만, 성대가 부은 듯 목소리가 잘 나오지 않았다. 카페가 일찍 문을 닫는 날인 걸 알고 있다는 게, 내가 자신의 제안을 절대 거절하지 않을 거라는 사실을 알고 있다는 듯이 구는 게 어딘지 꺼림칙했다. 그래도 준재와 이렇게 쉽게 가까워질 수 있다니 어안이 벙벙한 일이었다. 연애 고민이든 진로 고민이든 준재는 내 앞에서 이런저런 말을 늘어놓을 테고 나는 그 모습을 홀로 한동안 하염없이 볼 수 있었다. 그렇다면 알았다고 할 수밖에. 시간이 날지 모르겠어, 상황 봐서 연락할게, 미안한데 못 가, 같은 말은 처음부터 선택지에 없었던 셈이다. 나는 준재의 예측을 벗어난 행동을 할 수 없었다. 결심을 마친 내가 대답하려고 하자, 준재가 먼저 말했다.

"알바 끝나고 후문 옆에 주점으로 와. 환영식 했던 데."

주점에 들어서자 준재가 손을 마구 휘저었다. 테이블에 다다르니 준재 맞은편에 남자 동기 둘이 더 있었다. 맥이 풀린 나는 그들의 시시껄렁한 대화에 어영부영 끼어들었다. 세 사람만 아는 화제가 몇 번이고 이어졌다. 밸런스 게임을 하면서 폭소하는 옆 테이블 사람들을 보고 있을 때 준재가 말했다.

"나 근데 카페에서 민희가 샌드위치랑 커피 사줬다?"

나는 준재가 맡았던 과제 발표 얘기를 부랴부랴 꺼냈다. 잠자코 서로를 쳐다본 동기들이 내 말을 끊고 소리쳤다.

"오, 왜 이렇게 당황해? 차민희, 이준재 좋아하냐?"

"야, 나도 지난 학기 때 발표해줬는데? 나한텐 안 고맙고 준재만 고마워?"

눈앞의 동기들은 내가 웃지 않아도 야유를 멈추지 않았다. 결국 나는 이번 술값도 내가 내겠다고 말했다. 동기들이 환호하자 준재가 내 어깨를 가볍게 쳤다. 할로겐 조명 아래 준재가 나를 지그시 쳐다보고 있었다. 선우민희의 미소가 떠오른 나는 그 잔상을 따라 배시시 웃어 보였다. 기억대로 웃고 있는데도 입술이 뾰족하게 비틀리는 느낌이 들었다.

"민희야, 고마워. 근데 너 알바 두 개 하니까 괜찮지?"

준재의 물음에 동기들의 목소리가 커졌다.

"와, 너 생활력 엄청나다. 뭐야! 차민희, 너 전액 장학금도 받잖아?"

“야레야레, 미래 인재 민희가 우리 2차도 쏴야겠는데? 여기 슬슬 정리하고 나가?”

준재가 시끄럽다는 듯 얼굴을 구기자 동기들이 입을 닫았다. 준재는 다시 물었다.

“카페 말고 또 어디?”

“아, 그냥 재택 알바야. 단순 전산 업무 같은 거. 그것도 거의 끝나가.”

“어휴, 엄청 바쁘겠네. 집에서 또 일하려면 이제 들어가봐야겠다. 그렇지?”

준재의 말에 몇 잔 안 마신 술이 깨고 말았다. 걱정하는 척 굴지만 여기서 그만 나가라는 뜻. 안 그래도 일어서려던 참이었는데, 그가 나를 떠밀고 있었다. 계산을 끝내고 돌아서자 동기들이 떠드는 소리가 났다. 취기가 오른 그들은 아무것도 조심하지 않았다. 주의하거나 신경 쓰는 게 없었다.

“내가 진짜 온다고 했잖아.”

“이 새끼, 어떻게든 민희 이름 불러보려고.”

“근데 작은 민희가 아니고 큰 민희라서 어떡해. 아, 작은 민희한테는 까였지?”

나는 그대로 주점을 나섰다. 가방을 갖고 나왔기에, 그 자리에 잠깐이라도 들를 일이 없다는 게 다행이었다. 그래도 나는 수시로 휴대폰을 들여다봤다. 광고와 스팸 메시지가 도착할 때마다 더 졸아들 데도 없을 것 같았던 마음이 졸아들었다. 새벽이 되도록 준재의 문자나 전화는 없었다.

다음 알바생을 기다리고 있을 때 카페에 여학우들이 우르르 들어왔다. 가볍게 눈인사를 한 그들은 자리에 앉아 밖에서부터 나눴을 이야기를 그대로 이어갔다. 앞치마를 벗은 나는 어기적대며 동기들 말에 귀 기울였다. 선우민희가 교통사고를 당했다는 소식이 들렸기 때문이다. 쇄골이 골절되었다는 말, 병문안을 가봐야 하느냐는 말, 경미한 부상인데 가볼 필요가 있느냐는 말, 누구도 선우민희와 단둘이 오래 얘기해본 적이 없다는 말이 오갔다.

“근데 얘 인스타 계정 왜 안 보이지? 언제 닫힌 거야? 사진 많았잖아.”

“나도 자주 들어갔는데. 예쁜 옷 엄청 많아서.”

카페를 나선 나는 선우민희도 나처럼 과에 친구가 없다는 사실을 깨달았다. 휴대폰에 연락처가 있긴 했지만 나 역시 선우민희에게 무턱대고 안부를 묻기 어려웠다. 돌아보면 선우민희 때문에 가슴 쓸어내릴 일만 많았다. 내 이름이 불릴 때마다 내가 지워지는 기분이 들었다. 지워지다 못해 짓이겨지는 기분이. 그건 어쩔 수 없어도 억울한 일이었다. 부러진 뼈야 곧 붙을 것이다. 푹 쉬면, 시간이 흐르면.

“민희다, 민희! 우리 민희!”

고함에 놀란 나는 버스 정류장 주변을 두리번거렸다. 잠시 후 맞은편 인도에서 손을 높이 쳐든 준재가 보였다. 그는 신호가 채 바뀌기도 전에 횡단보도를 휘적휘적 건너왔다. 그와 거리가 좁혀지자 술 냄새가 확 끼쳤다.

"준재야. 버스 온다. 나 갈게."

"아, 바로 가면 너무 아쉬운데?"

내 앞에 붙어선 준재가 환히 웃었다. 나는 그의 가지런한 치열에서 눈을 뗄 수 없었다. 단정한 눈썹과 기다란 눈매를 쳐다보지 않을 수 없었다. 그의 후드에서 산뜻한 섬유유연제 향이 풍겼다. 몇 초뿐인 이 순간이 뇌리에 영원히 붙박이는 듯했다. 선우민희는 얘를 왜 밀어낸 거지. 이 빛이 왜 안 보이지. 그래, 나는 준재를 좋아할수록 마음이 따갑고 쓰라려. 아무리 애써도 그 마음을 접을 수 없어서 창피하고 비참해. 그래도 이렇게 눈이 시린데. 이렇게 반짝이는데. 나는 내 어깨에 올라온 준재의 손을 가만히 바라봤다. 아무 의미 없겠지만 잠깐만, 아주 잠깐만 그대로 있고 싶었다. 머리통을 떨군 그가 내 명치 쪽에 이마를 붙인 건 순식간이었다. 소스라친 나는 뒤로 물러섰다. 입을 열었는데도 목소리는 한참 후에나 밀어낼 수 있었다.

"너 나한테 관심 없잖아."

분명히 몸을 못 가누는 것처럼 보였던 준재가 허리를 바로 세웠다. 버스 두 대가 차례로 떠나자 정류장 주위는 고요해졌다. 나는 그에게 다시 말했다.

"우리 사귀는 것도 아닌데 왜 그래? 너 나랑 만날 거야?"

술이 깨가는지, 속이 울렁거리는지 준재 얼굴에 핏기가 없었다.

"준재야. 너 괜찮아? 술을 얼마나 많이 마신……."

"사귀다니, 만나다니. 너야말로 괜찮은 거야? 밤길 위험한데 얼른 들어가 봐."

이튿날 정오가 가까워지자 익명 채팅방에 글이 쉴 새 없이 올라왔다.

—이준재 어제 민희한테 고백 당함

—우워어ㅓㅓㅓ 드디어?

—근데 작은 민희 말고 큰 민희였...ㅎㅎㅎ

나는 계속해서 올라오는 의성어와 웃는 이모지를 봤다.

—주제도 모르고 ㅈㄴ 설치네 걍 술값이나 내라 해

—걔 일하는 카페 가면 진짜 서비스 주냐? 아니다.. 준재쿤 아니면 안 되는 거지? ㅋㅋ

나도 ㅋ 패드에 손을 올렸다. 멈추지 않고 패드를 눌러 화면을 뒤덮고 싶었다. 그때 누군가 방에 들어왔다. 프로필은 없었고 그동안 한 번도 본 적 없는 아이디였다.

—떠들면 죽여버린다 걔 생각하면 소름 끼치니까 닥쳐

나는 준재가 확실해 보이는 아이디의 영문과 숫자 조합을 눈에 골똘히 담았다. 곧 그가 영상 하나를 올렸다. 섬네일에 어디선가 본 옷이 있었다. 벌룬 미니스커트. 신입생 환영회에서 선우민희가 입었던 옷이었다.

—예전 거는 왜 올려? 너 이거 계속 갖고 있었음? 방 다 폭파시켰는데

—학교 못 나온다니까 오랜만에 보고 싶어서

—으으,,,, 이러다 우리 잡히는 거 아니야?

—모르고 봤다고 우겨.. 우길 일도 없지만

—ㅇㅇ 어차피 감옥 못 감. 자리 없음.

나는 주먹을 그러모으고 영상을 재생시켰다. 그러고는 휴대폰을 집었다 내려놓길 되풀이했다. 내 문자를 읽은 지 한 시간이 훌쩍 지났는데도 선우민희는 답장을 하지 않았다. 나는 처음으로 선우민희에게 전화를 걸었다. 신호음이 몇 번이고 흐른 후에야, 귓가에 희미한 기침 소리가 들렸다.

한여름부터 초가을까지 매일 밤 매달렸던 재택 알바 일은 어제부로 끝이 났다. 긴장이 풀린 건지 알람 소리를 듣지 못해 수업에 20분이나 늦고 말았다. 나는 몸을 수그리고 뒷자리에 앉아 화면을 봤다.

[멀티미디어학_시스템 보안과 렌더링 기법]

"덮어쓰기는 여러분이 익히 아는 용어인데요. 사전적인 뜻은 문서나 데이터를 같은 경로나 위치에 저장할 때, 기존에 존재하던 내용을 새것으로 바꾸는 걸 말해요."

수업 시간은 전과 달리 잠잠했다. 매번 산만했던 남학우들도 말이 없는 통에 강의실 공기가 적막하게 느껴지기까지 했다. 하지만 수업이 끝나자마자 동기들이 무리를 지어 떠들기 시작했다. 전부 여학우들이었다. 눈을 비비며 멀거니 앉아 있던 내게 몇몇이 다가왔다. 누군가 휴대폰 화면을 보여주며 물었다.

"너 이거 봤어? 키아라?"

고개를 젓자 휴대폰에 메시지가 도착했다. 나는 실눈을 뜨고 링크 주소를 눌렀다. 기사 앞머리의 큼직한 제목이 눈에 들어왔다. 익명의 비영리 AI 활동가 그룹 '키아라', 불법 영상물 차단할 획기적인 프로그램 배포.

"이거 키아라가 무차별로 심어둬서 어디서 해킹될지 모른대. 완전 랜덤이래."

"휴대폰이랑 노트북 충전할 때, 카드 결제할 때도 깔린다는데? 오늘 새벽부터 퍼졌대."

"댓글 창 난리 났어. 화장실이고 모텔이고 다 못 보겠다고. 영상 보고 토했다는 애들 왜 이렇게 많아?"

"뭐야? 프로그램 퍼진 날부터 본 거면 맨날 보는 거네. 눈 뜨자마자 그딴 영상 안 보면 살 수가 없냐?"

"아니, 이렇게 화낼 거면 아예 안 보면 되잖아. 애초에 안 만들면 되잖아."

"야, 대박. 키아라 운영자랑 서버, 해외에 있어서 못 잡는대!"

들뜬 여학우들이 서로의 어깨와 등에 손을 올렸다. 키아라에 대한 두서없는 말이 들리는 동안 나는 무리 너머 각자 앉아 있는 남학우들을 지켜봤다. 서너 명이 구부정한 자세로 강의실을 빠져나갔다. 준재도 가방을 메고 느릿느릿 일어섰다. 나와 눈이 마주친 그가 고개를 돌렸다. 나는 준재에게 다가섰다.

"너 괜찮아? 어디 아픈 거 아냐?"

그는 말없이 나를 쳐다봤다. 퀭한 눈엔 빛이 돌지 않았다. 볼살은 푹 꺼졌고 어깨는 축 처져 있었다. 그가 문밖으로 사라진 지 몇 초 후, 몸에 날카로운 정전기가 길게 일었다. 이제는 인정해야 했다. 못 본 척 넘긴 신호들을 그만 무시해야 했다.

준재는 과제 발표 직전까지 나와 동기들이 보낸 자료를 제대로 읽지 않았다. 라테 컵과 샌드위치 포장지를 카페 앞 벤치에 내버리고 갔다. 술값을 내지 않으려고 나를 주점에 불렀다. 내 이름을 부르면서 다른 사람을 떠올렸다. 내가 자신을 좋아한다는 사실을 불쾌하게 여기면서도 필요할 때마다 그 마음을 누리려고 했다. 내게 아량을 베풀고 있다는 투로. 내가 감지덕지해야 한다는 식으로. 무엇보다 그는 영상을 봤다. 새벽부터 실행된 그 프로그램을 통한 영상을. 선우민희의 영상을 갖고 있었던 걸 보면 그가 새로운 영상을 안 봤을 리 없었다. 나는 버스 정류장으로 성큼성큼 걸어갔다. 걸음이 점점 빨라져서 차라리 뛰는 게 나았다.

병원은 일곱 정거장 거리로 학교와 가깝지도 멀지도 않았다. 그래도 두 번째 방문이라 길이 제법 눈에 들어왔다. 나를 발견한 선우민희는 휴대폰을 침대 옆에 내려두고 손을 흔들었다. 얼굴에 항상 깃들어 있던 미소는 보이지 않았다.

"일찍 왔네?"

"응. 버스가 안 막히더라고."

"너도 봤어? 키아라 기사?"

나는 고개를 끄덕인 뒤 커튼으로 손을 뻗어 병실 안에 우리의 작은 공간을 만들었다.

"이제 네 영상을, 아니 그 가짜 영상을 보는 사람은 없을 거야."

선우민희가 나를 뚫어지게 쳐다봤다.

"어떻게?"

나는 입술을 힘껏 다물었다 뗐다.

"내가 키아라니까. 나도 키아라 일원이니까."

키아라 사람들을 직접 만난 적은 한 번도 없었다. 이름도 나이도 얼굴도 모른 채 온라인에서만 보는 이들이었다. 우리는 각 지역 익명 채팅방에 들어가기 위해 자기 속옷 사진을 찍어 올렸다. 여동생 거라고, 사촌 누나 거라고, 엄마 거라고 말해야 입장이 가능했다. 시시때때로 진동하는 휴대폰을 시시때때로 들여다봤다. 그래야 놓치지 않고 증거를 수집할 수 있었다. 이불을 가슴 위로 끌어당긴 선우민희가 나지막한 목소리로 물었다.

"기사로는 잘 모르겠어. 영상을 보는 사람이…… 어떻게 없어질 수 있는데?"

나는 가방에서 휴대폰을 꺼내 쥐고 되물었다.

"보면 많이 놀랄 수도 있는데 괜찮겠어? 구역질 날 수도 있어."

숨을 들이마신 선우민희가 고개를 끄덕였다.

"그래도 힘들 수 있으니까 소리는 줄일게."

나는 휴대폰에 내 얼굴을 갖다 댄 뒤, 몇 번의 인증을 거쳐 화면을 열었다. 놀라지 않을 거라던 선우민희는 벌어지는 입을 손으로 막았다.

영상 속에는 선우민희가 아닌 내가 있었다. 두 사람의 내가. 피해자와 가해자 둘 모두인 내가. 선우민희는 아직 두 형상을 제대로 인지하지 못한 것 같았다.

"이게 뭐야? 네가 여기 왜 나오는데? 내 자리에 왜 네가 있는데?"

"이 영상도 가짜야. 네 영상이 가짜인 것처럼."

"이런 걸 왜 만들었어? 이것도 범죄 아니야?"

"이 영상은 저장도 복제도 배포도 안 돼. 보는 시간 동안, 보려는 사람의 모습으로만 나와."

"그게 무슨 소리야?"

"내 휴대폰도 해킹되었으니까. 내가 해킹했으니까."

키아라가 만든 프로그램은 관찰자가 보는 모든 불법 영상물 속의 인물을 관찰자로 변형한다. 카메라의 셀카 모드 전환 방식과 같이 피해자와 가해자의 모습을 죄다 화면을 보는 사람의 모습으로 재구성하는 것이다. 원칙은 간단하다. 그룹 내 한 사람이라도 자발적인 의지로 움직이지 않고, 한 사람이라도 촬영 상황을 의식하지 못하는 영상은 역방향으로 송출하는 것. 인물들의 표정, 음성, 성조, 대화 내용, 동공의 크기, 근육의 수축과 이완 등의 신체 반응에서 특정 이상 신호를 포착한 인공지능은 누군가 해당 영상을 재생시키려고 할 때, 원본 인물의 데이터 정보를 관찰자의 데이터 정보로 뒤덮은 뒤 그 영상을 내보낸다. 영상 역시 전자기기의 실사용자가 자발적인 의지로 재생을 시도할 때, 몇 단계의 시도 과정에서 특정 이상 신호가 없을 때만 시작된다.

불법 영상물의 판독 기준은 앞으로 더 촘촘해질 필요가 있었지만, 우리의 집계상 문제의 영상 상당수는 동의 없이 제작된 형태였다. 키아라 전원은 이 생성형 인공지능 프로그램이 초기 모델에 지나지 않는다는 사실을 알고 있었다. 다음 단계에선 또 다른 대응책을 세워야 했다. 게릴라로 움직이는 지금의 점조직도 나중엔 시민단체, 정당, 기관, 기구를 만나 새 형태로 진화할 수 있었다. 범죄자의 신상이 관찰자 자신에게만 공개되는 이 방법이 미온적인 조치라고 여겨질 때, 이런 짓은 그저 자신과 다른 세대의 일탈 행위라고 취급하는 사람들이 줄어들지 않았다고 여겨질 때, 무엇보다 세상이 우리를 여전히 영상 속 소스와 화소로 보고 있다고 여겨질 때 말이다. 재생을 중지시킨 선우민희가 말했다.

"얼굴만 바뀌는 게 아니네."

"몸도, 목소리도 다 바뀌어야지. 그 데이터도 전부 누군가의 원본이니까. 그래서 전신을 구성할 정보가 많이 필요해. CCTV 데이터, SNS 데이터, 휴대폰 갤러리 데이터. 거기에 데이터가 부족할 때 채울 근사치의 데이터. 모습이 똑같진 않더라도 구조와 비율이 흡사하면……."

"그걸 다 어떻게 해킹하는데?"

나는 내가 놓은 공공연한 덫을 떠올렸다. 카페 와이파이 비번. 벽에 붙여 둔 비밀번호로 인터넷에 접속할 때, 한 번 뚫리면 모두 뚫리는 사용자의 개인 정보. 휴대폰이든 노트북이든, 그 안의 어떤 플랫폼이든 어떤 계정이든.

선우민희에게 이 불법 수집 방식에 대해서는 말하지 않는 게 좋을 것 같았다. 키아라 안에서도 논쟁이 끊이지 않는 문제였다. 관찰자의 정보가 늘어날수록 관찰자를 구성하기 수월하지만, 그 정보를 모으는 절차가 꺼림칙하다는 의견이 있었기 때문이다. 관찰자의 모습을 대충 만들어도 상관없을 거라는 입장, 관찰자의 모습을 정교히 만들수록 타격이 클 거라는 입장이 매번 팽팽했고 이번 테스트는 다수결로 결정된 사항을 임시적으로 따른 것뿐이었다. 선우민희가 한숨을 쉬고 물었다.

“그렇다고 네가 이렇게까지 해야 했어?”

“이게 최선은 아니지만 차선이니까. 범행 현장에 범인을 가두는 게, 그 자리에 두는 게 답이 될 수 있으니까.”

선우민희는 관자놀이를 짚을 뿐 답이 없었다. 아랫입술을 깨물던 내가 말했다.

“자기가 남이 되고, 남이 자기가 되는 걸 봐야지. 자기 자신으로 가득 찬 세상이 지옥인 걸 알아야지. 민희야. 그때도 지금도 우리가 본 영상에 우리가 어디 있어?”

“……이건 너도 나도 아니지. 그러니까 뒤바뀐 걸 제자리로 돌려놓는다는 거잖아.”

“맞아. 그 영상을 찾아보려는 사람이 거기 불려 가야지. 어울리는 걸 어울리는 곳에, 원래 있어야 할 곳에 둬야지.”

선우민희가 두 손으로 얼굴을 감싸 쥐었다. 베개 옆의 수건을 건넨 나는 울음소리가 잦아들 때까지 자리에 앉아 있었다. 그러고는 커튼을 젖히기 전에 말했다.

“우리는 계속 따라갈 거야. 계속 쫓아갈 거야. 사진은 사진으로, 영상은 영상으로, 피해자는 가해자로 계속 덮어쓸 거야.”

숨이 차올라 잠시 쉬어야 했다. 나는 병원 밖으로 나가기 전에 걸음을 멈추고 주차장 벤치에 걸터앉았다. 선우민희와 통화를 나누기 전까지 나는 이준재를 좋아했다. 그를 모르면서도 그를 알 것 같았다. 일부만 알면서도 전체를 가늠하는 일이 가능했다. 이유 없이 미로에 갇혔는데, 입구는 누구도 아닌 내가 냈다는 사실이 믿기지 않았다. 부풀어가는 마음을 그때그때 터뜨리면서도 이름이 불리면 어쩔 수 없이 전율이 일었다. 별 뜻 없는 그의 말과 행동에 일일이 혼란스러웠다. 낭패감에 휩싸여도 그 통증이 감미롭기만 했다. 그가 다른 사람을 좋아한다는 사실도 상관없었다. 가끔 선우민희의 험담이 들릴 때면 내심 흡족한 심정이 들기도 했다. 하지만 그날 전화 너머 선우민희는 안간힘으로 울음을 참으며 말했다.

"아직 모르겠다고, 내 마음을 아직 모르겠다고 말한 것뿐인데…… 그 영상을 보게 됐어. 모르는 사람들이 링크를 계속 보냈어. ……집 안에도, 집 밖에도 쉴 데가 없었어."

선우민희는 한밤중에 자전거를 타고 계속 달렸다고 했다. 영상을 떠올리면 전신에 감각이 사라지는 것 같아서 페달 위의 두 발을 세차게 굴렀다고 했다. 그러다 정신이 들었을 땐 길바닥과 몸이 붙어 있었다고 했다. 허공에 붕 떠오른 시간만 기억할 수 있다고 했다.

"너는 문자로 영상 얘길 꺼내지 않았지. 너랑 닮은 사람을 본 것 같은데, 이게 네가 맞냐고 묻지 않았어. 그래서 받은 거야, 네 전화는."

나는 카페 후문 뜰에서 맞닥뜨렸던 선우민희의 얼굴을 떠올렸다. 내가 봤던 그 탁한 미소는 미소가 아니었다. 그건 상대에게 적절한 대꾸를 할 수 없을 때, 뭘 어떻게 해야 안전해질 수 있을지 모를 때, 차오르는 불안과 무력감을 외면하고 싶을 때, 몸에서 비어져 나오는 헛웃음에 가까웠다. 내가 채팅창에 썼던 수많은 의성어처럼.

병실에서 나오기 전, 나는 경찰서에 제출할 증거 자료와 다음 일정에 대해 얘기했다. 선우민희는 내가 그동안 모은 화면을 살펴보겠다고 했다. 나는 눈을 깜빡이다가 내 아이디를 알려줬다. 선우민희가 원하면, 아니 원하기 전에 보여줘야 했을 자료일지도 몰랐다.

"미안해. 내가 남긴 말이 아무리 가짜라 해도, 읽고 나면 내가 싫어질 거야."

선우민희는 내가 건넨 휴대폰을 말없이 들여다봤다. 얼마 후 머리를 든 선우민희는 예상과 다른 질문을 했다.

"근데 너 이 프로필은 뭐야? 총 메고 있는 여자애."

"아, 만화. 《건슬링거 걸》."

"그래? 처음 듣네. 키아라는 무슨 뜻인데?"

"그 이름은 내가 직접 지은 게 아닌데, 다들 동의해줬어. 키아라는 《건슬링거 걸》에서 거의 스쳐가는 여자아이야. 얘는 11권에서 큰 부상을 당해. 근데 그래도 살아남아. 그러니까…… 키아라는 다쳐도 사는 캐릭터야."

나는 가방을 뒤져 꺼낸 물건을 선우민희에게 건넸다. 키아라에서 만든 캠페인용 스티커였다. 비닐을 만지작거리던 선우민희가 말했다.

“스티커 예쁜데, 색이 조금만 밝았으면 좋았겠다. 폰트 굵기도 조금만 줄이면 좋을 것 같고. 아니다. 이 원형을 아예 안구처럼 만들어보면 어때? 항상 지켜보고 있다는 느낌으로.”

검지와 중지를 구부린 선우민희는 두 손가락을 자기 눈 가까이 가져갔다가 내 눈 가까이 대길 반복하며 활짝 웃었다. 늘 입을 다물고 배시시 웃기만 해서 몰랐는데 선우민희에겐 덧니와 엉뚱함 그리고 직설적인 구석과 아름다움에 대한 예민한 감각이 있었다.

“너도 키아라 들어올래? 와서 디자인 맡아라.”

“생각해보고. 근데 이 슬로건은 좋다.”

고개를 숙인 선우민희가 스티커에 적힌 문구를 소리 내어 읽었다.

“당신이 보는 것이 당신.”

“당신이 보는 것이 당신.”

주차장 벤치에서 일어난 나도 수없이 봤던 그 문구를 입 밖으로 꺼냈다. 병원을 벗어난 나는 거리를 둘러봤다. 누군가는 휴대폰을 봤고 누군가는 휴대폰을 보지 않았다. 걸음을 뗄수록 손에 아무것도 들지 않은 사람들이 눈에 점점 들어왔다.

나는 사람도 건물도 풍경도 쳐다보지 않는 사람들의 숫자를 내내 세어갔다.

가까운 곳이든 먼 곳이든, 그런 영상을 보지 않는 사람들은 당연히 있다. 그들에게 키아라의 프로그램은 지금까지의 생활과 앞으로의 생활에 어떠한 영향도 끼치지 않는다. 영향권 밖의 사람들은 많을 것이다. 하지만 나는 이 짐작이 희박한 낙관일 수 있다는 사실을 예감할 수 있었다. 그리고 지금 내가 있어야 할 곳은 그 낙관 바깥, 빛이 들어오지 않는 구역이었다. 나는 정류장에 서서 도로 건너편을 바라봤다. 휴대폰을 손에 쥐지 않은 사람들의 숫자는 더 세지 않아도 될 것 같았다. 버스는 6분 뒤에 도착 예정이었다. 나는 가방을 고쳐 메며 우리가 이번 베타테스트를 어느 정도 마쳤다고 생각했다.

니가 왜 미쳤는지
내가 왜 알아야 돼

박서련

박서련

철원에서 태어났다. 2015년 실천문학 신인상을 받으며 작품 활동을 시작했다. 소설집 《호르몬이 그랬어》《당신 엄마가 당신보다 잘하는 게임》《나, 나, 마들렌》《고백루프》, 장편소설 《체공녀 강주룡》《마르타의 일》《더 셜리 클럽》《마법소녀 은퇴합니다》《프로젝트 브이》《카카듀》《폐월; 초선전》《마법소녀 복직합니다》, 짧은 소설 《코믹헤븐에 어서오세요》《퍼플젤리의 유통 기한》, 산문집 《오늘은 예쁜 걸 먹어야겠어요》 등이 있다. 한겨레문학상, 젊은작가상 등을 수상했다.

아래쪽에서 누군가 넘어졌다. 맥없이 오른쪽으로 기우는 뒷모습이 지푸라기로 대강 만든 허수아비 같았다.

주변의 몇몇은 놀라는가 싶더니 곧 웃음을 터뜨렸다. 여럿이 놀리듯 웃어대는 걸로 보아 그리 큰일은 아닌 듯했다. 넘어진 사람마저 웃느라 일어나지 못하다가 양옆에서 부축을 받고서야 몸을 바로 세웠다. 하하하하. 하하하하. 멀고 높은 데에 외따로 서 있는 내 귀에까지 닿는 다중의 웃음소리. 연습이 부족한 합창처럼 박자와 화성이 미묘했다.

문득 뒤를 돌아보면 설산이었다.

영화에서는 저렇게 눈 쌓인 산을 향해 손뼉을 짝, 치면 눈사태가 일어나기도 하던데. 그림 같은 눈을 뒤집어쓴 배경은 역시나 그림처럼 잠잠했다. 나는 저 산이 무너질까 봐 걱정하는 걸까, 무너지기를 바라는 걸까.

"인영 씨, 안 가요?"

느닷없이 바로 옆에서 누가 이름을 불렀다. 고개를 돌려보니 방장이었다. 거의 꼭대기에서 출발했을 방장은 어느 틈엔가 내 옆까지 내려와서 솜씨 좋게 멈춰 있었다. 나는 스키에 대해 잘 모르지만 뭐라더라, 활주보다 정지가 어렵다고 하는 것 같던데. 별것도 아니라는 듯 그걸 해내는 그의 실력이 부러웠고 내가 왜 슬로프 중턱에 멈춰 있는지 도통 모르는 듯한 눈치는 성가셨다.

"먼저 가세요. 제가 컨디션이 좀 안 좋아서요."

"하하하. 여자분들은 그럴 때도 있죠. 그럼 먼저 실례하겠습니다."

방장은 나타났을 때처럼 쾌속으로 멀어져 갔다. 방장의 준비 자세를 잘 봐두었다가 따라해볼 요량이었는데, 관찰할 틈도 없이 가버린 거였다. 다시 혼자 남겨진 나는 폴대를 열심히 움직여보았지만 소용없었다. 발 각도가 잘못된 것인지 허리가 뻣뻣한 것인지, 바닥을 아무리 찍어도 앞으로 움직일 기미가 보이지 않았다. 곧 해가 질 텐데, 활주는 고사하고 슬로프 끝까지는 가야 할 텐데. 슬로프 끝까지 못 내려가면 리프트를 못 탈 테고, 리프트를 못 타면 어떻게 벗는지 감도 안 잡히는 스키 플레이트를 낀 채 산장까지 엉금엉금 올라가야 할 터.

멈춰 있는 것도 문제지만 갑자기 움직이는 것도 문제였다. 뭐가 맞아떨어졌는지, 조금 전까지와 완전히 똑같은 자세와 힘으로 폴대로 바닥을 찍어 당기자 누가 잡아끄는 것처럼 앞으로 슥 미끄러졌다. 어어, 어어어! 나는 갑자기 붙은 속도에 놀라 폴대를 든 양손을 허공에 휘저었다. 마치 균형이 혀라도 쯧쯧 차며 내 몸을 쑥 빠져나간 듯한 느낌이었다. 활주는 찰나였지만 넘어지는 과정은 아주 길고 느리게 느껴졌다. 그대로 두어 바퀴 구른 나는 슬로프 외곽 허리 굵은 침엽수 아래에 큰 대자로 뻗었다.

넘어져서 화가 난다거나 부끄럽다는 느낌보다, 어안이 벙벙할 정도로 실감이 난다는 생각이 먼저 들었다. 화날 것 있나, 스키를 전혀 배우지 않았으니 못 타는 게 당연한 것을. 부끄러울 건 뭔가, 누가 나만 쳐다보고 있는 것도 아닌데. 스키 플레이트를 찬 채로 콩고물에 내던져진 인절미 반죽처럼 눈밭을 굴러 숨이 턱 막히고, 갈비와 엉치뼈가 얼얼하고, 오른 발목이 살짝 돌아간 것 같았지만, 통증의 종류와 강도보다는 그 통증이 지나치게 생생하다는 사실, '마치 진짜로 눈밭을 구른 것처럼' 아프다는 사실이 신경 쓰였다.

꿈이 아닌 건가?

드러누워 호흡을 고르는 동안 나는 이게 꿈이어야 하는 당위와 꿈이 아니라는 증거들을 차례차례 더듬어보았다.

첫째, 내 이름은 인영이 아니라는 것.

둘째, 동계 올림픽 시즌이 아니고서야 내가 스키라는 스포츠에 관심을 가진 적은 단 한 순간도 없었다는 것.

셋째, 삼십대 싱글 스키 동호회 회원 강인영은 내가 전날 보던 소설에 나오는 캐릭터라는 것.

나의 취미는 스키가 아니라 음주와 독서였다. 퇴근길마다 330ml 맥주 두 캔을 샀고 2주에 한 번은 도서관에 갔다. 맥주를 다 마시면 침대 헤드에 달린 북라이트를 켜고 엎드린 채로 책을 마저 보다 잠드는 게 오랜 습관이었다. 겨울 휴가를 받는다 한들 크게 달라질 것은 없었다. 나는 평소처럼 책을 빌리고 맥주를 산 다음, 휴가가 끝나갈 무렵에나 잠깐 후회하는 사람이었다. 아, 이번에는 그래도 좀 멀리 다녀올걸. 기왕이면 좀 더운 나라에. 그런 후에는 결국 빌려온 책을 읽으며 맥주를 마시다 잠들 것이었다. 그래도 나쁘지 않은 휴가였다고 생각하면서.

그런 나에게 전날 읽던 책의 내용이 꿈에 나오는 것쯤이야 새삼스러운 일도 아니었다. 다만 이렇게까지 실감 나는 꿈은 전례가 없었다. 예를 들어 〈해리 포터〉를 보다가 잠들었다 치면, 책의 내용이 그대로 꿈이 되는 것은 아니지 않았나. 왠지 주인공들 대신 대학 동창들이 지팡이를 들고 나온다든지, 기숙사 안의 계단들이 뭔지 모를 생물의 꿈틀거리는 살점으로 이루어져 있다든지, 어느 틈엔가 발목부터 쑥 빠져 허우적대다가 그대로 다른 꿈으로 이어지는 식이 아니었나. 애초에 책 읽기와 꿈꾸기의 경계가 흐려지는 게 좋아서 맥주를 약간 곁들이는 것이기도 했고, 그래서 웬만한 꿈은 잘 기억도 안 나는 게 당연하지 않았나…….

그런 물렁물렁한 꿈들과 비교하면 이 상황은 벽돌처럼 단단하게 느껴졌다. 설산의 추위와 넘어진 직후의 통증은 물론, 퇴근 전까지 한나절 내내 서 있었던 종아리의 터질 듯한 붓기와 열감까지 고스란했으니까.

멀지 않은 곳에서 인영 씨이, 하고 부르는 소리가 들려왔다.

착각이 아니라면 소리가 들려오는 방향은 바로 위였다. 나무 그늘 아래에서 기어나가 허공을 올려다보자 스키 플레이트 네 쌍이 날아가는 광경이 보였다. 역시 꿈이구나, 생각하기에는 사람 넷이 타고 있는 리프트가 너무나 진짜처럼 보였다. 허공에 둥둥 뜬 동호회원들은 뭐가 그렇게 좋은지 싱글벙글 웃으며 나를 향해 손을 흔들고 있었다. 제발 꿈이어라. 나는 모르지만 강인영을 알기 때문에 낯설고도 낯익은 회원들을 향해 손을 흔들어주며 혼자 중얼거렸다.

꿈이 아니라면?

어렵사리 산장에 돌아간 때는 해가 막 기운 직후였다.

다리를 조금 삔 것 같다는 핑계로 다른 여자 회원의 도움을 받아 간신히 스키 플레이트를 탈거했다. 아픈 다리를 끌고 여자 침실로 가서 순서를 기다려 샤워를 했다. 뜨거운 물로 씻고 나니 살 것 같았고, 살 것 같다는 마음조차도 꺼림칙했다. 완연한 피로와 작은 회복의 감각이, 이 상황이 현실이 아닐

수 없다는 증거처럼 느껴졌기 때문이다.

김 서린 거울을 연신 닦으며 본 내 얼굴은 역시 내 얼굴 같기도, 전혀 내 얼굴 같지 않기도 했다. 이게 강인영인가. 강인영은 정말 나란 말인가. 그러니까 강인영의 얼굴이 나의 얼굴이라는 건가…….

혼자 방 안에 남아 있을 핑계를 떠올리기 어려워 다른 여자 회원들을 따라 산장 거실로 나갔다. 남자 회원들이 바비큐 준비를 한답시고 분주하게 돌아다니고 있었는데, 여럿이 움직이는 것 치고는 일이 잘 진척되지 않는 모양이라 여자 회원들이 팔을 걷어붙였다.

"비켜보세요, 평소에 부엌일 안 하던 티 내지 마시고요."

"하하하, 저도 혼자 자취한 지 오래라 아주 못 써먹을 정돈 아닐 텐데요."

그래, 그건 소설에도 나오는 대사였지. 실제로 이런 말을 하는 사람이 있나 싶어 은근히 소름이 돋았던 다이얼로그를 눈앞에서 보니 약간 싫은 느낌이 들었다. 작가 센스 차원의 문제일까, 아니면 삼십대-싱글-취미 동호회의 남녀 대화란 것이 원래 이렇게 공익광고 톤인 걸까. 한 남자 회원이 소파에 가만히 앉아 있는 나를 슥 쳐다보았고 웃으며 재잘대던 다른 여자 회원이 인영 씨는 다리를 다쳐서요 하고 나를 변호해주었다. 속으로 뭘 봐 실존 인물도 아닌 주제에,라고 생각하고 있었기에, 마찬가지로 실존 인물도 아닌 여자가 내 편을 들어준 게 크게 고맙지는 않았다. 엄밀히 말하면 나와는 상관 없는, 강인영의 편을 들어준 것이기도 했으니까.

그보다 내 눈길을 잡아끈 것은 소시지였다. 바비큐 재료로 쓴다고 포장을 뜯어서 두어 개 꺼내고 소파 앞 커피 테이블 위에 아무렇게나 던져둔 소시지. 소비기한이 버젓이 찍혀 있는, 백화점 지하 1층 유기농 푸드마켓 정도에서나 파는 고급 소시지.

내가 그런 문장을 읽었던가?

그 전에, 보통 소설에 그런 걸 쓰나?

소설에 '소시지를 구워 먹었다'라고 쓰지 '소시지의 소비기한은 모년 모월 모일 모시까지였다' 같은 정보를 지시하지는 않을 텐데? 작가가 아무리 디테일에 미친 인간이라 하더라도. 확실히 내가 읽은 소설에는 동호회 합숙 첫날 바비큐 파티를 열었다는 언급이 있었다. 소시지도 구웠다는 얘기까지 분명. 하지만 아무리 기억을 더듬어보아도 그 소시지의 소비기한 같은 것은 적혀 있지 않았다. 이 장면에 대한 나의 감상도 작가가 소시지를 먹고 싶었나 정도였지, 소시지 소비기한에 뭔가 복선 같은 게 깔려 있나 따위는 아니었다.

말하자면 그 숫자들은 이 상황의 실감을 더 외면할 수 없게 하는 소박하고도 결정적인 증거로 보였다. 큰 틀에서는 작가의 의도를 따라 흐르겠지만 세세한 장치와 소도구 차원에서는 내가 원래 알던 세계, 현실 그 자체를 반영해내겠다는 강력한 의지.

……그러니까 누구의?

그 '강력한 의지'는 누구의 것이지?

작가의 설계를 모두 이해하는 전지함과, 그 허구의 의도를 실체의 세계에 반영하는 전능함을 가진 누군가가, 실제로 존재한다면, 그럴 수 있다고 친다면…… 그가 굳이 소설 속 캐릭터인 강인영의 몸에 실제 인간인 나의 의식을 주입한 이유를…… 어떻게 설명할 수 있지?

나는 서둘러 고개를 털었다. 지나치게 큰 주제에 압도된 나머지 보다 중요한 문제에 대한 사고를 놓칠까 봐.

중요한 건 왜 이런 일이 일어났는가가 아니라, 어떻게 해야 내가 이 서사에서 탈주할 수 있는가였다. 지금으로서는 이 현실이 너무 실감 나는 나머지 '진짜' 또는 '원래'의 나를 잊고, '나'는 원래 강인영이라는 단일한 존재였지만 정신에 약간 균열이 생겨서 내가 강인영이 아니라고 생각하게 된 게 아닌지를 의심해버릴 지경이니까.

"식사들 하세요."

한참 만에 바비큐 접시가 산장 안으로 들어왔다. 고개를 들어 바깥을 보자 바비큐 당번을 자청한 남자 회원 두 명이 베란다 창문 너머에서 집게 든 손을 흔들었다. 참숯 향을 골고루 입은 바비큐 재료들은 모양도 냄새도, 하물며는 표면에서 작게 들끓는 지글지글 소리마저도 더할 나위 없이 현실적이었다. 허기를 못 이겨 소시지 한 조각을 집어 입에 쏙 넣은 나는 진한 슬픔을 맛보았다. 나무랄 데 없는 바비큐 때문이 아니라, 그 생생한 한입거리의 감각이 이 서사에서 내가 꼭 탈주해야만 하는 가장 중요한 이유를 일깨운 탓이었다.

내가 잊을 뻔한 것. 나름대로 화기애애한 스키 캠프와 바비큐 파티 분위기에 잠시 의식에서 멀어졌던 결정적인 사실.

그건 잠들기 직전까지 내가 읽던 책이 추리소설이라는 점에 있었다.

이 소설은 삼인칭 전지적 작가 시점. 모든 등장인물의 내면이 골고루 묘사된다. 등장인물이 열두 명이나 되기 때문에 초반부터 전부 낱낱이 드러내지는 않지만, 등장인물들의 평판과 관계, 그들 각자의 작은 비밀 정도는 읽는 동안 자연스럽게 알 수 있다.

가령 나에게 말을 걸었던 방장, 그는 기본적으로 대인 스킬이 좋은 사람이었다. 그야 사람이 어지간히 좋지 않고서는 오픈 카톡방을 개설해 모집한 취미 동호회원들과 합숙을 하겠다는 생각 같은 건 하지 않을 테니까. 그런 그는 스키를 제일 잘 타는 다른 회원을 내심 눈엣가시로 여겼다. 새로 가입한 초보 스키어를 도와주며 자기의 사람 좋음과 스키 실력을 과시하는 것이 그의 즐거움이었건만, 청소년 시절까지 국가대표로 활약했다는 회원이 가입하면서부터 대학교 2학년 겨울

방학 내내 스키 장비 대여 업체에서 아르바이트를 했을 뿐인 그의 입장이 어정쩡해진 것이었다.

월말 스키 시즌 초입에 2박 3일 일정으로 진행한 동호회 번개에서는 선수 출신 회원이 방장의 자세를 교정해준 사건도 있었다. 형, 다 그렇게 타다가 자빠지는 거예요. 그냥 자빠지는 것도 아니고 십자인대 나가요. 그 말에 방장은 웃으면서 고맙다, 가르쳐줘서라고 했지만 속으로는 신입 회원들, 여자 회원들이 다 보는 앞에서 망신을 당했다고 생각했다.

여태껏 무엇을 하더라도 평균 이상의 소질을 보였으며 성격도 외모도 괜찮다는 평가를 받는 그에게 콤플렉스는 낯선 것이었다. 한 번도 누군가를 질투해본 적 없는 방장은 선수 출신 신입 회원의 존재가 일종의 반칙이라 생각했다. 수준 차이도 어지간해야지, 선출이 말이 되느냐는 불만이 그가 심혈을 기울여 쌓은 이미지 관리에 큰 지장이 되었다. 노력해도 이길 수 없는 상대라는 것을 알기에 굳이 정면 승부를 보려 하지는 않으면서도, 꼭 한 번 이겨보고 싶다는 승부욕을 없애지도 누르지도 못한 채 품고 있는 탓이었다.

잔뜩 비틀린 채 조금씩 새어나오는 방장의 욕망은 한마디로, 선출을 동호회에서 내보내고 싶다는 거였다. 이길 수 없는 상대라면 제거하는 게 낫다는 단순하고도 자연스러운 욕망에 방장은 여러 이유를 끌어다 붙이고 싶어 했다. 선출은 신입 회원인 걸 감안해도 동호회 기여도가 낮았다. 스키 실력이 지나치게 월등해 위화감을 조성했다. 불법 스포츠 도박을 한다는 얘기가 있었다. 동호회 기여도 운운은 끼워 맞춘 것이고 스키 실력이 좋다는 것도 퇴출 사유보다는 칭찬거리에 더 가까웠지만, 스포츠맨 출신이면서 불법 스포츠 도박을 한다는 이야기와 합치면 어떻게든 그를 내보낼 수 있을 것 같았다. 그래서 방장은 선출이 불법 토토를 한다는 소문이 사실이기를 간절히 바랐다. 방장 자신이 아니라, 회원님들이 불편해 하셔서 그렇다고 믿으며.

이름보다 선출이라는 별명으로 더 자주 불리는 신입 회원은 판교라는 별명을 가진 사람과 가까운 사이였다. 선출을 꼬드겨 동호회에 가입시켰다는 판교는 방장 다음으로 오래된 회원이자 모임에서 가장 나이가 많은 사람이었는데, 비교적 어린 선출과 최연장자인 판교가 정확히 어떤 사이인지는 아직 밝혀지지 않았다. 선출이 판교에게 거의 무조건적으로 복종하는 분위기로 보아 단순한 친분 관계는 아닌 것으로 추정될 뿐. 동호회 내에는 선출에게 판교가 큰돈을 빌려준 것 같다는 소문이 두 사람 모르게 퍼져 있었다.

선출이 경제적으로 불안정한 청소년기를 보내느라 스키를 그만두었다는 배경을 아는 동호회 사람들은 둘 사이의 채무 관계를 거의 정설로 받아들였다. 그런데 동계 올림픽 출전도 꿈이 아니었다는 그가 스키를 그만둔 건 어디까지나 성인이 되기 전의 일이었으니, 삼십대가 된 선출이 현재까지도 가족도 연인도 사채업자도 아닌 타인과 경제적, 정신적으로 의존적인 관계를 맺고 있다는 것은 아무래도 석연치 못한 데가 있었다. 선출이 불법 토토에 심각하게 빠져 있는 것 같다는 소문도 따지고 보면 그래서 퍼진 것이었다.

물론 방장과 다르게 대부분의 회원들은 그것을 동호회 퇴출 사유로 연결 지을 생각까지는 하지 않았다. 선출이 불법 도박을 하다가 용돈을 좀 벌었든 수십억을 날렸든 그건 그의 문제, 혹은 그에게 돈을 빌려주었을지도 모르는 판교의 문제였고, 동호회의 다른 회원들과는 아무런 관계도 없었다. 정 사정이 어려우면 스스로 어련히 취미활동을 끊게 될 텐데 굳이 내보낼 필요까지야, 작년에 유부남 유부녀 회원이 각자 싱글인 척하며 가입해 벌인 불륜 사건도 쉬쉬한 마당에.

착잡한 소문들과 별개로 선출의 인기는 가입 직후부터 줄곧 가장 높았다. 긴말을 부연할 필요도 없이, 스키 동호회에서 스키를 가장 잘 타는 사람이 바로 그라서 당연했다. 문제는, 작다면 작고 작지 않다면 작지 않은 문제였는데, 선출이 자기에게 따로 연락해오는 여자 회원들을 만날 때 매번 판교를 대동한다는 것이었다. 선출도 상대 여자 회원들도 동호회 밖에서 사적으로 연락을 주고받으며 만난 사실을 공공연히 터놓지 않음에도 이런 소문이 난 이유는 판교에게 있었다.

판교는 등장인물 중에서도 손꼽히게 진절머리 나는 인간이었다. 소위 '갔다 온' 사람인 것도 그렇지만, 그야 물론 그럴 수도 있는 일이긴 하고, 그보다는 여자를 사귀려고 동호회에 가입했다는 사실을 노골적으로 드러내는 타입이라는 게 징그러웠다. 아무리 삼십대 싱글 혼성 취미 동호회라고 해도, 아닌 척하지만 연애나 결혼 상대를 물색할 심사로 가입한 사람이 상당수라 해도, 말마따나 점잖게 '아닌 척'을 하는 게 서로에 대한 예의 아닐까. 동호회 활동 3년간 그가 사귀거나 집적대서 탈퇴하게 만든 여자 회원이 네 명이나 되었다. 그 사실을 그는 무슨 훈장처럼 여겼다. 최연장자면서 나이보다도 겉늙어 보이는 판교가 결혼도 한 번 한 적이 있고 동호회 내에서 연애도 했다는 사실은 믿기 어려웠지만, 세상은 넓고 취향은 다양한 법. 어이가 없을 만큼 돈이 많다는 사실에 진지하게 매력을 느끼는 사람도 있는 것이었다.

판교라는 별명은 그가 판교에 살거나 판교에서 일해서 붙은 게 아니었다. 술만 마시면 판교에 자기 건물이 다섯 채 있다고 자랑하는 주벽 때문에 생긴 것이었다. 애초에 이 배경, 대충 보아도 오륙십 평은 됨직한 호화 산장을 합숙에 제공한 사람도 판교였다. 한국 사람이라면 모를 수 없는 기업에서 임원직을 맡고 있다는 그의 아버지를 통해 산장 스타일 프라이빗 스키 리조트의 회원 혜택을 받았다고 들었다. 방장을 비롯한 동호회 회원 다수가 판교를 조금씩은 고까워하면서도 누구 하나 그에게 싫은 소리를 못 하는 이유가 그것이었다. 판교 같은 지인이 없다면야 아끼고 아껴도 돈이 적잖이 드는 취미생활을 이토록 호사스럽게 누릴 기회를 어떻게 잡으랴, 그것도 겨우 대학생 MT 비용 정도나 내고서.

4인용 침실이 세 개 딸린 산장 합숙에 동호회 회원 백여 명 중 절반 이상이 참여 의사를 표했고, 결국 제비뽑기를 통해 선발한 행운의 주인공이 지금의 12인이었다. 그중에서도 여자는 겨우 네 명. 동호회 성비와 방 구성을 고려해 백여 명 중 네 명밖에 뽑을 수 없었던 여자들 가운데 강인영이 포함되었다. 서술자는 특정한 등장인물의 입을 빌리지 않고 이 제비뽑기의 공정성을 의심하는 듯한 기록을 남겼다. 열두 명 중 여덟 명이나 되는 남자들 중에 좋게 말해 동호회 내에서 인지도가 높은, 솔직히 말해 뒷말 많이 나오는 사람이 몇 뽑힌 건 그렇다 치지만 여자 네 명은 전부 동호회에서 가장 예쁘다고 공인된 사람들인 건 어찌 된 일인지 은근히 따져 묻는 식의 문장으로.

여자들 이야기가 그렇게 시작되었다. 동호회에서 제일 예쁜 여자, 두 번째로 예쁜 여자, 세 번째로 예쁜 여자, 네 번째는 강인영.

확인된 바는 없지만 헤프다는 소문이 있는 강인영.

식사가 끝난 후에는 마피아 게임을 했다. 우리가 무슨 대학생들이냐고 따지는 사람은 없었다. 합숙에서 마피아를 한 게 그걸로 처음도 아니었으니까. 합숙마다 남녀 구별 없이 한두 명쯤은 꼭 한 번씩 낮에 스키 타는 것보다 밤에 마피아 하는 게 더 재미있었다고 너스레를 떨었다.

열 명 넘는 다인원이 동시에 참여할 수 있는 몇 안 되는 게임이면서, 오프 모임 참석이 처음인 사람도 어렵지 않게 분위기에 녹아들 수 있도록 유도하는 게임이라는 게 마피아의 장점이었다. 이긴 쪽에게는 승리감과 성취감을 주지만 지는 쪽에게도 그렇게 기분 나쁘기만 한 경험이 아니라는 점도 그랬지만, 누가 어떤 식의 거짓말을 하는 타입인지를 빠르게 파악할 수 있다는 점이 무엇보다 중요했다. 누가 마피아인지에 대한 단서가 전혀 없는 게임 초반에 누가 누구를 공격하는지를 관찰하는 것만으로도 많은 정보를 얻을 수 있었다.

마피아 게임의 기본적인 룰. 매일 낮과 밤에 한 사람씩이 희생된다. 낮에는 시민들 가운데에서 누가 마피아인지를 색출해내 처형하는 것이고 밤에는 마피아들이 자기 편에 불리한 증언을 할 시민의 머릿수를 줄이는 것. 마피아로 의심받아 공개 처형을 당한 첫 번째 인물은 강인영이었다. 나는 침을 튀겨가며 내게 삿대질을 하는 판교의 손가락을 뚫어져라 보며 잠자코 있었다. 전개상 곧 누군가가 죽는다는 사실을 아는 입장에선 가짜 재판으로 아무나 죽이는 시늉을 하는 게임에 몰입하기 어려웠다. 소설에선 강인영이 강하게 항변했던가, 나처럼 침묵했던가. 술이 좀 들어가서인지 판교는 인영 씨가 마피아라는 사실에 판교 꼬마빌딩 하나 건다며 주접을 떨었고 사형수 후보가 된 나에게는 규칙대로 최후 변론의 기회가 주어졌다. 나는 이렇게 말했다.

"그냥 죽이세요. 피곤한데 저는 방에 가서 쉴까 봐요."

만장일치로 처형당한 나는 그런 식으로 말씀하시면 게임이 재미없어지지 않냐는 푸념을 뒤로한 채 여자 침실로 돌아왔다. 마피아는 고개를 들어주세요, 사람 좋은 방장이 말했다. 내 몫의 침대에 누워 방문을 통과하는 웃음소리를 들으며 잠을 청하려 애썼다. 하하하하. 하하하하. 니들은 웃음이 나오냐 곧 니들 중 하나가 죽게 생겼는데. 잠에 곧장 들지 못해 몇 번인가 뒤척이며 나는 그런 생각을 했다. 오늘 밤이 끝나기 전에 진짜로 죽을 누군가가 게임으로 다른 누군가를 가짜 죽음에 몰아넣으며 재미있어 한다는 게 끔찍한 농담처럼 느껴졌다. 그조차도 실제 살인은 아니며, 이건 모두 소설 속의 이야기라는 것을 되새기기까지는 시간이 조금 걸렸다.

그러니까 그렇게 되든 저렇게 되든 아무 상관없어.

나는 언제부터 이 이야기에 이렇게 몰입하게 된 걸까. 여전히 내가 강인영이 되었다는 사실을 낯설어하면서도, 어째서. 모르겠어, 하지만 죽는 게 나만 아니면 괜찮을 것 같아. 그러고 보면 게임이 시작되자마자 판교가 나를 처형 후보로 지목하며 맹공격한 이유는 무엇이었을까?

이런 모임에서 그런 식으로 누군가를 배제하는 데에는 여러 이유를 떠올려볼 수 있었다. 일단 무리에서 한 명을 재빨리 떨어뜨려 놓으려는 수작. 단순히 싫어서일 수도 있지만 두 번째로 탈락한 인물과 오붓한 시간을 보내게 하기 위해서일 수도 있다. 마피아 게임에서 초기에 떨어진 남녀가 산책을 한다며 단둘이 나가는 경우는 그리 드물지 않았다.

아무도 여자 침실로 찾아오지 않는 것으로 보아 그런 의도는 아닌 듯했고 그건 완전히 강인영이 아닌 나에게는 오히려 다행한 일이었다. 그런데, 그렇다면, 판교가 강인영을 공격한 건 그냥 꼴 보기가 싫어서라는 걸까? 내가 판교를 주는 것 없이 싫은 인간이라 생각하듯 판교도 강인영을 큰 이유 없이 꺼리는 걸까? 여자를 밝히는 판교가 헤프다는 소문이 있는 강인영을 싫어하려면 거기에는 매우 그럴싸한 연유가 필요하지 않을까?

어쩌면 강인영이 헤프다는 뒷말이 나온 것도 판교 때문은 아니었을까?

내가 추리소설 속에 있다는 것만큼, 어쩌면 그보다 더 큰 문제가 여기에 얽혀 있었다. 나는 소설을 삼 분의 일 분량쯤 읽다 잠들었기 때문에 강인영과 판교 사이에 어떤 사연이 있었는지를 알지 못했다. 강인영이 탈 줄 아는 스키를 나는 못 타듯, 강인영이 현재 시점 이전에 겪은 일에 대한 정보는 내게 거의 없었다. 애초에 강인영은 소설의 초반에서 그리 주되게 언급되는 인물이 아니기도 했다.

독자인 나는 최근에 퇴직한 은행원인 강인영보다 다른 인물들에 대해 더 많이 알았다. 독자여서 내가 다른 등장인물보다 먼저 아는 것도 있었지만, 그건 조감도처럼 묘사된 인물 관계와 초반에 살해당하는 인물의 명단 정도. 나머지는 나 스스로 알아내거나 생각해내야 하는 것이었다. 추리소설 속에 있는 내가 이 소설을 끝까지 읽은 적 없다는 것은 강인영이 끝까지 살아남을지 그러지 못할지 역시 알지 못한다는 의미이기도 했다. 강인영이 죽으면 나도 죽는지, 강인영이 죽어야 내 의식이 이 몸을 빠져나가 원래 몸으로 돌아갈 수 있는지 등이 불확실한 이상은 일단 강인영을 지키기 위해 추리력을, 추리력이 아니라면 초능력이라도 짜내야 했다.

그보다는 자고 일어나면 이 진저리나는 꿈도 여느 꿈처럼 끝나고 큰 뒷맛 없이 잊히기를 기도하는 마음이 훨씬 간절했지만.

깨어났을 때는 굉음이 산장을 휘감고 있었다. 그래, 그렇게 쉽게 이 몸을 빠져나갈 수 있을 리 없지. 나는 커튼을 쳐두었는데도 이상하리만큼 밝은 베란다 창을 바라보며 생각했다. 홀린 듯 걸어가 커튼을 걷자 유리창에 대고 점묘화라도 그리려는 듯 빈틈없이 눈을 퍼붓는 강풍을 볼 수 있었다. 이래서 그렇게 시끄러웠구나, 새시 자체가 흔들릴 만큼 강한 눈보라여서. 소리만 들어도 이 크고 튼튼한 산장을 아예 통째로 떠내서 캔자스시티까지라도 능히 날려 보낼 수 있을 만한 바람인 걸 알 만했다. 소설에서 읽은 대로의 기상이었으므로 나는 크게 놀라지 않고 다음 생각을 했다.

첫 번째 희생자가 나왔겠구나.

거실로 나가보니 나와 첫 번째 희생자를 제외한 합숙 참가자 전원이 모여 침통한 표정을 짓고 있었다. 아, 인영 씨 일어났어요? 하며 알은체를 해오는 여자들에게 간단히 목례를 보내고 적당한 자리를 찾아 앉았다. 한두 시 무렵에는 날씨가 갤 예정이었고 저녁쯤에는 전화가 올 것이었다. 슬로프 인근 숲에서 발견된 시체의 인상착의를 읊으며 그쪽 일행의 실종자가 맞는지 확인하는 전화가.

원치 않게 사건을 참관하는 갤러리가 된 입장에서 난처한 점은 그동안에 할 일이 없다는 것이었다. 지금쯤은 사망했을 가능성이 높은 실종자가 있다 보니 꼭 악천후 때문만은 아니어도 한가롭게 스키나 탈 수 없는 상황이었고, 스키를 제외한 다른 어떤 행동도 사회적으로 부적절한 것처럼 여겨졌다. 밥이 넘어가? 누가 죽었을지도 모르는데. 기다리기 심심한데 마피아 게임이라도? 미친 소리. 나가고 싶다고? 재주껏 나가보든가.

"눈이 그쳤나 봐요."

멍하니 기다리는 사이 누군가 거실 베란다 커튼을 걷으며 말했다. 방장이 포효하며 바깥으로 달려 나가려는 것을 남자 회원 서넛이 달려들어 막았다.

"지금 나가면 둘 다 죽어요! 제발……."

"수지야! 수지야!"

방장은 스웨터 자락을 붙드는 손길들을 전부 뿌리치고 문 손잡이를 잡았으나 현관에 도달하는 데에 힘을 다 쓰고 만 듯 거실 바닥에 뒹굴며 첫 번째 희생자의 이름을 연신 외쳤다. 무릎 높이까지 쌓인 눈이 현관문 안쪽으로 조금 무너져 들어와 곧 녹았다. 회원 하나가 조용히 현관문을 닫았다. 합숙에 참가한 회원들이 방장과 수지라는 여자의 사이를 알아채는 순간이 바로 이때였다. 쓸데없는 분란을 줄이기 위해 동호회 내에서는 연애를 하지 않겠다고 선언했던 방장이 비밀리에 그 여자와 사귀고 있었다는 것. 그렇다고 그걸 걸고넘어질 만큼이나 눈치가 없는 사람은 하나도 없었다. 모두가 공유하던 얕은 불안이 방장 개인의 강한 슬픔으로 바뀌는 것을 조용히 감지할 뿐.

"그래도 밥은 먹죠."

무거운 분위기를 깨고 판교가 쩝, 소리를 내며 입을 뗐다.

"우린 안에 있긴 하지만 우리도 아직은 조난당한 상태나 마찬가지 아니에요? 뭐라도 먹어둬야 살죠."

그리 듣기 좋지는 않았지만 크게 틀린 말 같지도 않았는데, 여자 회원 하나가 툭 비웃으며 쏘아붙였다.

"한두 끼 거른다고 죽지 않아요, 아저씨."

"뭐, 아저씨요?"

판교는 여자의 말에 피식 웃음을 터뜨렸다. 뭐랄까 화가 났다기보다는 어쭈 요것 봐라 귀엽게 구네라고 말하는 듯한 반응이었다.

"네, 아저씨요. 아저씨 가입할 때 서른아홉 살이었다면서요? 마흔 살 넘어서도 은근슬쩍 젊은 여자 만나고 싶어서 삼십대 동호회 기웃거리면서 아저씨 소리는 기분이 나빠요? 나잇값을 좀 하세요. 사람이…… 사람다워야 하잖아요, 지금 같은 때일수록."

그쯤에서 중재하며 끼어들었어야 할 방장이 넋 나간 상태로 소파에 깊이 기대앉아 있었기에 긴 침묵이 흘렀다. 판교의 표정은 조금 더 험악해져 있었지만 여전히 한쪽 입꼬리가 올라가 있었다. 자기에게 대드는 맹랑한 아가씨가 동호회에서 두 번째로 예쁜 여자라서였을까. 어색하고 기묘한 대치가 이어지는 가운데, 어쩔 수 없다는 듯 선출이 나섰다.

"제가 주전자에 물이라도 끓일게요. 컵라면 산 거 있잖아요, 네? 드실 분들은 드시고, 입맛 정 없으신 분들은 마시고."

입맛이 없는 편이었지만 나도 선출이 뜯어놓은 컵라면을 집었다. 어찌될지 모르는 상황이니 먹을 수 있을 때 먹어두어야 한다는 생존본능이 앞선 탓이었다. 천천히 젓가락질을 하며 누가 먹고 누가 먹지 않는지를 관찰했다. 다섯 명은 끝까지 먹지 않았고 여섯 명은 먹었다. 컵라면을 먹은 사람은 나를 제외하고 전부 남자였고, 컵라면을 먹지 않은 사람은 방장과 나머지 여자 둘, 남자 둘이었다. 나는 끼니를 거르기로 한 사람들이 안됐다고 생각했다. 바보들. 첫 번째까지는 단순 조난이라고 생각할 수 있겠지만 두 번째 희생자가 나오면서부터는 타살 혐의가 제기된다고. 그때 가서도 굶을 생각이야? 어제까지 하하호호 스키 타고 게임하던 사람들 중 하나 혹은 그 이상이 살인자라는 걸 깨달은 후에도? 그때는 과연 밥이 넘어갈까? 살인자가 이 방에 있는지 저 방에 있는지 알지 못하는 상황에서 주방에 마음대로 드나들 수는 있을까?

예정대로 저녁에는 리조트 관리실에서 산장으로 전화를 걸어왔다. 전화를 받은 방장이 울음을 참으며 네. ……네. 맞습니다. 하고 읊조리는 광경을 모두가 숨죽여 지켜보았다. 이미 탈진에 가까운 상태였던 방장은 전화를 끊고 풀썩 주저앉았고 그 모습이 너무도 애처로워 부축하려던 사람들조차 곧장 가까이 가지 못했다.

이미 합숙 분위기는 더 망치려야 망칠 수 없을 정도였지만 길이 뚫리기 전까지는 누구도 마음대로 산장을 떠날 수 없었다. 두 번째 희생자의 시신이 발견되면 길이 뚫린 이후에도 얼마간 잔류해야 할 것이었다. 경찰이 오면 합숙 참가자 전원이 돌아가며 참고인 진술을 해야 할 테니까. 조금 무리해서라도 경찰이 오기 전에 빠져나가는 것은 자기가 범인이라는 것을 자백하는 거나 마찬가지. 좋든 싫든 경찰이 올 때까지 산장에 남아 있어야 한다는 의미였다. 고립된 산장에서 살인범과 함께 경찰을 기다리다 살해되는 상황도, 아이러니하지만 얼마든지 일어날 수 있는 일이었다.

그럼에도 강인영을 비롯해 회원들 모두는 언제든 나갈 수 있게 짐을 다 싸둔 상태였다. 사람이, 모르는 사람도 아닌 동호회 사람이 죽은 꺼림칙한 상황에 더 남아 있으려는 쪽이 오히려 이상한 게 당연했다. 남아서 뭘 하려고? 날 개면 스키를 마저 타려고? 신나게 쌩쌩? 물론 정체를 숨긴 살인자 역시 될 수 있는 한 빠른 퇴장을 선호할 것이었다. 클로즈드 서클을 유유히 빠져나가 도시의 군중 속에 몸을 숨기는 편이 안전하겠지. 사냥감을 이미 전부 처치한 상태라면.

다음날 오전 방장이 회원들을 불러 모은 것은 그래서, 인원체크를 위한 것이 아니라 앞으로의 동호회 운영 방향에 대한 자기 생각을 말하려는 목적에서였다. 이미 눈치 채셨겠지만 수지 씨는 저와 진지하게 만남을 갖던 사이였다, 이런 일이 있고 해서 저는 앞으로 동호회 운영이 어려울 것 같다, 아마 여러분도 마음이 편치는 않으실 거라고 생각한다, 일단 가능한 빨리 하산하고 싶다, 추후에 동호회를 유지할 것인지 해산할 것인지 투표로 결정한 다음 유지로 결론이 나면 새로운 방장을 선출해 명의를 양도하고 저만이라도 탈퇴하려고 한다, 사실 그전까지 견디기 어려울 것 같아서 저는 일단 나가고 판교 형님이 임시 방장을 맡아주시면 어떨까 싶다…… 방장은 여러 번 울음을 참으며 천천히 말하다 문득 이상한 점을 발견한 듯 눈을 동그랗게 떴다.

"은혜 씨는 어디 갔어요?"

드디어 눈치 챘구나, 우리가 열한 명이 아니라 열 명이라는 걸.

회원들은 산장 구석구석을 살핀 후 산장 주변을 돌며 은혜 씨, 은혜 씨 소리 높여 불렀다. 나는 은혜 씨가 여자 방 베란다 앞 절벽 아래에 떨어져 있다는 것을 알고 있었지만 이상해 보이지 않으려고 반대쪽 방향만 맴돌며 은혜라는 이름을 불렀다. 얼마 지나지 않아 강인영을 빼면 하나 남은 여자 회원이 은혜 씨의 시신을 찾아냈다. 멀리 아래에 있어 얼굴까지는 확인이 어렵지만 입고 있는 옷은 은혜 씨의 것이 확실하다고 했다.

방장은 도저히 못하겠다고 해서 그 회원이 리조트 관리실에 전화를 걸었다. 저희 일행에서 실족사하신 분이 한 분 더 계시다, 저희 힘으로는 시신을 끌어올릴 수 없을 것 같아서 전화 드렸다……. 잠시 후에 관리실에서 다시 전화가 왔다. 경찰에 신고가 접수되었으니 잠시 기다려주시기를 바란다는 건조한 내용이었다.

판교를 비롯한 몇몇 남자 회원들이 아우성을 쳤다. 아니, 안타깝긴 하지만 우린 은혜 씨랑 가족도 뭣도 아닌데 우리가 남아 있는 게 무슨 소용이냐는 논조였다. 그 말도 맞지. 판교를 안 좋게 보는 것과는 별개로 나는 그의 반응이 현실적이라고 생각했다.

그렇지만 잘 생각해보세요, 아저씨. 경찰이 왜 우리를 다 여기 남겨두려 하는지. 은혜 씨 말대로 사람이 사람다워야 하잖아요, 이럴 때일수록.

전날과 달리 우는 사람은 없었지만 더할 나위 없이 무거운 분위기였다. 함수지에 이어 염은혜도 목숨을 잃었다는 하나의 사실, 두 사람 각각의 죽음이 주는 개별적인 감정, 거기에 이제는 두 죽음이 우발적 사고가 아니라 누군가 인위적으로 일으킨 살인일 수도 있다는 의심이 섞이기 시작한 것이었다. 그렇다면 우리 중 누군가는 살인자고, 우리 중 누군가는 그게 나라고 생각할지도 모른다는 두려움과 적개심이 막연하게 피어오르고 있을 터였다. 그래, 그게 지난 이틀간 나 혼자 안고 있던 감정이야. 나는 나머지 등장인물들과 내가 드디어 같은 정보량을 공유하게 되었다는 사실에 묘한 안정감을 느꼈다. 앞으로 일어나는 일들은 나도 모른다는 사실에 대한 공포는 대략 사흘 만에 맛보는 달콤한 안도에 비하면 그리 쓰지 않게 느껴졌다.

"저는 인영 씨가 의심스러운데요."

엥?

고개를 숙이고 내 생각에만 잠겨 있던 나는 귀를 의심하며 그 말의 출처를 찾았다. 별명도 없고 분명 첫날에 들었을 본

명도 기억나지 않는, 존재감이 조금도 없는 남자 회원이었다. 어찌나 인상에 안 남는지 꽤 유심히 봤음에도 그 사람이 전날 나와 컵라면을 먹은 그룹에 속하는지 먹지 않은 그룹에 속하는지도 헷갈렸다.

"첫째 날에 제일 늦게 들어오시고 마피아 제일 먼저 탈락해서 방에 들어갔는데 제일 늦게 일어났죠. 은혜 씨도 위치상 여자 방 베란다에서 밀어서 떨어진 거 같고요. 인영 씨 아니면 그럴 수 있는 사람이 없어요. 저는 경찰 오면 인영 씨 조사하라고 할 거예요."

난로가 꺼진 방의 공기가 식어가는 것을 실시간으로 느끼듯, 분위기가 변해가는 것도 감각으로 알아차릴 수 있었다. 아, 그렇네. 저 사람 말고는 답이 없네. 무지해서 두렵고 두려워서 무지한 것처럼 보이던 눈빛들이 점차 변해가는 것을 보니 헛웃음이 터져 나오려 했다. 하물며는 방장마저도 정말로 당신, 감히 당신이? 라는 표정을 짓고 있었다.

"그러세요 그럼, 저도 그쪽이 의심스럽다고 할게요."

내 말에는 누구도 동요하지 않는 게 불쾌했지만 꿋꿋이 말을 이었다.

"누구 한 명 집중 조사하게 주의 돌려놓고 진짜 범인은 나 몰라라 빠져나가는 꼴 보려면 그렇게 해보시라고요. 저 첫날 다리 다쳐서 수지 씨가 스키 빼준 거 모르세요? 다리 다친 사람이 어떻게 슬로프 가로질러서 수지 씨를 유인해요. 멀쩡한

은혜 씨를 제가 무슨 힘으로 절벽까지 밀어버리냐고요."

"수지가 슬로프 건너편 숲에서 발견됐다는 말은 아무한테도 안 했는데……."

방장이 쉰 목소리로 중얼거렸고 곧 모두가 시체처럼 조용해졌다. 그래, 이 실수는 인정해야겠다. 독자라서 알고 있는 정보를 등장인물 모두에게 공공연한 정보로 착각한 건 좀 치명적이었다. 그렇다고 하더라도 그것 하나로 내가 마치 자백이라도 한 것처럼 빤히 쳐다보는 눈길들은 견디기 어려웠다.

"저한테 무슨 동기가 있냐고요. 저 사람, 저 사람이야말로 그 전날에 사람이 죽었는데도 배고프다고 했잖아요. 그러다가 은혜 씨랑 좀 싸우기까지 했잖아요. 감정 상한 사람 따로 있고 아무 이유 없이 사람 죽이는 사람 따로 있어요?"

판교를 손가락질하며 언성을 높이자 최초로 나를 지목한 남자 회원이 고개를 저었다.

"동기가 없지는 않겠지만, 방금 말씀하신 것도 살인 동기 같지는 않아요. 그리고 컵라면이라면 인영 씨도 그때 같이 드셨잖아요."

"당연히 그것만으론 동기가 안 되겠죠! 저 사람 여자 회원이면 덮어놓고 들이대는 거 다 아시잖아요. 숙소까지 대면서 이번 합숙 추진한 게 누구였어요? 모임에서 인기 많은 여자들만 죽은 게 왜겠냐고요. 자기 자존심을 상하게 했나보죠, 그 여자들이!"

이번에는 방장도 그런가 하듯 알쏭달쏭한 표정을 지었다. 그래, 그렇다니까. 분명 함수지에게 판교가 따로 연락해온 걸 본 적이 있을 거라고. 적어도 방장은.

전혀 흥분하지 않은, 특유의 능글능글한 어조로 판교가 끼어들었다.

"글쎄, 난 허리 굵으면 여자로 안 보이던데. 은혜 씨는 풍채가 좀 되지 않았나? 얼굴만이라면 인정하겠는데."

아주 조금이나마 판교에게 기우는 듯했던 공동의 의심이 다시 내게로 돌아왔다. 미치고 팔짝 뛸 노릇이었다.

"장난하시는 거죠?"

나는 울음을 참는 중이었지만 목소리에는 어쩐지 공기가 많이 섞여 헛웃음을 터뜨리는 것처럼 들릴 듯했다. 절대로 내가 범인일 수 없는 중요한 이유들은 묵살되고, 나를 수상해 보이게 할 만한 요소들만 증거로 채택되는 엉터리 법정에 서 있는 게 너무도 모욕적이었다. 너희가 뭔데, 실존 인물도 아닌 너희가 대체 뭔데 나를 그런 식으로 평가해.

"지금 마피아 게임 하는 것도 아니잖아요. 이건 현실이라고요. 진짜 살인 사건 얘기를 하고 있는 중이라고요, 우리는."

이야기가 시작될 때는 강인영이 아닌 내가 이런 말까지 하게 될 거라곤 상상도 못했다. 화가 머리끝까지 난 나는 악 하고 소리를 지른 후에 미친 사람처럼 현관문을 열고 뛰쳐나왔다.

원작 소설에서는 여기까지의 전개가 아마 중반 정도일 것이었다. 범인으로 의심받은 무고한 인물이 억울함과 분노에 사로잡힌 채 자리를 뜨는 장면. 그리고 그런 인물이 죽거나 거의 빈사 상태로 발견되는 클리셰. 뛰쳐나온 강인영이, 그러니까 내가 다음 희생자가 될 가능성을 떠올리면서도 나는 달릴 수밖에 없었다. 종아리 깊이까지 쌓인 눈을 헤치며 뛰자니 얼마 못 가 숨이 벅차왔다. 등 뒤에서 서벅서벅, 아이스크림을 씹어 먹는 듯한 소리가 들렸다. 누구지. 진범인가. 진범이라면, 그가 나를 죽이려고 따라온 거면 소리를 질러야지. 아직 산장이 눈에 보이는 거리 안에 있으니까 분명 소리를 지르면 누군가 들어줄 거야.

"인영 씨, 괜찮아요. 우리 얘기 좀 해요."

나는 천천히 돌아섰다. 대여섯 걸음쯤 뒤에 내가 의심스럽다는 의견을 처음 꺼낸 존재감 없는 남자가 서 있었다. 나는 그에게서 멀어지려고 다시 뒷걸음질을 치기 시작했다. 남자는 해칠 마음이 없다는 것을 보여주려는 듯 양손을 펼쳐 번쩍 든 자세로 느리게 나를 향해 다가왔다.

"인영 씨가 범인이 아닌 걸 알아요."

"아는데 왜 저를 범인이라고 했어요?"

"제가 범인이니까요."

결심한 대로 나는 남은 힘을 쥐어짜 긴 비명을 질렀다. 남자가 재빨리 나를 덮쳐 눈밭으로 쓰러뜨리며 입을 막았다. 어떡하지, 미친 새끼다. 이 미친 새끼가 나까지 죽이려고 한다.

나는 남자의 손을 물고 손바닥으로 눈을 헤집으며 뒤로 물러나려 애썼지만 깊은 눈밭에서 몸을 가누기가 쉽지 않았다. 남자는 작고 짧은 비명을 지른 후에 몸을 일으켜 내 앞에 무릎을 꿇고 말했다.

"생각하시는 그런 게 아니에요. 제발 제 얘기를 들어주세요. 듣고 나서 소리를 지르든 도망을 치시든 저랑 같이 돌아가든 해요."

"제가 왜요?"

"알아야 하니까요."

"당신이 왜 미쳤는지를 제가 왜 알아야 되냐고요."

남자는 잠시 말을 잃은 듯했다. 아주 짧게나마, 또한 아주 조금이나마 나쁘지 않은 기분이 들었다. 아까는 나불나불 누명만 잘 씌우더니 갑자기 왜 말문이 막히셨대. 나는 그가 두렵지 않았다. 그렇게 왜소하고, 나와 눈도 잘 마주치지 못하는 남자를 겁내는 건 말도 안 되는 일이었다. 동시에 그의 자백을 아주 쉽게 납득할 수 있었다. 그래, 이 볼품없는 남자도 그 여자들이 탐났는가 보네. 왜 안 만나주냐며 죽였거나, 만나달라 할 용기도 없으면서 그 여자들이 다른 남자를 만나는 게 분해서 죽였겠지. 듣고 보니 그럴 수도 있는 남자로 보였다. 그만큼 별 볼일 없는 남자처럼 보였다. 차라리 판교처럼 눈에 띄는 개새끼인 게 낫지, 피하기라도 하게. 그런데 그딴 이야기를 왜 내가 들어야 한다는 걸까, 이 미친 인간은.

"인영 씨, 진짜 이름을 몰라서 그냥 인영 씨라고 부르겠는데요."

그건 내가 사흘간 들은 말 중 가장 이상한 대사였다. 그러나 그조차도 그다음으로 들은 대사만큼 괴이하지는 않았다.

"원작에서는 인영 씨가 진짜 범인이에요."

이번에는 내가 한동안 말을 잃었다. 아무 말도 할 수 없어서가 아니라 그 반대였다. 하고 싶거나 할 수 있는 말이 너무 많고 기도는 너무 좁아서 그 많은 말들이 한꺼번에 나오지 못하는 탓이었다. 당신 아는구나. 이게 소설이라는 것. 그것만 아는 게 아니구나. 내가 이 소설에 속하지 않는 사람이라는 걸 알고 있어. 그리고 당신은, 내가 모르는 이 이야기의 나머지를 알고 있구나.

당신은 이 소설을 끝까지 읽은 사람이었어.

"이 이야기를 결말까지 끌어가는 데에 인영 씨가 꼭 필요해요."

남자가 간곡한 어조로 말했다. 그가 기를 쓰고 내 눈을 피해 와서 몰랐지만 마지막으로 한 말을 듣고 아주 잠시 그와 눈을 마주쳤을 때 나는 그 안에서 아무런 악의도 발견할 수 없었다. 기이할 정도로 무해하고 맑은 눈처럼 보였다. 그의 등 뒤로는 산장이, 산장 뒤로는 설산이, 설산 위로는 오로라가 보였다. 이상하다. 저건 이 세계가 무너지고 있다는 증거일까. 아름답고 비현실적인 자연현상을 배경으로 남자는 꿋

끗이 무릎을 꿇고 있었다.

그가 나의 진실을 안다는 것, 내가 모르는 이 서사의 뒷자락을 알고 있다는 것으로 모든 의문이 해소되지는 않았다. 물어야 할 것이 아직 있었다.

"이 이야기가 원래 소설 그대로 끝나는 게 중요해요? 강인영한테는…… 강인영은 그 사람들을 죽일 동기가 전혀 없어요."

"아뇨, 인영 씨가 죽이는 게 맞죠."

내 말을 들은 그는 그것이야말로 자기가 살면서 들은 가장 이상한 말이라는 듯이 눈을 가늘게 떴다.

"여자는 여자가 죽이는 거예요. 여왕벌이었던 자기를 초라하게 만든 예쁜 여자들이 미워서요."

남자는 마치 중력가속도를 계산하는 공식을 소개하듯 자연스러운 태도로 말했다. 이 중요하고 당연한 사실을 왜 새삼 확인해야 하냐는 듯이.

"원작에서 정말 그래요?"

"네."

"그딴 전개를 왜 그렇게 사수하고 싶어하세요?"

내 물음에 남자는 조금 쑥스러워하며 답했다.

"제가 쓴 소설이라서요."

그제서야 많은 것을 이해할 수 있게 되었다. 여전한 의문 몇 가지를 뒤로 하면 그 나머지 전부를 완벽하게 납득할 수 있었다.

나는 몸을 일으켰다. 녹은 눈과 녹지 않은 눈으로 범벅이 되어 차갑게 젖은 손을 남자에게 내밀었다. 남자는 내가 악수를 청하려 한다 생각했는지 같은 손을 내밀었고, 나는 그 손을 힘껏 끌어당겨 그를 껴안았다. 얼굴을 보고 있지 않았으나 그의 당혹을 느낄 수 있었다. 그대로 나는 눈밭을 향해 몸을 던졌다. 인영 씨, 왜…… 남자가 무슨 말을 하려는지 잘 들리지 않았다. 나는 몸 한쪽에 무게를 몰아 남자를 껴안은 채 구르기 시작했다. 남자는 멈추려 안간힘을 썼고 나는 계속 구르려 애썼는데, 눈 쌓인 산의 심한 경사가 나를 도와 우리는 멈추지 않고 굴렀다. 이대로 구르다 어딘가 날카롭게 튀어나온 돌멩이에라도 부딪치기를 나는 바랐다. 돌멩이가 그의 머리를 먼저 맞출지 내 머리를 먼저 맞출지까지 남자의 소설에 지시되어 있지는 않을 거라 믿으며.

이건 현실이 아니다.

진짜 나는 여기에 없다.

이것은 절대 현실 이야기가 아니다.

진짜 나는 저 바깥에 있다.

이것은

구르는 동안에 나는 줄곧 그 생각을 했다. 기도하듯 집요하게 그것을 생각했다. 한참 만에 생각이 멈추고 구르기도 멈추어 바닥 어딘가 나 홀로 드러누워 있을 때, 문득 나는 내가 더는 춥지 않다는 것을 알았다. 그것이 무척 실감 나는 악몽의 끝을 의미하는지 저체온증에 의한 감각 착란을 의미하는지 구별하지 못한 채로 나는 오래 누워 있었다. 바닥에는 남자의 머리에서 흐른 것인지 여자의 머리에서 흐른 것인지 알 수 없는 피가 고였다. 몸을 일으켜 바라본 설산 너머에서는 오로라가 꿈틀거렸다.

이 시점에 문필로 일억을 벌려면 다시 태어나는 수밖에 없다

정수일

정수일 《문과라도 안 죄송한 이세계로 감》을 썼다.

"가끔 이런 생각을 합니다. 내가 지금 무엇을 하고 있는지를 의식하면서 완전히 새로운 인생을 시작할 수 있다면 어떨까 하고요. 지난 세월은 말하자면 대략적인 초고에 지나지 않았고, 두 번째 인생이 진정한 나의 작품이 되는 거죠! 이렇게 새로운 인생을 살 수 있게 된다면 누구든 지난 인생을 반복하지 않으려 노력할 겁니다."*

성공적인 섹스에 대한 묘사가 문학의 미덕이 아니듯, 세속적인 승리를 얻는 주인공 역시 문학에선 환영받지 못한다. 대개는 실패한 성교와 패배하는 주인공만이 문학의 영토에 영주권을 얻는다. 그런 점에서 너의 인생에는 일정 정도 극적인

* 안톤 파블로비치 체호프, 〈세 자매〉, 《갈매기/세 자매/바냐 아저씨/벚꽃 동산》, 동완 옮김, 동서문화사, 2016, 94쪽. 문장 일부 수정.

부분이 있다. 너는 패배자들에 관해 많은 걸 알았다. 너는 그들 중의 하나로서 인생 내내 지는 편에 서 있었으니까. 응원하는 야구팀처럼 진절머리가 나면서도 도무지 바꾸기 어려운 소속이었다.

롯데 자이언츠에 연연하는 천형에서 벗어나고자 하는 너의 결심은 늦었다. 이미 21세기의 5분의 1이 지나간 시점에선 더더욱. 그 이름은 지속되는 패배의 유의어이다. 네가 야구 경기를 처음 직관한 이래 팀은 단 한 번도 한국시리즈에 진출하지 못했다. 네가 대학교 1학년 때는 준플레이오프에, 2학년과 3학년 때는 플레이오프에 진출했지만 그 후 석사 2기가 될 때까지 그런 일은 일어나지 않았다.

너는 이 패배의 기원을 안다. 그건 선수 개개인이나 감독의 문제가 아니라 너의 실책이었다. 너는 롯데가 수십 년간 승리한 적 없다는 사실을 알면서도 그 이름에 너를 의탁했다. 모든 것은 학생회가 조직한 응원 행사에 엮여 사직구장을 따라갔다 시작된 일이었다. 학생회의 일원이던 은이 과에서 겉돌던 너를 이끌었다. 동기지만 재수를 해서 너보다 나이가 한 살 많았던 은은 동래구 토박이였다. 부산을 자신의 뿌리로, 제게 주어진 장소로 여기는 은이 축적한 경험과 기억은 너를 압도했다. 그런 종류의 압도는 곧 매혹으로 귀결되었다.

남한의 모든 해운사가 부산항에서 물류를 통제하던 때에 은의 작고한 부친은 도선사로 명성을 날렸다고 한다. 그건 은이 너에게 들려주던 전설의 일부였다. 승리란 전승되는 이야기 속에 자리했다. 최동원과 박동희의 시대에. 늦둥이 은과 쉰네 살의 나이 차이가 나던 은의 아버지가 자신도 배를 댈 줄 아니까 팀을 감독할 자격 역시 있으리라 농담하던 시절에. 전설의 요소는 유기적으로 연결되어 있었다. 이곳은 항구다. 부산이 야구 도시가 된 건 '후산닛포'가 봄여름의 야구대항전을 열던 데서 유래한다. 영도대교가 부산대교라는 이름을 가지고 동아의 관문으로 기능하던 시대의 일이었다. 대륙의 창구를 개발한 일제의 유화책이 한 도시의 운명을 결정한 것이다.

쓰리에스의 한 축도 야구였잖아. 저놈의 공놀이는 왜 맨날 그런 자리만 끼나 몰라.

은은 전통에 대해 비판적 어조를 견지하면서도 홈경기는 무조건 보러 갔다. 심드렁한 듯 굴지만 티켓은 꼭 구매했다. 은의 아버지가 일궜다던 막대한 재산은 생태계의 순환과 같은 자연스러운 경로로 장남에 의해 멸실됐으나 기억마저 사라지는 것은 아니었다. 매년 가족과 함께 사직구장으로 나들이를 가며 자랐다던 은은 너에게 응원가와 응원법을 가르쳐주었다. 너는 그 낯선 일체감 속에서 고양됐다. 계보의 일부가 된다는 감각은 기이한 흥분을 안겼다. 네가 자란 고장에선 누구도 장소의 내력에 대해 말하지 않았다. 물론 청동기 시대로 거슬러 올라가면 그 지역도 유망한 동네였다지만 너는 고인돌 유적에서 계보적 일체감을 느낄 만큼 상상력이 풍부한 인간은 아니었다.

그때부터 너는 롯데 자이언츠를 너의 팀으로 삼았다. 스무 살이 내린 사소한 선택은 인생 전체에 영향을 끼쳤다. 원래 야구라는 종목을 대하는 이 도시의 사람에겐 선택지랄 게 없었다. 롯데를 응원하거나 야구를 보지 않는다. 지정학은 운명의 학문이라고 너는 생각한다. 선택이 가능한 것이었다면 21세기 동안 단 한 차례도 우승하지 못한 구단을 고르진 않았으리라.

여기까지는 선후가 들어맞는 전개였다. 하지만 이제부터 네가 하려는 건 탈주다. 너는 개연성이 빡빡한 비극 대신 서사의 축이 파괴된 행복을 원한다. 애초에 인생이란 건 명쾌한 구조를 갖지 않는다. 인과가 갖추어진 삶은 대체로 파멸에 다다르게 마련이다. 너는 차라리 앞뒤 없이 속악하고 범상한 성공을 이룩하고 싶다.

한때 너는 네가 성공의 실마리를 잡았다고 착각했다. 영남에서 가장 번화한 도시의 국립대에 요행으로 입학한 일은 착각을 북돋웠다. 너에게 부산은 대처(大處)였다. 전성기에 비해 인구가 줄었다 해도 360만이라는 숫자는 여전히 압도적이었다. 네가 대학에 진학하던 해 고향의 인구는 11만 명이었다. 까마득한 예비 번호를 받았던 네가 문을 닫으며 합격한 대학은 당도할 수 있는 가장 좋은 학교였다.

급격한 환경의 변화에 어리둥절해 있던 대학 1학년 2학기 말, 별스러운 성향의 외부 강사는 전공 선택 과목의 과제로 신춘문예에 작품을 응모한 후 우체국 영수증을 응모작 출력물과 함께 제출하도록 했다. 분야는 불문. 너는 단순하게 골랐다. 시는 너무 어렵고, 소설은 다들 쓰니까 피하고 싶었고, 동화는 유치해 보였다. 소거법의 결과 희곡이 남았다. 잘 알아서가 아니라 몰라서 쓸 수 있었다. 그렇게 너는 태어나서 한 번도 연극을 본 적 없으면서 희곡을 썼다. 경남의 한 농촌에서 공공주택지구 개발계획으로 값이 오른 농지를 둘러싸고 벌어지는 가족의 소동에 대한 내용이었다. 진보 정당에 투표하면 죽는 줄 아는 홀아버지, 진학을 반대하는 아버지와 싸우고 집을 나가 구미에서 공장을 다니던 딸, 내심으론 세상에 불만이 많지만 항상 무기력한 아들이 토지보상금 앞에서 극적인 화해를 이루는 전개였다. 물론 농지는 개발 구역을 길 하나 벗어난 위치였고 그들이 이룩한 화해는 보상금의 증발과 함께 파괴된다. 화평과 선의는 충분한 자본 위에서만 성립되는 것이다. 착취의 톱니에 으깨진 사람들 사이에서 덕의 계명은 텅 빈 말일 뿐이다.

은은 너의 글을 보고 생각이 났다며 브레히트 희곡집을 선물했다. 70년 전 동독의 국민 작가가 변혁을 요구했던 세계의 구조는 그의 민주공화국이 붕괴된 후에도 굳건하여, 생의 불변하는 조건으로 너의 창작물 속에서 윤곽을 드러냈다. 적어도 스무 살의 은은 그렇게 생각했던 것 같다.

실상 너는 상상된 허구가 아닌 네가 겪은 현실 그 자체를 묘사했을 뿐이다. 스무 살의 네가 알던 삶의 범위는 협소했다. 나고 자란 고장을 지긋지긋하게 여긴 주제에 내다 팔 수 있는 소재를 찾아낼 곳도 고향뿐이었다. 물론 네 아버지가 농사짓는 땅은 임차한 것이었고 너에겐 누나가 없었으니 사소한 측면에선 차이가 난다고 할 수 있겠지만.

요령 좋은 관찰은 때로 작자의 역량을 뛰어넘는 결과물을 만들어낸다. 현실에서 길어낸 투박한 문장은 채점표에서 높은 점수를 얻었다. 서울에서 초빙되어 지방지의 심사에 참여한 심사위원은 호의적인 심사평을 남겼다. 객관적인 상찬은 아니었다. 너는 몰랐지만 어떤 세대의 문화계 인사들은 도회지 밖에서 태어난 이들의 글에 실체 이상의 감명을 받곤 했다.

같은 수업을 들었던 은은 너의 성취에 너보다도 더 기뻐했다. 은의 반짝이는 눈빛이 세례수처럼 쏟아졌다. 은의 축성 아래 등단 소감을 써 신문사로 보내던 때 너는 네가 뭐라도 될 줄 알았다. 면밀히 따지자면 네가 쓴 당선작보단 당선 소감 쪽이 훨씬 허구성 짙은 창작물이었다. 당선 소감을 완성함과 동시에 너는 소외와 차별, 자본주의의 구조에 대해 비판적 의식을 지닌 청년으로 거듭났다. 어떤 구기 종목에도 자질이 없어 또래들에게 무시나 당하던 침침한 소년 대신에. 너의 쓰기가 세계를 개변하지는 못했지만 너 자신을 변태시킬 수는 있었던 셈이다.

옆 도시의 웨딩홀 지하에서 열린 시상식엔 은과 동행했다.

그 밤, 부산으로 돌아오는 시외버스에서 내리자마자 너는 은에게 고백했다. 은의 답은 수락이었다. 은은 네가 타인의 말을 들어주는 사람이라 좋다고 했다. 은의 말을 듣는 건 네게 전혀 어려운 일이 아니었다. 처음 이야기를 나눈 순간부터 은은 네가 살아야 하는 삶의 경로를 제시하는 길잡이였다. 읽어야 할 책과 애호해야 할 음악, 지지해야 할 정당과 참여해야 할 운동을 은이 알았다. 너의 유일한 친구이던 은은 마침내 너와 배타적이고 독점적인 관계를 약속했다. 네가 말없이 온유하고, 네가 은의 말을 공들여 청취하는 한 그 약속은 영원할 것만 같았다.

너는 스무 살에 구축한 인격의 동일성을 유지하기 위해 안간힘을 썼다. 조급하게 읽어치운 책 속의 이론을 너의 본래적 사상인 것처럼 뒤집어썼다. 취약하고 내실 없는 영혼이 얻은 그럴듯한 위장막이었다. 일견 단단해 보이는 외피는 실상 무척 손상되기 쉬운 재질이었다. 스스로 재생성하지 못하고 끊임없이 외부로부터의 보수를 요한다는 점에서.

연극계와의 인연은 희곡 부문 등단자에게 반드시 의뢰되는 한 작품의 장막극 탈고 이후 단절됐다. 지루한 낭독 공연 동안 관객을 무기력하게 했던 네게 청탁이 들어올 리 만무했다. 사람과 친화하지 못하는 너는 상연을 위해 반드시 타인이 필요한 희곡 대신 혼자 완성할 수 있는 소설로 방향을 돌렸다. 주목도가 높은 만큼 경쟁률도 높은 분야로 진입한 건 돌이켜보면 오판이었다. 신춘문예는 항상 탈락이었다. 스무 살 이후론 12월을 기쁜 마음으로 보낸 해가 없었다. 오지 않는 연락을 기다리다 침울한 성탄절을 보내고 탈진한 채 그믐밤을 지새운 뒤 심사평에 언급이라도 되길 바라는 것이 습관이었다. 대부분의 신년은 실망과 함께 시작되었다. 최종심까지는 단 한 번 갔다. 그럼에도 너는 시도를 그치지 못했다. 막연한 희망을 가지고.

은이 열광했기에, 너도 은을 따라 애호하는 척 굴었던 작가는 이런 문장을 썼다. "제가 생각하기에는 희망의 희(稀) 자가 희박하다는 희 자예요. Little. 거의 없다는 겁니다."* 너는 끝의 끝에 가서야 그가 옳다고 여긴다. 너무 늦게 정신을 차린 뒤에야. 찰나의 광휘는 더 깊은 절망을 예비할 뿐이다. 재등단은 실패했다. 연구에서 성과가 있었냐면 그렇지도 않다. 네겐 끈기와 머리가 둘 다 없었다. 석사학위논문도 제출을 못하고 한계까지 미뤘다가, 심사에서 떨어지고 재도전해 겨우 통과했다. 지도교수는 네게 진력나 했고 심사위원들은 네게 무관심했다. 심사마다 난도질을 당한 논문은 이도 저도 아닌 채 겨우 고개를 넘었다. 너는 연구자의 기본적 도구인 학문의 언

* 서경식, 《고통과 기억의 연대는 가능한가? - 국가, 국민, 고향, 죽음, 희망, 예술에 대한 서경식의 이야기》, 철수와영희, 2009, 163쪽.

어를 익히는 데 실패했다. 학사부터 몇천만 원을 들여 일군 학위의 결실은 미흡했다. 평소 재빠르게 구는 일이 드문 너도 그때는 잽싸게 학위논문 비공개 신청서를 제출했다. 그리고 휴학. 공모전 준비. 길게 가지 못할 일용직 아르바이트. 단락적인 지연들. 너는 결국 박사 1기를 겨우 마치고 연구자로서의 길을 완전히 벗어났다.

오로지 사회에 나가는 걸 회피하려는 목적으로 오래 적을 두었던 학교는 다 갚지 못한 학자금 대출만 남겼다. 통장 잔고가 말라붙었다. 밥은 늘 은이 샀다. 너는 은을 만나면 염치를 아는 척 학생 식당에 가자고 했다. 은은 너보다 먼저 학부를 졸업한 후 몇 년째 학교 출판부에서 일했고 출판부 사무실은 학생 식당이 있는 학생 회관의 2층에 위치하니 학식만 먹는 게 덜 면구스러웠다. 은이 아는 얼굴들의 참견에 신경 쓰는 성미가 아니었기에 가능한 일이었다.

서른 살의 경계를 넘어간 뒤에도 너와 은은 결혼이라는 개념이 세상에 없는 것처럼 살았다. 너의 삶이 어떤 통상적 단계도 밟지 못한 채 지연되는 동안 은은 내내 너와 함께 있어주었다. 네가 그 유예를 영원하리라 믿었냐면, 딱히 그렇지도 않다. 그냥 생각을 안 했다. 너는 믿음의 문제에 있어서도 무능하기 짝이 없는 인간이었기 때문에. 생계의 엄혹함 앞에서 무력했던 것과 같이.

네가 수중의 돈을 헤아려보는 때는 월세와 통신료 나가는 날과 학자금 대출 이자 납부일 정도였다. 인맥이 적어 누구를 만나서 돈을 쓰는 일이 드물었다. 은이 긍정한 너는 사사로운 권력관계 속 인정이나 자본의 축적에 연연하는 사람이 아니었다. 너는 세속적 영화에 초연하게 굴며 더 높은 이상에, 더 지고한 가치에 헌신하는 인간이어야 했다. '연꽃을 먹는 사람'은 지금의 네가 생각하기엔 부정적인 표현이다. 꽃은 허기를 달래지 못한다. 뜯어 삼킬 꽃들이 다 지면 단지 진흙탕뿐인 토대가 노출된다. 말라붙은 흙을 디디고 선 너에게 주어지는 자리는 없었다.

내리막을 구르던 너의 인생이 수직으로 추락하기 직전, 은이 또 은혜를 베풀었다. 본인이 서울로 이직하며 비게 된 자리에 너를 소개했다. 2년짜리 계약직이지만 사대보험이 되고 일곱 자리의 월급이 통장에 찍히는 직장이었다. 너는 이전의 10년과 같이 긴 경사로를 올라 출판부로 출근했다. 예측 가능한 일상이 이어졌다. 이자만 겨우 갚던 학자금 대출의 원금이 줄어들었다. 2년 계약의 막바지 즈음엔 서울에 갈 때 편도 26,700원짜리 고속버스가 아니라 42,600원 하는 고속열차를 탈 수 있게 됐다. 삶의 갈피가 잡힌다는 감각을 은과 공유하고 싶었다. 허망한 바람이었다. 그땐 이미 은과 한 분기에 한 번 보기도 어려운 시점이었다.

네가 마지막으로 상경했을 때 은은 갑작스러운 방문을 마뜩잖아하면서도 너를 자신의 방에 재워주었다. 그동안 한 번도 너를 집에 안 들여준 덴 이유가 있었다. 소위 강남에도 이런 데가 있나 싶은 은의 방은 너무 좁고 길어, 가운데에서 양팔을 뻗으면 양쪽 벽에 손이 닿을 지경이었다. 네가 살고 있는 북문 앞 보증금 300에 월세 15만 원짜리 원룸보다 작았다. 그 옹색한 방의 장점은 하나뿐이었다. 은이 기획자로 일하는 디지털 콘텐츠 플랫폼 회사와 가까워 급박한 일정을 소화하는 데 도움을 주는 위치였다. 위치. 같은 면적의 공간이 위치에 따라 상이한 값으로 판단된다는 당연한 사실을 너는 서른 살이 넘어서야 깨닫는다. 이불이 모자라 무릎담요를 배에 덮고 그리 크지 않은 키의 네가 발을 쭉 뻗으면 발꿈치가 벽에 닿는 공간에 모로 누운 채.

너의 삶과 은의 삶은 다른 속도로 흘러갔다. 너를 배제하고서 은의 세계는 확장되었다. 은과 너의 말은 맞물리지 못하고 헛돌았다. 네가 억지로 붙들어 맨 외피는 낡고 닳아 남루한 내면을 훤히 내보였다. 네게 말을 해봤자 반향 없이 흡음되기만 한다는 사실을 체득한 은은 여러 해에 걸쳐 서서히 말수를 줄였다.

그 시점에 네가 궁금한 건 하나뿐이었다. 은이 방이 아닌 집을 구할 의향이 있는가? 다시 함께할 수 있다면. 어긋난 궤도를 수정하고 운동의 방향을 조정할 기회를 얻을 수 있다면. 은의 곁에 네가 머무를 수 있다면. 절대로 불가능한 바람은 아니었다. 상경할 때도 은은 약간의 자금이 있었다. 오랫동안 안 팔리던 감천동의 다세대 주택을 마침내 매도한 은의 어머니가 장남 몰래 은에게 돈을 좀 줬던 걸 안다. 결혼 자금을 미리 증여한다는 핑계로. 이제 관계의 본질이 퇴색하고 말았는데도 친밀함의 유산만은 과하게 누적되어 은은 네가 하지 않은 질문을 듣고야 만다. 너와 떨어져 일인용 소파 베드에 누웠던 은은 건조하게 상황을 공유했다.

출판부보다야 여기가 월급이 많지. 돈이 도는 업계가 다르긴 다르더라. 복지비 나오고, 점심 식대 주는데다 교통비도 안 드니까 저축은 꽤 해. 엄마가 준 삼천에, 대학 때부터 과외하면서 모은 돈이랑 올해 나온 인센티브까지 전부 긁어서 딱 일억을 찍었거든. 얼마 전에. 그 정도면 방이 아니라 집에서 살 수 있을까 했는데, 회사랑 연결된 7호선 끄트머리에 빌라 투룸이라도 얻으려면 거기서 일억이 더 있어야 하더라. 아침마다 지하철은 지하철대로 치이며 타야 하는데 말야. 집에서 잠만 자는데 남의 집 살이 하려고 대출까지 받는 건 아닌 것 같아서, 지금은 이 방으로 충분해.

오로지 한 사람에게만 협소하게 들어맞는 은의 방엔 네가 곁붙을 자리가 없었다. 물리적으로도 관념적으로도. 은의 곁에 머물고자 하는 시도는 좌절되었다. 너는 은을 집어삼킨 수도에 패배감과 적대감을 느꼈다. 그곳에서 은은 누구의 딸도 동생도 선후배도 아닌 그냥 은이 되었다. 은을 붙들던 맥락과 관계로부터 떨어져 나와. 은은 자신의 고향을 떠나면서 너 역시 떨어낸 셈이다. 그 도시가 너에게만큼 은에게도 기꺼운 장소였을까 하는 의문을 가져볼 판단력이 있었다면 너의 인생이 이렇게 흘러오지도 않았을 것이다. 그 흐지부지 끝난 대화가 끝이었다.

결연한 결별은 어쨌든 너의 것이 아니었다. 너의 사사로운 고통은 비극이 될 만큼 거창하지도 비장하지도 않았다. 그런 점이 비교적 현대적이기는 했다. 어린 시절 너는 체홉이 왜 대가인지 납득하지 못했다. 지지부진한 가내의 알력 대신 혁명과 진보를 논하고 광야와 홍해를 비추는 문학이야말로 진정한 것이라 여겼다. 땅을 잃는 자들, 그리하여 떠나거나 떠나지 못하는 자들의 이야기에 영속성이 깃든다는 것을 몰랐다. 은은 인생의 어느 시점까지는 자신의 도시를 사랑했다. 그러나 도약의 기회를 좀처럼 주지 않는 고향을 평생토록 사랑하기는 어려운 일이었다. 교사와 공무원이 되지 않은 또래들은 출생지를 빠져나갔다. 너는 자기의 자리를 찾지도 못하고 은을 따르지도 못한 채 유기되었다.

인생의 답을 내려주던 은이 가버린 뒤에도 너는 기존에 생성했던 인격의 동일성을 지키기 위해 관성적으로 움직였다. 방향 잃은 힘은 과하게 작동했다. 너는 무심결에 생업을 걸게 될 결정을 해버렸다.

학내 출판부란 바깥의 사용인과 집안의 아랫것 사이, 애매한 중간자적 지위를 가진다. 저 구름 위의 신들인 교수는 하계의 일들을 몰랐다. 모르려고 들거나. 그해에 꼭 단행본을

출간해야 했던 교수가, 출판부의 사업인 중장기 발전계획 보고서 발간과 자신의 실적 사이에서 전자가 우선시되는 걸 보고 아랫것에게 당연한 훈계를 했다. 일반적으론 폭언과 모욕이라고 할 법한 발언이었다. 너는 그 점을 지적했다. 물론 너의 애매한 저항은 웅얼거림으로 뭉개졌고 일정이 변경되는 일은 없었다. 남은 것은 과도한 추가 근무와 교수의 상한 심기뿐이었다.

너의 애매한 말대꾸는 명시적인 저항이 아니었기에 직접적인 제재가 들이닥치진 않았다. 너를 고용하는 자들은 네게 노골적인 부하를 가하는 대신 문서로 명기된 날짜까지 급여를 주다가 계약 종료와 함께 부드럽게 너를 떨궈냈다. 사회적 마찰을 최소화하는 방식이었다. 관례적으로 계약직은 1년 11개월을 일한 다음 퇴직 후 재고용됐다. 정규직 채용을 우회하려는 책술이었다. 은도 그런 식으로 6년 가까이 일을 해왔는데 정작 너에게는 재계약 연락이 없었다. 재정적 한계를 맞이한 너는 몇 달 전까지 네 책상이 놓였던 출판부 사무실에 들렀다. 잘못된 방문이었다. 너의 자리는 너보다 훨씬 젊고 민활해 보이는 직원으로 채워져 있었다.

너는 대체되었다. 그런 주제에 수치심도 모르는 채로 배고픔만 느꼈다. 그대로 계단을 내려와 학생 식당에서 점심을 해결하다 지도교수를 만나러 왔다는 학과 후배와 동석했다. 석사 수료만 한 후 한동안 보이지 않던 후배는 방황을 오래 하더니 논문 주제를 웹소설로 잡아서 왔다고 했다. 너는 하나도 궁금하지 않은 화제에 밋밋하게 반응했다.

서브컬처 여기저기 맴돌다가 드디어 해결책을 찾은 거죠. 전에 은이 언니가 가리지 말고 해보라고 해가지고. 너는 읽으니까 그거에 대해 말할 수도 있을 거라고. 원래 저 웹소 겁나 많이 읽거든요. 근데 그게 가치가 있다고 말해주는 사람이 언니라 딱 주제가 잡히는 거예요. 선배도 알잖아요. 언니가 그러면 왠지 할 수 있는 기분 드는 거. 제가 잠수를 너무 오래 타가지고 먼저 연락하긴 쫌 그런데…… 혹시 보면 고맙다고 전해주세요.

네가 수긍도 거절도 아닌 우물거림을 뇌까리는 동안 후배는 인사를 하고 가버렸다. 은과 너의 파경을 끝내 공표하지 못한 탓에 벌어진 일이다. 드러난 별의 빛은 과거의 광채라고 하던가. 후배가 보았던 것은 이전의 너와 은이다. 연락이 끊기기 전에도 은은 너의 쓰기를 격려하지 않은 지 오래였다. 너는 은과 후배 사이에 있었을 대화를 헛되이 상상하며 후배가 언급한 내용을 휴대전화로 검색했다. 웹소설 연재. 웹소설 작가. 인기 텔레비전 시리즈 원작. 원 소스 멀티 유즈. 연관검색어 웹소설 작가 소득. 1억 원 이상의 고수입자 다수. 너는 믿을 수 없는 숫자의 나열에 눈을 빼앗겼다. 분기별 인세가 몇만 원도 안 되는 게 당연한 세계에서 살아왔던 너는 아득한 숫자의 격차가 어지러웠다. 은의 목소리가 선고처럼 귓가를 맴돌았다. *빌라 투룸이라도 얻으려면 거기서 일억이 더 있어야*

하더라. 은은 반드시 자기의 방과 책상이 필요한 사람이었다. 두 사람이라면 방은 둘이어야 하는 게 무언가를 다시 시작해 볼 최소한의 조건이었다. 네가 응시하는 디스플레이 위로 은행 출금 문자가 떠올랐다. 이번 달 학자금 대출 이자 상환을 하고 나니 남은 잔고는 89,700원이었다. 다음 달 월세를 낼 수 없을지도 몰라 아버지 집으로 돌아가야 하나 싶었다.

주소지 이전을 포함한 완전한 귀향은 뜻밖의 계기로 이루어졌다. 아버지가 돌아가셨다. 집에서 뇌출혈이 왔는데 발견이 늦었다. 병원에서 죽지 않은 사람은 사망의 절차를 밟기도 복잡했다. 상주가 된 너는 허둥지둥 헤매기만 했다. 상여계는 진작 없어졌는데 아버지가 상조에 가입하지 않아, 사망 선고를 내려준 병원에서 장례지도사 연결을 해줬다. 대단히 뭘 하지도 않았는데 대단히 큰돈이 나갔다. 너는 상속과 과세에 관한 법률뿐만이 아니라, 성인이 마땅히 알아야 할 관례와 관습을 아무것도 모른 채로 나이만 먹었다. 여러 직렬의 공무원에게 백치 같은 질문을 하고, 관공서와 은행으로 수차례 걸음한 뒤에야 부친의 예금과 부조금으로 부채를 상계할 수 있었다. 지난했던 절차는 고향 집의 상속 등기를 끝으로 마무리됐다.

너에겐 슬픔마저도 정확하지 않았다. 그냥 허했다. 부친은 네가 아무것도 되지 못할 인간임을 너보다 먼저 알았다. 학부를 졸업하는 해 취직하는 대신 대학원에 간다니까 그러면 교수가 될 수 있냐고 물어보긴 했다. 네가 답변을 회피하자 아버지는 무언의 실망을 더 깊은 실망으로 치환했다. 그냥 그렇게 인연이 희미해졌다.

청소년기 내내 쓰던 방에 누운 너는 습기로 얼룩진 낮은 천장을 올려다보며 생각한다. 한때는 이곳을 뛰쳐나가는 것이 인생의 목표이자 명령이었는데 정작 여기를 벗어나서 도대체 무엇이 되었는가? 모사할 대상 없이는 자아의 외곽이 어그러지는 네가.

무기력하게 늘어져 광고성 문자만 오는 휴대전화로 스포츠 뉴스를 뒤적이던 너는 몇 주 전 띄워 놓았던 인터넷 창을 발견한다. 어두운 방 안에 떠오른 작은 직사각형은 비상구의 빛을 낸다. 나가는 문은 이쪽입니다. 너는 노트북을 찾아 전원을 연결한다. 졸업하는 선배에게 샀을 때부터 켤 때마다 우르르 소음을 내뱉던 기계는 전원을 꽂지 않으면 바로 꺼졌다. 그래도 한글 프로그램 정도는 돌아갔다. 너는 앉은뱅이책상 앞에서 두 손을 키보드 위에 얹었다.

수년간 붐을 이루었던 장르문학은 이럭저럭 읽어봤다. 웹소설도 쓰자면 못 쓸 것 없다고 판단했다. 어차피 막다른 국면이었다. 인생의 막은 이미 내려갔다. 너에게는 차라리 결론이 필요했다. "존경하는 관객 여러분, 자 어서, 결말을 찾아보세요! 좋은 결말이 있어야 하겠어요, 반드시, 꼭 있어야 합니다!"* 네가 생각해낼 수 있는 가장 좋은 결말은 아홉 자리 숫자의 원화를 획득하는 것이었고, 그건 지금 당장 세상이 혁명으로 뒤흔들리는 것보다 더 가능성이 낮아 보였다. 과거의 투쟁은 교내 행사가 열리는 10.16기념관의 이름으로나 남았다. 근현대사의 일부로써 현재와는 유리된 것이다. 너는 역사를 현재처럼 감지하는 은의 설명을 들으면서도 내심으로는 딴청을 피웠다.

네가 살아낸 연도에는 의미가 부재한다. 너의 연대와 서명이 역사를 바꿀 수는 없다. 1789나 1917 같은 숫자들은 결코 너에게 주어지지 않는다. 극적 실패와 극적 성취 모두 이 시점에선 청동기 시대의 전투만큼 오래되었다. 너는 우둔한 인간이지만 실망스러움에 대해 눈치채는 감각만은 탁월했다. 너에게 주어진 시간은 기억될 만한 분기 없이 그냥 지나간다. 그것은 네가 루이 16세가 처형당하는 날에도 광장에 나서는 대신 센강에서 낚시찌나 쳐다보고 있었을 인간인 점과 유관하다. 너에겐 지금 벌어지는 사건을 눈으로 보고 너의 언어로 말할 능력이 전무했다. 연민과 공감을 모르는 자의 심장은 둔탁하게만 뛴다. 진정한 것을 창출할 줄 모르고 사라진 냄새만 이리저리 킁킁 쫓는다. 너 스스로는 인지하지 못하는 이 성격

* 베르톨트 브레히트, 〈사천의 선인〉, 《브레히트 희곡선집 2 - 갈릴레이의 생애, 사천의 선인》, 임한순 옮김, 서울대학교출판문화원, 2006, 290쪽.

적 결함이 바로 진부한 파국에 대한 복선이다.

너는 너의 결핍이 어디서 기인하는지 모른다. 엄밀하지 않은 충동이 너의 내면에서 일렁이는 걸 느낄 뿐이다. 얼크러진 머릿속이 뒤집혀 은이 네게 처음으로 선물한 책의 구절이 떠오른다. "불의가 행해지는 도시에서는 소요가 일어야 하고, 소요가 없는 곳이라면, 그런 도시는 차라리 망하는 편이 나아요, 밤이 오기 전에 불벼락을 맞아야 해!"* 수긍할 만한 의견이다. 은의 해석이 건 마법이 시효를 다하자 도시는 매혹을 잃었다. 미심쩍은 광택을 내는 연안의 화려함은 외지인들이 자아낸 것이다. 도시는 소요를 모르는 채로 진부해졌다.

그래서 너는 도시를 불태우고 폐허를 수몰시켰다. 전망을 가리며 지어진 주제에 상가가 다 공실인 엘시티를 바닷속으로 처박고 센텀시티를 수장했다. 바다를 향해 난 모든 유리창들이 부서져 해변의 백사와 뒤섞였다. 광안대교를 집어삼킨 파도가 무상해진 뒤엔 유리의 광채만 매서웠다. 너는 은의 축복을 벗어난 도시의 연안 구역들을 상세하게 파괴했다. 벽돌처럼 각지고 빡빡한 문단을 집적시키며. 소설 연재분을 올리려면 한 편을 오천 자로 끊어야 한다는 사실은 가까스로 알아냈는데 문장을 끊는 법은 모른 채로.

네가 모르는 건 문장의 형식뿐만이 아니었다. 문명 세계가

* 앞의 책, 205쪽.

붕괴된 이후 살아남은 주인공이 세상을 구할 것인가 혹은 세상의 이익을 독점할 것인가를 택해야 한다는 기본적인 사항도 이해하지 못했다. 오로지 파괴 욕구에서만 추동된 쓰기는 금세 중단되었다. 열 편 연재된 멸절의 기록은 온 세상에서 꼭 아홉 명에게만 읽혔다. 게시물의 평균 조회수가 그랬다. 머잖아 너는 악성 댓글이 달리지 않은 댓글보다 가치가 높다는 걸 알게 된다.

너도 너의 문제점을 곧 파악했다. 너에겐 읽기가 부족했다. 안 먹고 쌀 수는 없는 법이다. 너는 열흘 내내 업로드만 했던 연재 사이트의 베스트 페이지에 고개를 디밀었다. 당일 게시된 연재 소설을 조회수 순서로 1위부터 100위까지 줄 세운 투데이 베스트는 유료 연재물과 무료 연재물의 카테고리로 나뉘었다. 결제를 안 해도 무료 연재 소설은 읽을 수 있었다. 그것만 해도 종수가 무수했다. 글자 밑에 깔린 옅은 녹색의 바탕색은 여전히 비상구의 빛으로 보였다. 공부와 일을 둘 다 그만둔 뒤론 눈이 깔깔해서 아무것도 안 읽히더니 한 번 그 속도에 몸을 맡기자 미끄러지듯 글자가 너를 잡아당겼다. 유튜브 한 번 눌러볼 새가 없도록 주의를 잡아끌었다.

읽기에 깊숙이 빠져들자 숨겨진 구조가 드러났다. 계를 구성하는 내적인 규칙들이. 서사를 움직이는 동력의 축은 회귀와 빙의 그리고 환생이었다. 서로를 지탱하는 세 개념은 주인공이 미래를 아는 채 다시 살도록 만드는 전제이자 담보였다. 새로운 앎 속에는 익숙한 것이 있었다. 너는 신이나 우주적 의지의 개입 없이도 세 축복 중 하나를 경험했다. 비록 미래까지 알았던 건 아니지만 인격의 외피를 갈아 끼워보기는 했지 않은가.

해본 일은 다시 할 수 있다. 낡은 껍데기를 폐기하고 새로운 껍질에 영혼을 이식해야 할 때였다.

대기업 산하 블로그에 예쁜 프로필과 고운 존댓말을 쓰는 유저가 올린 포스팅이나, 인터넷의 하수종말처리장 같은 익명 커뮤니티 사이트 게시물이나 요점은 같았다. 텍스트 덩어리를 가지고 유의미한 매출을 올리기 위해서는 전략을 세워야 했다. 영상을 이기는 텍스트를 직조하는 데엔 숙련된 기술이 요구됐다. 학위의 과정에서 머리에 집어넣은 어설픈 이론 따위는 곧장 폐기하는 게 옳았다.

안 되는 글을 무작정 붙들고 있지 말고, 될 때까지 버리고 새로운 걸 시도해라.

원래 팠던 닉네임으로 계속 연중 때리면 신뢰를 잃는다. 차라리 닉을 갈아라.

즉각적 보상이 전두엽을 폭격하는 창작물에서 세밀함은 신성한 가치가 아니다. 신속한 로딩을 위해서는 의도적으로 해상도를 낮추어야 한다. 누구도 떠올리는 데 지연이 있는 고화질을 원하지 않는다. 속도. 신성한 것은 속도다. 스크롤을 내리는 움직임을 멈추지 않도록 만드는 흐름이다.

너는 새로운 잠언들을 내면화하고, 결연한 각오 속에서 형식을 정비했다. 한글 파일의 문서 크기를 휴대전화의 폭 기준으로 좁게 맞추고 면 색을 연재 사이트처럼 초록색으로 바꾸었다. 아무렇게나 처넣었던 닉네임도 공들여서 변경했다. 그 이름은 너의 새로운 명칭으로써 계약서에도 기재될 테니까.

새 글의 주인공은 트럭에 치여 혼수상태에 빠진 다음 과거의 유명인 누구에게나 빙의할 수 있게 된 인물이었다. 그렇게 시간을 넘나들던 주인공에게 행동의 동기를 부여한 이는 여주인공이었다. 주인공은 여주인공이 존재하는 시간으로 돌아오기 위해 수많은 전쟁터의 영웅이 되고 기적을 일으킨다. 시간여행을 바탕으로 대체 역사를 합쳤고, 빙의와 밀리터리 요소를 덧붙였다. 이번에는 원칙을 잘 지킨 결과물을 만들어냈다고 자부했다. 그리고 실패했다. 세상은 네게 무관심했다. 매일 오천 자 쓰기에는 실패해, 이삼일에 한 번씩 띄엄띄엄 스물한 편을 올리는 동안 거의 두 달이 지났다. 스물두 편째에 이르러서야 첫 댓글이 달렸다. *흑우새끼 퐁퐁이나 처당하는 거 왜 계속 봐야 하지?*

같은 날 무료 베스트 1, 3위는 부정을 저지른 전 부인을 처벌하고서 인플레이션의 파도에 올라탄 주인공을 추앙하는 소설이었다. 코인과 주식에 대해 설명하는 부분 외엔 오로지 원한이 전체 내용을 지배했다. 너는 네가 같은 주제에 관해 쓸 능력이 있을지 고민했다. 별로 길게 고려할 사안이 아니었다. 코인 지갑 만드는 법부터 검색을 해야 할 수준의 금융 금치산자에겐 무리였다. 나머지에 대해서라면, 가져보지도 못한 부인의 부정까지 상상할 능력이 부족했다. 그건 내면의 양심을 따른 선택이라기보다 세대의 악의를 공유할 친구가 없어 분위기 파악을 못한 것에 가까웠다. 어렸던 은이 너의 선함이라 착각했던 아둔함이었다.

두 번째 연재물은 일반적으로 무료 연재가 끝나는 스물다섯 편까지만 쓰고 창작을 중단했다. 한 개의 댓글, 한 건도 오지 않은 계약 쪽지. 이건 안 되는 거였다. 너는 학술의 언어에서 학습 부진을 보인 것과 마찬가지로 장르의 언어를 익히는 데에도 어려움을 겪었다.

실패한 인생은 하수종말처리장에 오수처럼 고이는 게 맞았다. 어느새 너는 닉네임으로 게시판에 글을 남기는 데 익숙해졌다. 공기처럼 깔린 온갖 혐오에도 무뎌졌다. 말투가 튄다고 욕을 들으면서도 얼굴 모를 전뇌의 망령들에게 마음을 의탁했다. 너는 그렇게 고정읽을 알게 됐다. 완결작을 하나 가진 작가 고정읽은 종잡을 수 없는 성격의 유저였다. 평소엔 개같은 소리만 하며 괴팍스럽게 굴다가, 또 어느 날은 지망생들 글에 자세한 피드백을 해주며 치킨 쿠폰을 뿌리기도 했다. 그런 작자라도 너는 길잡이가 필요했다.

메신저를 튼 날 너의 멸망한 야심작을 본 고정읽은 대화창에 ㅋ자를 쭉 흩뿌리다 끝에 한 문장을 덧붙였다.

투베글 읽어봤는데 일케 썼다고? 뭘 본 거임? 인풋이랍시고 앞만 깔짝하지 말고 분석하면서 끝까지 봐야지. 무료분만 찍먹해서 되겠냐?

고정읽이 인기 작가는 아니지만 유료 연재 계약 제의도 받아보지 못한 너보다는 아는 게 많았다. 너는 아까운 마음을 억누르며 소설 유료 결제용 코인을 충전했다. 그냥 보지 않고 조언대로 엑셀을 켜 인기작의 소재와 자주 나오는 전개를 기록했다. 이번에는 투자까지 했으니 결실이 있어야 했다. 그런 과정을 거쳐 게이트와 몬스터가 나오는 현대 배경의 판타지를 선택했다. 조금이라도 독자가 붙으면 하루에 여러 편을 올려 주의를 끌 수 있도록 넉넉한 분량을 쓴 다음 연재를 개시했다. 그러나 네가 남의 글을 몰아 읽을 때와 25만 자를 완성했을 때에는 시차가 있었다. 계절과 유행이 바뀌었다. 50편을 쓰고도 조회수는 편당 100회를 넘지 못했다.

너는 결국 3종 85편 45만 자의 실패가 쌓인 아이디를 삭제했다. 45만 자는 네가 이전의 10년 동안 작성했던 희곡과 소설의 총 분량과 맞먹었다. 옛날의 타자 게임 '베네치아'에서처럼 문자의 무게가 과적되어 세상이 물속으로 가라앉았다. 네 두 번째 인격도 거기서 익사했다. 멸망한 세계에서 수면 밖으로 머리를 내민 탑을 지켜낼 방법은 단어들을 흩어내거나, 규칙을 뛰어넘게 하는 단어를 공략하여 판을 뒤집는 것뿐이었다.

이거 그냥 서비스직인 건데. 고객님이 간지러운 데 긁어주고 쑤시는 데 주물러주는 게 핵심이라고. 독자가 기대하는 걸 기대하는 대로 해주는 거.

고정읽의 메시지는 네게 낯선 요소를 환기시켰다. 독자. 이제껏 너는 독자가 아니라 심사위원을 의식하며 글을 써왔다. 심사를 통과하지 못한 자에게 독자와 대면할 기회는 주어지지 않았다. 너에게 독자란 먼 고장의 미인과도 같이 막연한 존재였다. 매체를 바꾸고 쓰는 내용을 바꾸었다고 독자를 만날 수 있었냐면 역시 그렇지 않다. 너의 창작물은 여전히 주목에서 벗어나 있고 너는 독자에게 인식되지 못하는 유령이었다.

독자가 바라는 이야기란 무엇일까. 너는 보다 원론적인 관점에서 주목받는 작품들을 들여다본다. 어떤 소재와 전개를 활용하든 그 이야기들은 답을 제시했다. 미래를 아는 주인공은 불확실성으로 가득 찬 세계를 이해와 통제가 가능하도록 재구성했다. 바로 이 요구를 충족시켜주는 것이 산업의 요체였다. 너는 일생 처음으로 자체적 탐구를 통해 무언가의 본질에 닿았다고 여긴다. 너는 네가 가진 앎을 상품성 있는 창작물로 승화시키는 법을 알 것 같았다.

깨달음을 반영해 새 글을 썼다. 산업화 시대로 회귀하여 부산에서 해운업으로 성공하는 주인공에 관한 이야기였다. 연재 열흘째에 투데이 베스트 순위 100위 안에 들었고 한 달째에는 88위까지 진출했다. 지역에 대한 너의 상세한 지식을 칭찬하고, 다음 편을 기대한다는 독자의 댓글이 달리기 시작했다. 계약을 문의하는 쪽지가 세 개 왔다. 그중 정산 비율이 제일 높은 업체와 약속을 잡았다. 오랜만에 고정읽에게도 연락했다.

서울에서 계약한다니 잘됐네. 오면 술 한잔 사겠음.

너는 미리 써두었던 연재분에 순서대로 예약을 걸고 서울로 가는 버스를 예매했다. 너는 난생처음으로 상경이 기꺼웠다. 이번엔 은이 아니라 너 자신 때문에 그곳으로 간다. 상승의 기세를 느낀 건 오랜만이었다.

결과적으로 말하자면 출판사와의 계약은 결렬이었다. 너보다 훨씬 젊은 편집자는 인사치레를 마치자 곧바로 실질적인 사안을 언급했다. *지금 투베 1위랑 소재가 겹치기는 하는데, 이런 이슈는 흔하거든요. 앞으로 전개만 다르면 되니까 혹시 짜놓은 개요나 결말이 있으면 말해주실 수 있을까요?* 너는 지난 몇 주간 매일 올려야 할 연재 분량에 쫓겨 남의 글을 읽지 못했다. 초면의 편집자 앞에서 연재 사이트 앱을 켜본 너는 분노를 느꼈다. 네 연재 개시일로부터 이틀 전, 기성작가가 연재를 시작한 동일 소재의 글은 네가 쓴 것보다 훨씬 인기 있었다. 네 글이 충분히 유명하지 않아 유사성 지적이 없었던 것이다. 이 정도 논란은 상관없으니 유료화를 진행하자는 편집자의 제안을 거절하고 너는 카페를 나왔다. 네 깨달음의 결과가 남의 창작물에 기생한 부산물로 격하되는 건 참기 어려웠다. 생에 이룩한 것이 없는 너에게는 새로 지은 이름과 그 이름이 자아낸 산물이 곧 너 자신이었다.

바의 구석진 자리에 구겨져 있는 고정읽은 취한 상태였다. 뜬금없이 웬 광화문의 호텔 바인가 했는데 그는 술을 마시면 너그러워지는 타입이었다. 고정읽이 산 술 한 잔의 가격이 서울 오는 시외버스 표보다 비쌌다. 흘낏 넘겨봤던 메뉴판은 뒤 페이지로 갈수록 무시무시한 금액이 표기돼 있었다. 겨우 두 질을 쓰고 이런 사치가 가능한 게 너는 신기했다. 너의 감탄을 눈치챈 고정읽은 아예 병으로 술을 시키고 묻지도 않은 말을 흘려댔다.

술값도 접대비로 비용 처리되거든. 문제는 항상 세금이잖아. 나 얼마 전에 면허 취소 2년 맞아가지고 차 리스하기도 애매해갖고. 그래. 안 마실 수 있다면 안 마셔야 하는데 그게 되냐. 우리 집이 뭐 갑부는 아니라도 건물은 몇 채 있긴 해. 근데 하도 해먹어가지고 나는 예전에 할아버지 눈 밖에 났지. 술 먹고 가로등 박으면 형사 처벌인 거 알아? 전에도 기소유예 만든다고 엄마가 애 많이 썼거든. 에이 대인사고는 낸 적 없는데, 미국에서도 음주단

속 걸려서 F1비자 취소당한 건 컸지. 그래서 나 고졸이잖아. 술 처먹는다고 엄마 카드도 뺏겨서 뭐라도 하다보니까 이게 되네. 해보니 내 돈으로 사 먹는 술맛 좋아.

한국어로 말을 하는데도 외국어처럼 들리는 소리였다. 너는 세금이라는 게 인생에서 문제가 될 수 있으리란 발상을 태어나서 처음 접해봤다. 형사 입건된 사람이 그걸 아무렇지도 않게 언급하는 일 역시. 법의 명령을 회피하게 하는 자본의 지원이라니. 그런 건 뉴스에서 보는 재벌 후계자나 가능한 일인 줄 알았다. 한참 만에야 너는 그것이 성공한 자들의 방식임을 납득했다.

너는 처음부터 이 공간의 생경함에 압도돼 얼어붙은 상태였다. 흰 재킷을 차려입은 바텐더와 눈을 마주치기도 어색했는데, 취해서 뺨과 코가 벌겋게 부은 고정읽은 바가 더없이 편안한 듯했다. 그는 은이 경멸했을 종류의 인간이었다. 이런 게 성공이라면 성공의 모습은 별로 근사하지 않았다.

너는 얼음이 녹아 맛이 밋밋해진 술을 마저 마셨다. 한 모금이 한 시간 최저임금을 훌쩍 뛰어넘는 가격의 액체를. 심장이 턱 밑에서 뛰고 숨이 싸해졌다. 장점 모를 기호 식품이었다. 현실감각이 붕 떴다. 탁자 맞은편의 주취자가 쓸 수 있는 돈이 끔찍하게 부러웠다. 거름 없는 너의 말을 들은 고정읽이 낄낄 웃어댔다.

내 연재 주기 알잖아. 인세로 먹고 살기는 좀 짜치고. 시드 마

련했음 투자를 하는 거야. 비트코인으로 시작했는데 알트로 넘어와서, 요새는 여기 몰빵했거든.

만취한 고정읽은 몇 번이고 손을 헛짚어가며 휴대전화의 보안을 해제했다. 코인 지갑에 뜬 숫자를 본 너는 단번에 취기를 잊었다. 열 자리에 달하는 숫자는 왜소한 체격의 고정읽을 갑자기 권위 있어 보이게 했다. 입안을 감돌던 씁쓸함이 일순 향기로 변환됐다. 너는 승리의 맛을 몰라서 그걸 불쾌하게 여겼던 것이다.

은은 주식 투자를 하면 노동자의 권익을 저버리게 된다는 주의였다. 때문에 너는 수중에 돈이 얼마쯤 있을 때에도 투자라는 걸 해본 적이 없었다. 그러나 은의 시대는 지나갔다. 새로운 전범이 네 앞에 있었다.

너는 너와 같이 해운업 소재를 쓴 작가의 글 무료 공개분 전체에 편마다 댓글을 달아 틀린 고증과 어색한 전개를 지적했다. 네게 있어 그것은 정당한 비판 행위였다. 두 시간에 걸쳐 필요한 의무를 끝낸 다음에 연재 사이트 탈퇴 페이지를 열었다. "탈퇴 후 30일간 동일한 이메일 주소를 이용한 회원가입이 제한되며, 동일한 개인정보를 이용한 본인인증 또한 30일간 제한됩니다." 푸른 글자로 돋워 새겨진 고지를 뒤로하고 계정을 삭제했다. 미련 없어진 글에 대한 계약 제안들도 함께 파묻었다. 환생이 약속된 의사(擬似)의 죽음이었다. 너는 성공에 이를 때까지 거듭해 죽으리라 마음먹었다.

가상의 환생을 반복하는 동안 그 행위를 뒷받침하는 최소한의 실체조차 유지가 불가능한 시점이 왔다. 너는 제일 싼 라면 두 박스와 햇반 한 박스를 새로 주문했다. 놀랍게도 이 시골구석까지 쿠팡 배송이 왔다. 네가 단 세 번 나가고 출근을 포기한 물류창고에서 여전히 수없는 사람들이 피 같은 땀을 흘리며 일하고 있다는 증거였다. 마지막 잔고를 털어 가스레인지용 엘피지 가스통을 교체하고 보일러 기름도 넣었다. 머리가 희끗한 업자들은 연락을 받으면 밤에도 달려온다. 너는 그렇게 살 수 없었다. 실제적인 노동 앞에서 항상 몸이 쪼그라든다. 너는 사람 구실을 할, 실패한 인생을 반전시킬 마지막 기회에 매달린다. 기름이 거의 다 떨어져서 이틀에 한 번만 보일러를 켜는 냉골에서 색 바랜 모니터를 노려보며.

전기세 연체로 단전이 코앞에 이르자 계획과 설계는 다 무용해졌다. 이번에도 실패하면 정말 뒤지는 수밖에 없었다. 너는 그냥 썼다. 다른 누군가의 욕망 대신 너 자신의 욕망을 충족시키는 이야기를. 네가 도달하고 싶었으나 결코 도달하지 못한 삶을 펼쳐놓으며.

작가에 대한 이야기는 금지라는 경구를 너 역시 안다. 하지만 너의 인생은 알면서도 실천하지 못하는 일들의 총합이었다. 너는 이번에도 안 되는 짓을 했다. 놀랍게도 그게 반전의 계기가 됐다. 대중의 선호가 생성되는 구조를 온전히 규명할 수 없기에, 콘텐츠 사업에 대한 투자란 근본적으로 도박이라고 한다. 어떤 작품이 소구력을 가지게 될지 완벽히 예측하는 건 불가능하기 때문에. 산업의 특수성이 자아내는 기적이 네게도 일어났다. 너의 글에 처음 보는 조회수가 찍히더니 베스트 작품 상위권에 매일 랭크되었다. 매 편마다 수 개의 댓글이 달리다 곧 수십 개의 댓글이 달리기 시작했다. 23화에 유료화 제안을 수락하고 전자서명을 보냈더니 선인세 삼백만 원이 곧장 입금됐다. 너는 새로이 창설한 인격에 완전히 안착했다. 편집자는 너를 네가 만든 이름으로 불렀다. 독자들도 마찬가지였다. 너의 아버지가 지어준 이름이 호명되는 일은 전혀 없었다.

홀린 듯이 글을 써도 피로를 몰랐다. 뮤즈가 네 어깨 위에 올라앉은 것 같았는데, 그것이 은의 얼굴을 하고 있지는 않았다. 너는 폐기한 인격을 돌아볼 필요가 없었다. 그때 실패했던 것은 은이 틀렸기 때문이다. 사천의 유일한 선인도 저 자신과 안타까운 사람들을 살리기 위해 비열한 사촌으로 가장하여 돈을 지켜야 했지 않은가? 그것이 왜 신들의 실망을 자아낼 행동이란 말인가. 너는 공허한 정의가 아니라 즉물적 욕망이 진리가 되는 세계를 발견했다. 구매자의 지지를 통해 강고해진 허구는, 지고의 가치인 자본을 창출했다. 그 순환 구조는 숭고한 것이었다.

너는 주 7회 연재도 모자라 심심찮게 연속 업로드를 했다. 고립된 생활을 하는 게 도움이 됐다. 애초에 면허가 없어서 시내 나가기도 어려웠다. 온전히 글에만 집중하기 좋았다. 날이 더워지기 시작했지만 야구 개막이 언젠지도 모르고 지나갔다. 공을 누가 어떻게 치고 받는지 따위는 네 인생과 무관한 문제였다. 학자금 대출을 일시 상환하고도 계속 늘어나는 정산액은 코인 지갑을 만들어 모조리 밀어넣었다. 하락이 두려운 만큼 상승의 흥분이 거셌다. 고정읽이 왜 술을 마시는지 모를 일이었다. 차트의 붉은 화살표는 향정신성 물질을 무용하게 했다. 은에게 느끼던 우월감조차 희미해졌다. 잘못된 경로를 정의로운 길처럼 걸어 나가던 은의 걸음걸이는 잊었다. 너는 난생처음 네 스스로 두 발을 디뎌 나가는 성취감을 느꼈다.

나서고 일으키고 북돋운다. 어제보다 내일이 낫고 내일보다 모레가 개선되리라는 확신이 너를 지배했다. 시종일관 미미한 흥분이 일었다. 오로지 너 자신을 긍정받고, 너 스스로를 증명하는 즐거움이 잠을 몰아냈다. 모든 것을 한 번에 다 가질 수 있는 세계에 대한 상상이 너를 더 높은 곳으로 이끌었다.

무아지경의 창작에 매진하는 동안 너는 이야기를 원하는 사람들이 의미를 우선하는 건 아니지만 의미를 원치 않는 것도 아니라는 사실을 깨달았다. 이번의 자각은 네게 자유를 안겼다. 너는 타인의 잠언을 폐기했다. 소비자의 요구와 너의 욕망이 교차될 때 너에게는 거의 무한한 가동 범위가 주어졌다. 너는 네가 쓰고자 하는 이야기를 무엇이든 썼다. 외면받았던 이전의 글을 새로운 틀 안에서 녹여내자 그것은 주목받는 작품의 일부가 됐다. 지난 모든 실패가 여기에서 보상으로 돌아왔다. 너는 영혼의 바닥까지 긁어 썼다. 그리고 예감했다. 이게 끝이다. 다른 이야기를 쓰는 것은 불가능하다. 이 글로 너는 모든 걸 이뤄야 했다.

어느 순간부터 네가 술을 마시기 시작한 건 화살표가 아니라 단어들 때문이었다. 끝없이 쏟아지면서도 엮이지 않고 흩어지는 단어들이 적체되기 시작했다. 알코올은 효용성 낮은 대응책이었다. 너는 매번 다시 베네치아 게임의 화면 앞으로 끌려온다. 너의 주인공은 이미 문필가가 맛볼 수 있는 영화를 모두 맛보았다. 모두가 이다음에 올 제대로 된 결말을 원했다. 완결의 의무가 두렵게 다가왔다. 할 수 있는가 할 수 없는가의 단순한 문제는 너의 이름이 뭐든 간에 회피가 안 됐다.

연재 주기가 늘어졌다. 독자들은 불평을 표하기 시작했다. 너는 건강상의 문제로 휴재를 요청했다. 충만했던 나날이 이음매에서 풀려나 흐트러졌다. 너는 연재 사이트 대신에 코인 차트를 더 자주 들여다봤다. 지수는 불안한 부침을 거듭했다. 네 눈동자는 불안하게 충혈되었다. 너는 무엇을 기다리는지 모르면서 기다리기만 했다. 어떤 계시나 이끎을. 새로운 돌파구를.

휴재에 돌입한 지 한 달 반, 편집자의 연락을 더 피하기 어려워진 5월의 둘째 주 월요일. 내도록 하락을 거듭하던 코인 지수가 반전되더니, 마침내 총액 1억 3천 120원에 도달했다. 막대한 수익률이었다. 너의 육신은 여전히 고향 집의 작은 방에 누워 있었지만, 너의 영혼은 더 높은 곳에 다다랐다.

너는 네게 주어진 행운을 답으로 여겼다. 그 숫자들은 무언가를 이루기 위한 수단이 아니라 그 자체가 신탁이었다. 뼈와 힘줄을 닳게 하는 고된 노동, 오랜 세월의 성실한 근로 없이도 너는 일억을 만들어냈다. 개연성 따위가 무슨 소용이란 말인가? 너는 과정을 뛰어넘어 결과를 이룩했는데. 승리의 기쁨에 도취되자 안도의 잠이 돌아왔다. 일어나면 결말을 쓸 것이다. 세속의 승리자가 된 주인공의 광영을. 네가 맞이한 영광의 기쁨을.

너는 꼭 하루 동안 승리자였다.

긴 잠에서 깨자 원리를 알 수 없는 만화경 속 승리, 개념적 부의 화수분은 마찬가지로 네가 파악하지 못하는 원인을 통해 붕괴했다. 다음날의 코인 하락률은 -97.57%였다. 게시판에선 모두가 그 이야기를 했다. *고정읽 루나 하잖아. 한강 수온 재러 갔나봄. 맨날 지 수익률 인증하더니 결국 꼴아박았네. 글은 연중임? 완전 연중. 진짜 메신저 안 들어오던데? 사람 새끼면 웃길 일이냐? 왜 못 웃어. 존웃.*

너는 승리를 통하여 실제로 누린 게 아무것도 없는데, 있었다가 사라진 환희의 공백은 너의 의지를 허망하게 침식시켰다. 고정읽이 몰고 왔던 향기는 진작 멀어졌다. 시멘트가 갈라진 마당이 봄비에 젖어 쿰쿰한 냄새만 올라왔다. 승리의 날과 마찬가지로 패배의 날에도 너는 같은 자리에 누워 작은 디스플레이를 들여다봤다. 생각이 마비되고 실감이 달아났다. 머리가 굳으며 손가락도 뻣뻣해졌다. 너는 어제의 믿음을 부정하려 든다. 그건 예언 같은 게 아니다. 아니. 그것은 신탁이어야 한다. 믿음과 불신의 교차 속에서 너는 해소 불가능한 폐색 상태에 접어든다.

이후의 일은 상세히 서술할 가치가 없다. 누구나 예상할 수 있는 진부한 전개가 이어진다. 너는 결코 결말을 마련하지 못한다. 편집자의 연락이 사무적으로 변한다. 계약이 어긋난 채 종료된다. 간과하고 지나쳤던 국세청의 고지가 재차 들이닥친다. 약간 되찾은 환매금은 모조리 징수된다. 무거운 행정의 언어가 너를 재정적으로 침몰시킨다. 기대는 부채로 교환된다. 방향이 잘못된 시도는 너를 더 확실한 파멸로 인도한다. 전범으로 삼았던 자에게 증오를 역류시키던 너는 형사 사건이 어떻게 구성되는지 피의자의 입장에서 알게 되지만, 네 영혼의 문제에 대해서는 영영 무지한 채로 남을 것이다. 진실로 살아보지 못했기에 다시 살 수도 없는 너는 네가 자초한 미완성으로 인하여 망각의 수면 아래 수장된다. 이름들과 더불어. 깊이.

바통 07

내 인생이 알고 보니 내 인생이 아님

1판 1쇄 발행 2025년 5월 16일

지은이 · 이종산 조시현 현호정 한정현 박문영 박서련 정수윌
펴낸이 · 주연선

(주)은행나무
04035 서울특별시 마포구 양화로11길 54
전화 · 02)3143-0651~3 | 팩스 · 02)3143-0654
신고번호 · 제 1997—000168호(1997. 12. 12)
www.ehbook.co.kr
ehbook@ehbook.co.kr

ISBN 979-11-6737-549-0 (03810)